脸贵如你

江静九 著

JIANG JING JIU
WORKS

中国文联出版社
http://www.clapnet.cn

图书在版编目（CIP）数据

脸贵如你 / 江静九著. —— 北京：中国文联出版社，2016.6
ISBN 978-7-5190-1394-3

Ⅰ．①脸… Ⅱ．①江… Ⅲ．①长篇小说－中国－当代
Ⅳ．①I247.5

中国版本图书馆CIP数据核字（2016）第084583号

脸贵如你

著　　者：江静九
出 版 人：朱　庆
终 审 人：张　山　　　　　　　复 审 人：王东升
责任编辑：王　萌　周　欣　　　责任校对：傅泉泽
封面设计：周　丽　　　　　　　责任印刷：陈　晨
出版发行：中国文联出版社
地　　址：北京市朝阳区农展馆南里10号，100125
电　　话：010-85923063（咨询）85923000（编务）85923020（邮购）
传　　真：010-85923000（总编室），010-85923020（发行部）
网　　址：http://www.clapnet.cn　http://www.claplus.cn
E － mail:clap@clapnet.cn　　zhoux@clapnet.cn
印　　刷：湖南关山美印有限公司
装　　订：湖南关山美印有限公司
法律顾问：北京市天驰洪范律师事务所徐波律师
本书如有破损、缺页、装订错误，请与本社联系调换
开　　本：880×1230mm　　　　　　1/32
字　　数：150千字　　　　　　　　印张：9
版　　次：2016年6月第1版　　　　印次：2016年6月第1次印刷
书　　号：ISBN 978-7-5190-1394-3
定　　价：26.80元

001	第一回	这个奇葩叫太史烨
013	第二回	严重的洁癖症患者
024	第三回	女人火气大老得快
040	第四回	奇葩个性欠揍的嘴
051	第五回	我快要不能呼吸了
063	第六回	螳螂捕蝉，黄雀在后
075	第七回	你开的局，你来结束
087	第八回	莫要伤到花花草草
098	第九回	新口味并不适合我
109	第十回	臣亲自向先帝请罪
120	第十一回	敷脸洗澡的事不急
132	第十二回	陈国第一云淡风轻
143	第十三回	如果有天你爱上我

CONTENTS

155　第十四回　高端坑妹毫不手软

167　第十五回　你总是在这时出现

179　第十六回　路见不平，拔刀相救

190　第十七回　这或许是命中注定

206　第十八回　我喜欢你，很喜欢你

218　第十九回　临阵倒戈，四面楚歌

230　第二十回　你不同意，我便不死

240　第二十一回　我在这里，你不用怕

251　第二十二回　梦里寻她乃千百度

258　第二十三回　总有一日会是晴天

273　番外

281　后记

CONTENTS

第一回

这个奇葩叫太史烨

　　自前朝覆灭以来，各诸侯国之间战乱纷纷。经过数百年的征战后，终于形成了四分天下的局面。位于东方祥瑞之位的是吞并了周围各个小国而新建立的政权——陈国，且其气焰最盛。

　　而传说在气焰最盛的陈国出了一个奇葩。

　　这个奇葩叫太史烨。

　　这个太史烨乃陈国开国元勋太史延之子。太史延劳苦功高，战功赫赫，却在与楚国一战中因救老陈王而死。老陈王感念太史延的忠心和恩德，特赐太史家九代免死金牌，重点培养了他的独子太史烨。

　　于是——

　　太史烨不负众望，在二十岁那年，以一人之力击退楚国大军，并且斩杀楚国战神，生擒楚王，立下大功。新继位的陈王慕容祁亲封他为一品瑾国公、御赐王兄，却在三个月后将其贬至陈楚边境小城做九品县令，升职降职速度创下纪录……

　　一年后，太史烨因平乱有功，被提升为二品督统，却因为边关风沙大，皮肤干燥，敷面膜时间过长而误了接任吉时，重新被贬斥为九品县令，成为大陈第一位连官印都没摸到就被打回原形的"英雄人物"。

日理万机的皇帝陛下颁出旨意的时候眉头拧成了一团，面上似有忧思成疾之色。主管太监李公公分析道："太史公子自小就与众不同，有洁癖，爱'干净'，我行我素，嘴巴又不饶人，朝中自然没有人愿意同他亲近。既然如此，不如……"

慕容祁放下朱笔，心念一动，已经有了主意，随即展眉，喜笑颜开，叹道："你说得有理，是时候找个凶悍点的娘子治治他了……"

半个月后，陈梁边境妖风连着吹了好几日，又阴雨绵绵不见放晴，身处陈梁边境的守边将军，大陈唯一一位女将军公孙羽的桌案上放着四份传她回朝的诏令。

公孙羽的脸色比外面的天色还要阴沉三分。

身为慕容祁的御赐皇妹——朗月郡主，公孙羽只在一个方面了解她的皇帝哥哥，就是当他在诏令里写有好事要告诉她的时候，一般都会是晴天霹雳，好比说给她结姻缘。

慕容祁在公孙羽十七岁那年举办过一场盛大的招亲大会，广招文武双全的才子前来参加，各富家子弟听说公孙羽乃女中豪杰又美艳倾城，于是争相前来。

结果就在当天，公孙羽顺利创下"一夜战七郎，全都揍趴下"的纪录，从此成为全大陈男子争相躲避的对象，这让她有点难堪。

于是，为了防止这样的事情再次发生，这一次，公孙羽准备大胆地抗旨了。

而当慕容祁给公孙羽发下第五份大意为"不回朝就收兵权"的诏令时，去往陈楚边境的调职令也发了出去。慕容祁让太史烨官复原职，即刻回朝。不过只是复了他瑾国公的身份而已，并且特许他洗完澡、敷完面膜再接任。

做完一切准备的慕容祁笑逐颜开，连带着陈王都庆城的天都艳阳高照了好几天。可在灿烂阳光下，却是陈国一群忠君爱国之臣的阴霾。

一时间，王都内朝臣议论纷纷——

"皇上如此也太纵容太史烨了，他再恃宠而骄岂不要翻天了？"

"的确如此，真是浪费了那块九代免死金牌了。"

……

太史烨的马车就在这样的流言蜚语中驶进了庆城。

大街上行人纷纷络绎不绝，见到这样豪华的马车驶来，纷纷退避三舍，指指点点。驾车的元昊有些担忧地问："公子，百姓们可都在议论你呢，'太史烨'三个字直接宣之于口啊！"

车内之人优雅地横卧着闭目养神，脸上敷着一块面膜，语气慵懒："能让他们将本公子的名字挂在嘴边，是本公子的荣幸。"

可不是吗？谁会把自己的名牌挂在马车上啊？谁比你太史烨有名气啊？谁自己找虐啊？

元昊随口问道："说来皇上怎么突然转性了？我连在边关的防尘面罩都准备好了，可一次都没用就回来了。"

太史烨依旧懒洋洋的："最难测帝王心，阿祁他学坏了啊，连这么阴险的招数都运用自如了。"

马车车轮滚滚碾过大街小巷，却猝不及防地在看上去挺拥挤的地方迎面撞上飞驰而来的马。

马上之人勒紧缰绳，马就前蹄离地，嘶鸣一声，双蹄再重重落地，惊吓到了马车前的那匹马。元昊还未及反应，马车就已经冲向了小摊贩那里，直直地撞塌了人家的臭豆腐摊子才算完。

当这边元昊还惊魂未定，瞪大眼不知该怎么办的时候，车里的人已经苦闷地叫了起来："是谁敢把这么恶心的臭豆腐往我的车里丢？"

半晌后，又传来一声哀号："啊！我快不能呼吸了！"

坦白说，也只有在太史烨被"污染"的时候才能看到他失态的样子。

马上之人悠闲地趴在马背上，饶有兴致地看着这辆被哀号声震得颤了颤的马车，扬声道："太史烨，这么多年不见，你还是一样矫情啊。"

马车帘子被猛地掀开，露出太史烨一张面敷着膜的脸。他立刻将面膜扯了下来，大口大口地呼吸着新鲜空气，顺带搜寻了一下说话之人是谁。可还未寻到，就已经感觉到一股清新的浩然正气扑面而来。待他看清对方之后，原本苍白的脸立刻就变得红润起来，眉眼一挑，道："公孙羽，这么多年不见，你还是一样野蛮啊。"

周遭围观的人越来越多，全是看热闹的。臭豆腐摊的小伙计正准备伺机上前索赔，还没伸出去半条臂膀，就见眼前刀光一闪，再听"啪"的一声，飞刀已经自公孙羽袖中飞出，稳、准、狠地把太史烨的名牌直直地钉在了马车门栏上，飞刀的位置正好卡过"史"字的那个框。

卖臭豆腐的小伙计咽了一口口水，默默地把手缩了回去，决定自认倒霉。

公孙羽语气淡淡："下次再这么嘴欠，钉在那里的可就是你的舌头。"语未毕，公孙羽已经掉转马头，头也不回地策马离去。扬起一片灰尘，围观的人捂住口鼻，渐渐散去。

元昊僵着脖子看着这柄能亮瞎人眼的飞刀，感叹道："好歹老爷也是公孙姑娘父亲的救命恩人啊，她下手也太狠了点吧！"

当年陈楚一战凶险万分，老陈王执意御驾亲征。公孙羽的父亲和老陈王深入敌军内部却被围杀，太史延带着一组精兵拼死冲出重围才解救了老陈王和公孙羽的父亲。最后，在为公孙羽的父亲挡下致命一刀，又为老陈王挡下一箭的情况下，英勇地殉国了。

公孙羽自小习武，品性和她的父亲如出一辙。十五岁就继承父亲衣钵，披挂上阵，镇守边关，替父精忠报国，颇受将士们的爱戴和朝臣的赞扬，性格几乎和她的发小太史烨截然相反。

好容易反应过来的太史烨赶紧捂上口鼻，从马车上下去，哼道："这个凶女人，谁娶了她真是倒了八辈子血霉！"说着就打了个大大的喷嚏。

元昊关切地问："公子，你是受凉了吗？"

太史烨取出手绢优雅地擦擦鼻子，嫌弃道："不，是被我们那个皇帝陛下的妖气给熏的……"

身处桌案前专心批折子的慕容祁也结结实实地打了个喷嚏。

李公公亦关切地问："皇上可是受凉了？"

慕容祁揉揉鼻子道："可能是太史烨已经进京了吧……"

殿外小太监匆匆来报："皇上，朗月郡主求见。"

慕容祁立马笑得嘴都合不上，连说三声"快请"，还亲自起身迎接。

公孙羽礼数周全一番之后，笑着从怀里掏出那五份诏令，潇洒地甩了李公公一脸，而后抄着手问："皇兄，来给妹妹我解释一下，这么威胁我是要做什么？"

慕容祁笑吟吟地挑出地上的第五本诏令，道："朕要是不这么说，你会回来吗？"

公孙羽继续抄着手道："别再告诉我举办什么招亲大会，全大陈就没人敢主动要求娶我。"

慕容祁立刻摇头加摆手："不不不，绝不招亲，肯定不是招亲。"

当然不是招亲了，是直接赐婚啊傻妹妹，这你都信，果然还是太年轻了啊！慕容祁得意地想。

这里慕容祁还没缓住公孙羽的情绪，那里李公公已经神不知鬼不觉地出卖了他："皇上才不会给郡主招亲呢，是已经有中意的人选了。"

慕容祁一巴掌拍在李公公的头上，朝公孙羽咧开了大嘴，像傻子一样笑着。

公孙羽平静地看了慕容祁一眼，平静地道："我要造反……"

慕容祁的笑就这么僵在了脸上。

公孙羽气沉丹田，又重复了一遍："我要造反！"

"唉……也不知道你们都是怎么想的，天天喊着要造反的人都在忠心耿耿地守边关。"慕容祁手拿一本诏令有一下没一下地敲着手心，叹气道，"可天天喊着忠君爱国的人心里却总盘算着要怎么造反。"

公孙羽听完这番话，脸色一沉，慕容祁赶紧抓住机会问："快去看看太史烨沐浴完毕没有，朕急着见他。"

"皇上你这么想我是为哪般啊？"太史烨人未到，声先到。公孙羽眼明手快瞬间出手，太史烨抬袖间，长袖已经被牢牢地钉在了大殿的门上，动弹不得。

那一日，陈王宫里上至贵妃下至浣衣局宫女，全都知道朗月郡主公孙羽提着剑追杀瑾国公太史烨，追了大半个陈王宫。而就在追到第二圈的时候，太史烨脱了衣服直接往慕容祁专用的观清池里一跳，洗澡去了。

在公孙羽拔剑之前，慕容祁好心劝阻了一下："好歹太史他父亲还是你父亲的救命恩人，妹子你别太较真了。"

太史烨却作死地说："恩人也是我爹做的，不是我，跟我没关系。"

公孙羽已经将剑拔了出来，说道："听到了吗？这可是他自己说的。"

如今太史烨"金蝉脱壳"，公孙羽怕毁了自己的名节，只好提着剑去找慕容祁。刚松了一口气的皇帝陛下一颗心提到了嗓子眼，眼瞅着公孙羽气势汹汹地回来兴师问罪："皇兄，有你这么坑自己妹妹的吗？你知道我平生最受不了的就是太史烨的矫情，你还把我跟他拉郎配，你没睡醒吧！"

慕容祁道："那也没办法，为了让太史重新做人……"

公孙羽姿态悠闲地擦拭着剑，悠悠地道："所以决定牺牲我？"

"也没到牺牲这么严重吧？"慕容祁默默地往后退了两步，"你们俩小时候就认识，反正他也没人要，不然你好心收了他？"

公孙羽"叮"的一声用剑直接在地上扎了个洞，斜着眼睛看他："凭什么没人要的就要我收了？"

正巧此时李公公来报："皇上，温国公求见。"

温国公魏恒，陈国开国元老之一，也就是慕容祁口中所谓"天天喊着忠君爱国的人心里却总盘算着要怎么造反"的人。

温国公风尘仆仆地进来，第一眼就被公孙羽的剑光闪到，不禁眉头一皱,不悦地道:"郡主在大殿之上舞刀弄枪,这可是对皇上的大不敬,难道郡主意图不轨吗?"

公孙羽轻轻松松把剑拔出来,收剑回鞘,道:"温国公眼拙,我拿着的这是剑,非刀非枪。还有,我刚刚才跟我皇兄说我要造反,温国公有没有兴趣来平乱啊?"

温国公今天没兴趣平乱,他今天是来看热闹的。

于是温国公正色道:"圣上面前,不可胡言乱语,就算郡主你是皇上的御赐皇妹,也不可口出狂言。"

三两句之间,太史烨已经舒舒服服地泡完澡回来了。公孙羽作势拔剑药砍他,太史烨连忙抬手道:"别忙着动手啊,我还没说我到底同不同意呢。咦,这不是温国公吗?好久不见,幸会幸会。"

温国公笑脸相迎,客气道:"瑾国公有礼,从边关一路过来辛苦了,也难为你一年到头总是边关庆城地跑。"

太史烨顺着他的话不客气地道:"确实辛苦,你看,到了这里还要被凶女人追杀,说得好像谁愿意娶她一样。"

慕容祁连忙按住要发作的公孙羽,道:"太史,别一天到晚装柔弱,好像谁不知道你的能耐一样。朕这次召你和公孙回来,就是要给你们俩赐婚的。"

公孙羽率先回答:"我抗旨!"

慕容祁的脸色难看了三分,道:"别答得这么快啊,我还没问完呢!公孙羽、太史烨,朕最后再问你们一次,到底愿不愿意接受赐婚?"

从小到大都是相看两相厌的两个人默契地对视了一眼,这深深的一眼过后,两个人的心里都已经有了答案。

大殿里不约而同地响起两个坚定的声音——

"臣抗旨（领旨）！"

公孙羽一脸错愕，不可置信地看着始终嘴角上扬的太史烨。

这和说好的不一样啊！他刚刚那种眼神明明是"我也要抗旨"的意思啊！

旁边，温国公眉毛一挑，看好戏似的瞄这两人，悠悠地道："瑾国公这翻脸跟翻书一样快啊。"

而和公孙羽一样诧异的还有慕容祁。他原以为这两个人应该异口同声地说"抗旨"的，万万没想到啊万万没想到，太史烨居然"浪子回头"转性了？想到这里，慕容祁脸上的表情不由得从惊讶变成了欣慰：这个太史烨总算是做了一件让朕舒坦的事了。

公孙羽懒得搭理太史烨的疯话，自顾自地拱手道："请恕臣妹不能遵旨，且现在已经和太史烨意见不统一，想来也是因为彼此根本就不合适，请皇兄收回成命，臣妹也该回去镇守边关了。"

这话公孙羽说得很不老实。

慕容祁心里已经有了答案，果然还是散养的妹子，想法也野了，这不是摆明了要坑太史烨吗？嗯，说不定这可以当成太史烨的第一个挑战。所以慕容祁立刻顺着公孙羽的话说："没关系，没感情可以慢慢培养的嘛。这样吧，就让太史陪你一同去边关好了。太史烨听旨，朕现在命你与朗月郡主一同前往陈梁边境镇守边关，无召不得回朝。"

谁不知道陈梁边境多风沙，往外面站上一时半刻，回来就能从脸上、身上刮下两斤泥来？按太史烨那个洁癖程度，他大概只能待在一个封闭的水桶里，把皮泡烂了都永不出来吧。

"用这种方式逼他知难而退，妹妹你学坏了啊！"慕容祁看着太史烨离去的背影，是这么感慨的。

　　公孙羽含笑拱手谦虚道："还是皇兄你榜样做得好啊。"

　　可惜公孙羽还是比不过慕容祁这个榜样，她原以为用这种手段可以逼太史烨不再玩笑似的同意这门荒唐的婚事，没想到慕容祁还有后招在后面。当日他就昭告天下，宣布了朗月郡主和瑾国公的婚事，并且宣扬了一下未婚夫妻俩的忠心，号称这二人决定以夫妻之名先保家卫国，日后再成婚。同时，他以此号召天下有情人都向他们夫妻俩学习，一时间竟成为大陈的一段佳话。

　　这段佳话传到公孙羽耳朵里的时候，她正默默地被气得内伤，怒掀了桌子；传到太史烨耳朵里的时候，他正在温国公府上鉴宝。

　　因为这一次回来得仓促，慕容祁并没有给他妥善地准备住所，而瑾国公府也正在修缮中。又架不住温国公的盛情邀请，左右两个人都是国公，太史烨就恭敬不如从命地住进了温国公府。

　　传闻温国公有个藏宝阁，于是身为贵客的太史烨就有幸被请去一观。

　　进入之前，温国公客气道："瑾国公随意看，若是相中什么千万别跟我客气啊。"

　　太史烨当然不会客气。

　　"温国公，你这玉如意色泽通透，是个宝物啊。

　　"温国公，这琉璃樽样式奇巧，我见所未见。

　　"温国公，这是传说中的和氏璧吧！

　　"温国公……温国公……温国公……"

　　那一日，太史烨将温国公的藏宝阁搜刮一空，所剩东西寥寥无几。最后，太史烨盯着那尊七足鼎道："这鼎太大了，我的瑾国公府还没修缮好，没有地方放，暂时先寄存在这里，回头修好了再来取，还要麻烦温国公照看一阵了。"

温国公忍着心里一口血没有喷出来，强颜欢笑道："哪里哪里，瑾国公喜欢就好。若将来还有宝物入府，再请瑾国公来一观。"

太史烨心情大好，道："好说，好说！时候不早了，一会儿我就要和公孙一起出发去边关了，多谢温国公的慷慨招待，后会有期。"

听说这件事的公孙羽和慕容祁差点憋笑憋出内伤，尤其是看到太史烨一脸兴致勃勃时温国公明明心中悲痛万分脸上却还要摆出一个新媳妇的笑脸来附和，那种看人憋屈的痛快感简直是爽啊。

公孙羽凑过去跟慕容祁耳语："温国公一定不知道太史烨最擅长的就是不要脸了。"她顿了一下，又道，"也一定不知道他的不要脸就是你纵容的。"

慕容祁做戏似的佯装责备太史烨："太史，你太过分了，怎么能白要温国公这么多东西呢？"

温国公连忙道："是老臣自愿给的，老臣收藏的宝物能得到瑾国公的青睐，是它们的福分。"

后来，太史烨就带着这样的"福分"和公孙羽一起出发了。

一路上，公孙羽极力忍耐太史烨动不动就要洗澡、敷脸的行为，三番五次刀剑相向。太史烨不仅不以为意，还十分欣然地接受了公孙羽对他"洗澡池里开出来一朵厚脸皮的奇葩"这样的调侃之言，连元昊都听不下去了："公子，郡主说话也忒难听了，难道你就不生气吗？"

公孙羽在前面骑马引路，太史烨在马车里悠闲地摇着扇子："我

脸贵如你

不跟性别不明的人计较，又何必在意呢？"

元昊幽怨地看着这反过来的场景，心里忧伤地为自家公子默哀了一把：这么不要脸，果然注定孤独一生啊。

越是接近边关，风沙就越大。这两天，太史烨已经明显感觉到自己的皮肤有些不适了，不仅干燥，还脏得快，心中隐有几分焦躁感。直到进入峦城，太史烨终于爆发了，就在他从脸上抹下一层暗黄色的灰尘的时候。

太史烨几乎是飞奔而去蹦进浴池，正当他舒舒服服地靠在池边享受的时候，公孙羽的身影出现在他身后。

她好心提醒道："这水已经好几天没换过了。"

洗澡诚可贵，敷脸价更高。

太史烨感觉全身上下都跟被针扎了一样难受。他尖叫一声，抬手一捞，顺手就拖着公孙羽的脚踝把她给拉下了水。

若为脏水故，二者皆可抛。

身为一个严重的洁癖症患者，太史烨面对这样的情况还能想到第一不能出水让公孙羽看到自己的身体，第二不能放过公孙羽这个罪魁祸首，也是一种本事。

所以，当公孙羽还没来得及"啊"一声，就这么突然狼狈不堪地一头栽进水里的时候，太史烨已经趁机破水而出，优雅地在空中转体，扬起他华贵的浴袍将自己裹好，妥妥地站在浴池边上。

公孙羽愤怒地从水里钻出来，咆哮道："太史烨，你无耻！"

太史烨忍着恶心的感觉，好脾气地道："哎……你又不是第一天知道……"他说着就赶紧颠颠地跑了，龇牙咧嘴地跟站在门口守着的元昊抱怨道："快去弄点干净的水来，我觉得自己的皮肤快要腐烂了。"

当夜，就在太史烨舒舒服服地在浴桶里泡澡、敷面膜的时候，公孙羽已经收拾好策马出城散心去了。

再和太史烨一起待下去，她一定会忍不住"谋杀亲夫"的。

峦城地处陈国边境，在其西北侧有个骁勇善战的民族——博济族。在战乱纷纷的年代，博济族身为小小异族，能存活下来已是不易。只是博济族的攻击防卫能力始终有限，最终还是败给了梁国。是陈国出兵援助，博济族才脱离了灭族的危险，从而也从陈国的敌对方转变为陈国的藩属国，一直都和陈国有合作关系，更是每年都有朝贡。

和博济族合作最多的，就是公孙羽了。

这一趟散心，公孙羽就是去找朋友的。

伴着微弱的月光，马蹄扬起一阵沙尘，迎着篝火的亮光过去，公孙羽已经听见了清晰的狼嚎声。

嗯，果然他还是老习惯。

拉缰绳，下马，动作轻盈又一气呵成，公孙羽缓步往柴火边走去。背对着她而坐的男人身上的黑色貂裘几乎和周遭的颜色融为一体，他一只手用树枝挑着柴火，另一只手随手向后抛了一个酒壶过去，声音清朗："你来了。"

公孙羽稳稳接住酒壶，拨了盖子仰头灌了两口，走快两步在他身边坐下。两口烈酒下肚，感觉心情都舒爽了："还是在你这里痛快。"

身边人嘴角微微上扬，没有说话，而是继续捣鼓柴火。

火堆发出轻微的噼啪声，公孙羽又灌了一口酒，烈得她龇牙咧嘴。她望着前方大石头上立着的几头狼，眯眼道："拓跋弈律，你说你堂堂一个博济族大将军，成天不在族里待着，跑出来跟狼厮混，你这样真的好吗？"

拓跋弈律侧头冷不防问："你是狼？"

公孙羽不甘示弱道："你和我算是厮混？"

拓跋弈律笑出声，把自己手里那个酒壶里的酒一饮而尽，又另起话题："你们皇帝陛下把你急召回去，又是给你安排相亲大会？"

"不是。"

当然不是相亲大会，而是赐婚大会。

不过听拓跋这么一问，好像消息还没传到这里来。要是守边的将士们知道他们可亲可爱的女汉子公孙将军的赐婚对象不仅是大陈一直以来的笑柄，还是一朵百年难遇的矫情奇葩，一定会笑话死吧。

想到这里，公孙羽不由得叹了一口气。

拓跋弈律没有看她，只是遥望前方，问道："听说你带了个男人回来。"

这话怎么听着这么奇怪呢？不过拓跋你的消息还是真灵通啊！

公孙羽想了想，还是打算说实话，无奈地道："我们皇帝陛下让我跟他培养一下感情，虽然这是不可能的事，但既然是皇兄的意思，那我就勉强弄过来整整，也算是对皇兄的一种忠心了。"

身旁的人挑柴火的手似乎有那么一瞬间的停顿，柴火一个没挑好，噼里啪啦地爆了两下。

拓跋弈律沉声问："公孙，如果有一天我们不再是朋友了怎么办？"

今天的拓跋好像思维跳脱得有些大嘛！公孙羽轻松道："我们要不是朋友的话，那就只能是敌人了，就像以前那样。"

夜深了，公孙羽被边关的风吹得有些冷，加上之前刚刚被推进水里泡了泡，受了点寒，不由得打了两个喷嚏，喝完酒就辞别拓跋弈律离开了。

女子绝尘而去，依旧扬起一阵黄沙，轻飘飘地刮在拓跋弈律的脸上。他眯着眼道："公孙，不是朋友，就真的只能是敌人吗？"

脸贵如你

消息灵通的不仅仅是拓跋将军大人。公孙羽没猜错，万千将士果然对他们可亲可爱的公孙将军配了一朵亮丽的奇葩感到胸闷气短。虽然鲜有将士把公孙羽当女人看待，但依然有人捶胸顿足道："连我都比瑾国公爷们儿啊！"

被人鄙视的瑾国公正悠闲地站在院子里敷面膜，于梧桐树下逆光而立，身上裹着他那身锦缎浴袍，大有"世人皆醒我独醉"的意味在里面。

如果不跟他说话，单单只是这样看着他的背影，还是可以想象这是一位温润如玉的公子哥儿的，但真的只限于不说话的时候。多少回太史烨都是因为嘴欠才被人追着套麻袋，公孙羽反正是数不过来了。她摇摇头，让自己醒醒，这不是个看背影的世界，所以她走过去看脸了。

结果一看脸，内心猛地一惊，倒吸了一口凉气，声音都有些颤抖："太史烨，你有病啊！你这是准备要吓死谁啊？"

太史烨从半仰望星空到侧头过来看公孙羽，面膜太厚，看不清他脸上的表情，但想也知道肯定不是什么好的表情。他声音闷闷的，却还是难掩轻浮："等你回来吓死你啊！你去哪里了，会情郎吗？"

公孙羽眉头一皱："和你有什么关系呢？"

太史烨面不改色地说："你是我媳妇儿嘛，我得负责给你把关啊。这种事情我们要悄悄地来，我不能让人知道你给我丢脸了啊。"

等等，到底谁给谁丢脸啊？

不对，重点错了，重点是谁是他媳妇儿啊！

公孙羽无语地看着他。

太史烨小心地取下面膜，又用手按摩了一下脸，他感觉峦城这样的地方对他吹弹可破的皮肤简直是一种摧残。在公孙羽似乎要爆发的情绪下，太史烨已经拿着面膜乐颠颠地跑远："哎呀，好干好干……"

推开房门，太史烨似乎想起点什么事情，回过头用手指了指，又做出一副思考的样子，良久才说："公孙，很明显我们俩都对这门婚事持反对态度，但阿祁那个人你是知道的，他看上去心是软了点，但他心里的想法谁又能知道呢？"

公孙羽反问道："所以你就用这样的缓兵之计？"

太史烨已经两条腿都跨进房间里了，转身准备关门。微弱的月光映在他的左半边脸上，看不清他是不是真的在笑。只听他说道："我这不是顺着他的意思培养感情吗？媳妇儿，爱我你怕了吗？"

公孙羽以迅雷不及掩耳之势用足尖勾起一块小石头踢了过去，正对准太史烨的脸。太史烨语速奇快地说："记得晚睡晚起、少吃水果别喝水，适当的生气，对身体好！"然后他"啪"的一声关上门，石头仅以三寸之遥遗憾地打在了门上，再悲愤地落在地上。

问世间糟心为何物，是你站在我面前，而我却不能打死你。

公孙羽一直对一件事秉持疑惑不解的态度，为什么太史烨嘴欠成这个样子，还能苟活至今。"逍遥法外"？那些套麻袋的都不行啊，太弱了！看来还是需要她公孙羽"为民除害"一下了。

身为公孙羽的贴身"小棉袄"，微音已经很了解自家小姐的脾气了，所以她很贴心地指责了一番太史烨，又献计道："不然我们折腾得他在这儿待不下去，让他知难而退？"

公孙羽愤怒地喝完一杯水，响亮的一声"吧嗒"之后，茶杯定在桌上。她咬牙切齿道："你看他像是要走的样子吗？你说他是不是吃错药了，明明一个这么矫情的人，居然背来环境这么恶心的边

脸贵如你

关。"

微音摸了摸鼻子，道："他就没吃对过药。小姐，说不定太史公子是真的看上你了。"

当夜，公孙羽以茶代酒立下誓言，要是太史烨哪天真看上她了，她就用泔水糊他一脸。

第二天，风和日丽，蚊虫叮咬，适合打场小仗消遣一下。还没到五更天，守城的将士就匆匆来报，说梁国来犯，几百精兵迎着曙光向着峦城偷袭而来。太史烨打着哈欠看着公孙羽从他门前飞奔而过，一个"早"字刚出口，对方已经跑没影儿了。

元昊急急地跑过来道："公子，打、打、打……打仗了。"

太史烨眉毛一挑，道"又、又、又……又不是没见过，慌则乱啊。"

元昊哭丧着一张脸看着太史烨道："公子，那我们现在怎么办？要不要去帮帮公孙将军？"

太史烨板着脸摇摇头，说了一句"不去"。元昊刚要劝，太史烨已经换了脸兴冲冲地道："但我要去给她加油！"

峦城的城楼上，守城的参将李炎蹲在地上愤怒地嗑了一地的瓜子壳，把手上最后一把瓜子愤怒地往地上一掷，站起来道："哼！好个梁国啊，真当我们公孙将军谈恋爱去了不管事啊，还挑个'黄道吉日'来偷袭！来人，点兵，迎战！"

"慢着！"

随着有力的一声沉喝，李炎脚步一顿，忙拱手道："将军。"

公孙羽站在城楼边向下探望，城楼下尘土飞扬，兵器击打声、呐喊声一片。双方厮杀在一起，虽然激烈，却也没到惨烈的地步。她问："北城门守卫最为薄弱，所以他们自然会挑这里进攻，但你弄清楚敌方有多少人、采用什么战略了吗？这么莽撞干什么？"

李炎怔了怔，连忙道："已经清楚对方大约有三百人，领头的那个是没见过的一员大将，抡锤子的，攻势比较猛。但看不出他们的目的到底是什么，三百人又不能破城，难不成只是试探？"

公孙羽皱了皱眉头，终于在拼杀成一片的战圈里找到了那位没有见过的抡锤子大将。只见他虎背熊腰，丑陋不堪，却勇猛无比，手抡两把看上去有百余斤重的大锤所向披靡。凡是被他的大锤不幸击中的，非死即残。眼看着在他的大锤下守城的小分队就要挡不住了，公孙羽手按剑柄，准备动手了。

今天梁国是有备而来，用炸药把因为上一次战祸而损坏的城门炸出了一个缺口，逼得陈国不得不出城迎战。如今两国士兵混战，城楼上的弓箭手都没法派上用场了。

楼下抡锤子的已经用他粗犷的声音叫骂起来："原来陈国人都是缩头乌龟啊，跟着一个女人打仗也就算了，竟然连老子的一锤都吃不起，赶紧弃城投降吧！"

李炎一掌拍在城墙上："将军，这厮简直欠收拾！让我下去剁了他！"

公孙羽当即有了决断，脸色一沉："闭嘴！让其他三门的守卫都按兵不动，免得中了调虎离山之计。再派两队过来支援。看来今天他们是来挑衅示威的。"

她刚转身准备亲自下去迎战，只听身后传来一道冷冷的声音："震天锤王奎，梁国民间有名的王大锤，他手上的两把锤子加起来得有三百斤重。公孙……"他说着还打了个哈欠。在场的将士们都用一种期盼的眼神等着太史烨说一句"还是我来收拾他吧"，只可惜太史烨一向这么扫兴，还出乎意料地露出欣喜的眼神，兴奋道，"你要加油啊！"

公孙羽似乎愣了一下，随即冷哼一声，道："这里风沙大，瑾国公快回去吧，免得伤了您尊贵的皮肤。"

城楼下的厮杀声更响，公孙羽身披战袍策马而出，脚下生风轻盈跃起。在王奎大锤即将把一个陈国士兵打得脑浆迸裂之前，袖中飞刀一出，挡住了致命一击。又算到王奎力大无穷，宝剑再变走势，巧避大锤攻势，王奎还未及看清她的招式，身上已然负伤。

刚刚在城楼上看还觉得他不算特别丑，现在近距离观察一番，公孙羽眉头皱得更深，看来这次牺牲的士兵多半都是被他的丑貌膈应死的。

王奎脚下不稳，倒退几步，看着自己身上的伤势，又看看那气势汹汹的公孙羽，嘲笑道："陈国果然是没人了，真的派一个女人来出战，还是个美人儿，来……"

对方语未毕，公孙羽已然再度发起攻击，想凭借灵巧的身法再次取胜。却不想王奎大锤一抡，扬起千斤压力，北城门几十丈内气流翻腾。狂沙过后，竟无几人能坚持不倒，公孙羽以剑支地才勉强撑住。重新调整节奏再次出击，却再难越雷池。王奎大锤一挥，公孙羽到底还是女儿身，挡得了第一波的攻击，却挡不了第二波。当她整个人都被震起来的时候，王奎的大锤已经紧跟着挥了过来，她抬剑一挡，却被震开了。

城楼上的太史烨面带一丝玩味之意，从上往下看着城楼下的战况，很轻松地就找到了公孙羽的身影。看着那道白色的身影在战圈中忽远忽近，借力打力，他不禁"啧啧"叹道："元昊啊，你看，那是我未来媳妇儿。"

元昊无奈地看着他道："是啊，是你媳妇儿。可有你这么做丈夫的吗？让自己媳妇儿去对战一个爆头狂？很明显你媳妇儿打不过他啊。"

几十招过后，公孙羽渐处下风，女子的弱点慢慢暴露，肩膀被大锤大力扫过，险些被击中，再出手竟将被大锤击中。

在这危急时刻，被震开的公孙羽被一股力量稳稳地一托，耳边是他调戏的话语："媳妇儿，你小心……"他掌中运力，未待她反应，已经将她推到战圈安全地，又反身一跃，轻盈地落在王奎的大锤之上。双手负于身后，眼中略显轻佻，道："你这大锤没洗干净啊。"

公孙羽跟跄了两步站稳脚跟，在漫天尘沙中寻找到了太史烨的身影，脑海中当即闪过一个念头——

这人是不要自己的脸了吧？

不过一瞬，两人已经动起手来。太史烨闪避伶俐，广袖飘逸，恰似翩舞芳蝶，而王奎无法撼动他分毫，只有被他耍得团团转的份。三招过后，盲目抡锤的王奎已然有了气喘吁吁之态。

公孙羽一边杀着梁国敌兵，一边分心去看太史烨和王奎的战斗。她从前只听说太史烨武功高强，甚至对此表示强烈的怀疑，如今亲眼所见，好像有点相信了。

至少从太史烨和王奎开战到现在，他还没动过手。纵使他真有天大的本事，这也无疑是对对手的一种蔑视。

他真是个永远都想保持淡定的奇葩！

王奎显然没有料到陈国留有后手，太史烨这个时候杀出来绝对是个意外。本想来示威的王奎心中已有撤退之意，他心知久战并非明智之举，

脸贵如你

很可能就会全军覆没。于是攻势渐弱，以退为守，准备带人脱离战圈。太史烨发现他的退意，心知这可能是个埋伏，也暂收攻势准备撤离。

奈何梁国始终漏算一步，他们没有想到博济族会在这个时候介入。当然，他们只是没想到拓跋弈律会在这个时候来找公孙羽而已。

王奎带兵撤退的后路被绕道而来的拓跋弈律切断，好容易摸到一个空子出去，却正面迎上了拓跋弈律。

大骂一声之后，王奎抡起大锤，拓跋弈律亦毫不犹豫地出招迎击。只听公孙羽大喝一声"拓跋"，同时用眼神示意他不要再与王奎纠缠下去。

拓跋弈律收招后退，王奎带着残兵败将仓皇逃离。

尘土飞扬间，一场不大不小的仗事就结束了。公孙羽刚收剑回鞘，就看到太史烨施施然站在她身前不远处，好像刚刚激战过的人不是他一样。

拓跋弈律侧身看过来，一眼就看到了太史烨，不禁眉毛一挑。公孙羽上前招呼道："拓跋，你怎么来了？"

太史烨也挑了挑眉，对拓跋弈律热情地招呼道："你就是'簸箕族'的拓跋将军？幸会幸会，在下扫帚。"

拓跋弈律的一个下属义正词严地道："放肆！吾王的名讳岂是你能亵渎的？"

公孙羽轻咳两声，在太史烨耳边小声道："喀喀——博济族的王就叫扫纣，'纣王'的'纣'。"

拓跋弈律一脸严肃地看过来，语气却没这么正经："阁下便是瑾国公太史公子吧？果真幸会！太史公子幽默非常，是吾所不能及。"

太史烨毫不客气地说："好说好说，这都是浑然天成的。"

公孙羽正要一脚踩上去让他赶紧闭嘴，太史烨已经先一步退后转身，满脸慌张地道："哎呀，这里风沙太大，我感觉皮肤快要烂了！公孙，你慢慢玩啊，我先走了。"

在场的两人颇为尴尬，拓跋弈律开门见山道："就是他？"

公孙羽又咳嗽了两声，突然没有想要贬低太史烨的意思，毕竟……他刚刚是……救了她？于是，她支支吾吾"嗯"了一声当回应，然后背过身去，道："我先去安抚伤兵，你自便。"

为了避免尴尬，公孙羽特地避开了太史烨和拓跋弈律单独开会。然而她躲得了这两个人，却避免不了这两个人相遇。

这两个人就是在公孙羽开会的时候相遇的。

太史烨正敷着面膜在庭院里休养生息。

拓跋弈律走近几步，道："太史公子倒也落得清闲。"

太史烨的姿势依旧不变，道："吸天地之灵气，集日月之精华，拓跋将军的肤色黝黑又粗糙，要多保养啊。"

拓跋弈律淡然道："我常年出征在外，风吹日晒，想来也是没有机会保养了，太史公子自己尽兴就好。"

公孙羽老远就看到这两个人对上了，加快脚步赶来。太史烨抬手招呼了一声："公孙，你来有何贵干啊？"

公孙羽思量片刻，说道："方才北城门一战，多谢你出手相助。"

妖风过，吹起边关独有的风沙，伴着梧桐叶落，雅亭中软榻上的人摘下脸上的遮蔽物，一派淡然地道："你我之间还需要客气吗？你是我媳妇儿嘛。"

女人火气大老得快

坦白说，公孙羽一直坚持认为，只要他太史烨不说话，他就没有生命危险，所以在他刚刚开口说那句话之前，她对他还是心存强烈的感激之情。只是他那句话一出口，她立刻就由喜转怒。飞刀一出，谁与争锋？

太史烨手上拿着的面膜被干脆利落地劈成了两片，还不带一丝毛边。

拓跋弈律看了一眼，忍不住夸赞道："你的技术又进步了不少嘛。"

公孙羽侧身朝他客气地一笑："在这种情况下，我倒是希望我的技术能差一点，飞刀射得再偏一点。"

太史烨把被劈开的面膜丢给元昊，施施然起身，不染一丝尘埃，步履轻缓："哎呀，火气那么大干吗？女人火气大老得快啊！"

罪魁祸首淡定自如地离开，留下公孙羽在原地内心一片凌乱。许久也没见她有什么反应，拓跋弈律轻声问道："他是依靠什么活这么久的，居然活过了十八岁？"

公孙羽语调平平道："嘴欠有的时候还是需要一定的实力做后盾的，如果你在嘴欠的时候没有相当的武力做辅助，嘴巴再毒也是徒劳。"

拓跋弈律赞同地点了点头："看得出来，他的武功确实很高。嗯，公孙，你……"话语骤停，好像是因为什么被卡住了一样，顿在那里，没头没尾的。

公孙羽忍不住扭头看着拓跋弈律，心想：这个人好像从来不会吞吞吐吐的吧？

等了好一会儿，没见拓跋弈律脸上有什么表情，反而眼神变得更加幽深，公孙羽好像意识到了哪里不太对劲。她总觉得他的眼神带着点压迫感，就这么盯着她看，片刻不离。被他这么看了一会儿后，她皱眉道："你……在看什么？"

又过了好一会儿，拓跋弈律开口道："公孙，你跟我来一下。"

现在公孙羽是真的不明白了，她好像才离开半个多月而已，为什么从京城回来以后，不仅带回来一个有病的，结果跟她做了这么久朋友的拓跋弈律也被传染了？吞吞吐吐也就算了，说个话还要挑地方？

公孙羽没有多想，只是跟拓跋弈律说了一下刚刚的战况："梁国多半是想来炫耀一下新招来的大将。坦白说，王奎是厉害，今天如果不是太史出手，我多半是要重伤在他手上的。大概他们也是收到了我不在边关的风声，所以特地挑我刚刚回来的时候袭击。幸好他们人不多，我们的伤亡并不是特别惨重。哎，不过话又说回来，我们昨天晚上才刚见过面，你怎么今天又来了？"

公孙羽就这么一路说着，然后就发现原本还走在她旁边的拓跋弈律莫名地失踪了。再回头，只看到他若有所思地站在原地，定定地看着她。

从未有一刻，公孙羽会想到自己居然会跟拓跋弈律在这种地方对视，甚至是在这么平静的情况下。

脸贵如你

停顿许久后，公孙羽开口问："你今天有些不对劲，是有什么事吗？"

"公孙……"拓跋弈律立在树影里，开口道，"你觉得我们俩合适吗？"

公孙羽"咦"了一声，真的认真地思考了一下这个问题，若有所思一番后，说道："还行吧，在战场上并肩作战挺合适的。你看我们一起讨论战情、策略，不是有时候连想法都能不谋而合吗？"

这个女人敢不敢再迟钝一点？说好的女人的第六感呢？！

"我不是说这种合适。"拓跋弈律略带愤怒地打断了公孙羽的话，嘴唇微抿，终于说出口，"我是说，如果我们俩在一起，你觉得合适吗？"

公孙羽脑子里的一根筋"啪"的一下搭错了，从胸口不明原因地浮起一阵燥热，引得她"呵呵"干笑了两声，不假思索道："当然不合适了。"

空气中突然开始弥漫起一股萧瑟的气息，公孙羽完全没有意识到自己刚刚那句脱口而出的话对于一个不善言辞但是又鼓起勇气表白的男人来说，是多么沉痛的当头一击，是多么痛的领悟。

拓跋弈律有些不高兴，皱眉道："你这是在敷衍我，还是在装傻？又或者说，你根本就没听懂？"

公孙羽听懂了，就在她说完那句"当然不合适了"以后，她瞬间就明白了。可即使她明白了，面上也依旧装出一副淡定的模样，纵使内心已全乱了套。

这是她从小到大第一次被人表白。

坦白说，身为一个容貌绝色、成就又大、身份又高的姑娘，公孙羽照道理说是不愁嫁的。可偏偏她就摊上了保家卫国的将军这么个职位。所以，自从她穿上那身盔甲以后，便再也没有人把她当女人看待了。

对拓跋弈律的感情？公孙羽在他今天说出这番话之前，从来都没有考虑过这个问题，一点都没有，她纯粹就是把他当兄弟、当战友来看的。所以，令人难过的是，有的时候，公孙羽自己都会忘了自己是个女人这个事实。

就好比现在。

拓跋弈律在她的心里，就是好兄弟、好朋友。

公孙羽手轻轻捏了捏拳头，稍稍平复了一下自己的心情，道："我不是开玩笑的，也不是在装傻。拓跋，我们是朋友。"

这是一场愚蠢至极的表白，虽然表白的那一方话说得不太好听，没有花言巧语，但确实诚意满满。只可惜郎有情，妾无意，这注定是一场失败的告白。

在房间里继续敷脸的太史烨屈膝躺在软榻上一动不动，十分平静地听完元昊这个偷窥狂的禀报，又漫不经心地道："你去听墙角做什么？这可是不道德的行为啊。"

元昊为难地道："属下这还不是为了公子你吗？郡主可是皇上亲赐给你的原配啊。"

榻上的人语气里明显带着一点倦意："他不是只昭告了天下要将我们配对吗？她还没过门，我还是我，她还是她，我们互不干涉。"他说着就侧身准备午睡，刚侧过去，又侧回来一点，补充道，"哦，就算来日她不得不过门，我也还是我，她也还是她，我们还是互不干涉。"

元昊说不过白家公子，他的内心有些乱，还有点……迷茫，他开始怀疑圣上是不是真的点错鸳鸯谱了。虽然说自古不是冤家不聚头，可是像太史烨和公孙羽这样三句话没说完就要动起手来的真的是少之又少。他有心要帮着撮合一下两人，看来也是一种奢望了。

那天晚上，拓跋弈律什么都没有说就不告而别了。公孙羽躺在床上翻来覆去，怎么都睡不着，满脑子都是拓跋弈律说的那句话和他那张脸。她烦躁了一会儿，干脆穿好衣服起来。为了不让自己去想这些感情上的事，她选择通宵达旦地处理军务，和下属开会分析梁国的情况，完全不顾李炎他们几个早就连着打了好几个哈欠。

公孙羽一拍桌子，来了一句："来来来，在打瞌睡的都可以给我醒醒了。你，你，还有你，你们几个怎么都这样啊？快醒醒！"

李炎又打了一个哈欠，抱怨道："将军、郡主、我们敬爱的老大，你说你把我们叫到这里，也不跟我们讨论战情，就光顾着自己一个人在那里看公文，一句话都不说，连点动静都没有，现在让我们醒醒是要干甚啊？我们是可以回去睡觉了吗？"

公孙羽站起身，绕到桌案前面，拍了几下手掌。李炎揉了揉耳朵，就听见公孙羽说道："给你们醒醒脑啊，要不要去喝酒啊？"

李炎本来昏昏欲睡，一听到"喝酒"两个字，整个人都清醒了，猛地站起来，半点困意都不带了，立马激动道："哎！好啊好啊！我们去喝酒嘛，正好庆祝一下啊！而且我们都好久没有一起喝酒了，今晚喝个通宵！"

公孙羽听他这么说，干脆也准备放开了玩，正好她最近这段日子压抑得很，需要释放一下。

带将士们到旁边的营帐里，李炎方才让人去搬了几大坛子酒过来。

公孙羽瞅了一眼这些大酒坛，忍不住笑出声来，但立马就换上一副严肃的表情，用力咳嗽了两声，假装生气道："李炎，你该当何罪啊？私藏这么多坛酒，是不是平时趁我不在的时候带着兄弟们喝酒偷懒啊？还有，军营里能私藏酒吗？"

李炎嘻嘻哈哈的，看着公孙羽的样子也不像是真的在生气，便不以为意道："老大，这就是你的不对了，说要喝酒的人是你，现在我们把酒拿出来了，你又怪我们，你说你这不是没事找事吗！"

公孙羽干脆也不管了，拍拍李炎的头，笑出了声："逗你们的。你说你们哪次喝酒我不让了？今天算是破例，喝个够！"

李炎拍手叫好，然后潇洒地将酒坛子的盖子一掀，道："等着，洒家先干为敬了！"

"嗯……喀……"李炎猛地一阵咳嗽，被酒狠狠地呛了一下，有些不满道，"将军，你这……喀喀——你这是干什么啊……"

公孙羽一把抢过酒坛子，不满道："光喝不练假把式，你就这么胡乱灌下去，是在糟蹋这一坛好酒你知道吗？"

李炎咳嗽完，看着公孙羽，道："那你是想要怎样啊，我的老大？这也不行，那也不对，我们就是想喝口酒啊，整那些有的没的有什么用啊？"

公孙羽白他一眼，道："谁说没有用的？"她说着，"咕咚咕咚"倒了好几大碗酒出来，道，"行酒令，玩不玩？"

一听到这里，几个蠢蠢欲动的将士来了劲，连连叫好。

李炎挠挠头，傻笑道："嘿嘿嘿，看不出来啊，真看不出来啊！老大，你还会行酒令？嘿嘿嘿！"

公孙羽霸气地一甩袖子，道："就从你开始！"说玩就玩，"桃园三！"

李炎还没反应过来，结果已经失了一局。

　　"三……三……结义……"

　　一旁的陈副官拍手道："哎，李参将慢了啊，喝喝喝！"

　　李炎红着脸端起碗，道："嘿嘿嘿，我……我这不是还没准备好吗？喝就喝了，喝！"说着就是一口闷。

　　"敬你一个！"

　　"一杯敬你！"

　　"六六大顺！"

　　"哥儿俩好！"

　　"四季发财！"

　　"五福同寿！"

　　"十全十美！"

　　……

　　三杯两坛下肚后，公孙羽玩心大起，又提议大家来玩"拍七"的游戏。

　　所谓"拍七"，就是说几个人从一至九十九依次报数，但凡有人轮到含有"七"的数字或是"七"的倍数的时候，就不许报数，要拍下一个人的后脑勺，让其继续报数，如果有人报错数字或是拍错人就要被罚喝酒。

　　这世上没有不会出错的人，即便这只是个很简单的算术游戏。

　　对于受到酒精刺激的人来说，可是很容易被糊弄的。

　　公孙羽看了看位置，干脆站到了李炎的身边，朝他笑了笑。

　　李炎嘴角一阵抽搐，终于反应过来发生了什么，立马战战兢兢道："哎哟……我的老大啊，你站在这里是……你这不是……这不是让我难做吗／一会儿轮到我拍七……我这不是……"

公孙羽瞪着他，可脸上还是带着一点诡异的笑，道："该怎么样就怎么样啊，你怕什么，是怕我吃了你吗？"

李炎抬手一挡，头缩了缩，道："不敢不敢，末将不敢，老大你说了算……你说了算……"

剩下的人围着桌子坐了一大圈，都对李炎投去了同情的目光，心里多少也明白了些许。左右不过是他们最敬爱的将军朗月郡主公孙羽大人今儿个闹点小情绪，正拿她的"小宠物"李参将出气呢。

站位出了变化。

游戏开始。

第一局，李炎就是"七"。

正当他下意识地抬手就要往公孙羽的头上拍过去的时候，正对上公孙羽瞥过来的白眼。他一个犹豫，手停留在半空中，停了半天愣是不敢下手。这时陈副官出来说道："哎哎哎，李参将今儿个是怎么了呀，怎么回回都反应慢啊？这是要打还是要报数啊？不行不行！哪有这么拖沓的？喝喝喝！"

李炎看上去有点推托之意，讪讪道："唉……唉……你们不能这样啊，你们这不是欺负人吗？"

公孙羽敲了敲桌子，道："李参将，你的意思是，我在欺负你？"

李炎赶紧端起碗一口闷了，潇洒地道："哪有哪有，老大你并没有欺负我，你这是对我满满的爱护啊！"

再次开局，李炎心里小心翼翼地盘算起来。才刚盘算完，就又轮到他，于是一抬手，直接转了方向往他旁边的赵副兵头上拍过去。赵副兵被打得一愣一愣的，又打回去，愤愤地道："死李炎，你喝醉了，你打我干吗？"

李炎又打回去："我没法打将军，当然打你了！"

你来我往，整个军营里就闹腾起来。虽然大家在打打闹闹，但依旧是嘻嘻哈哈的样子，公孙羽这回是发自内心地笑出了声。

她的这些下属，虽说偶尔会小打小闹，可她了解他们，不管怎么闹，他们的感情都是一样好，从来不会有什么旁的问题出来，这让她很放心。

酒过三巡，众人都开始有些醉意了，而李炎整个人已经摇摇晃晃了。

举着酒坛子的公孙羽兴致又起，干脆带着一群一样玩心大起的下属唱了起来。

公孙羽率先端着碗唱道："大家一起来喝酒啊！"

"一心敬啊，哥儿俩好！"

"三桃园，四季财！"

"五魁首啊，六六顺！"

"七个巧啊，八匹马！"

"九连环，满堂红！"

……

整个营帐里灯火通明，其乐融融，充斥着酒香和欢笑，大家在一起怎么玩都开心。

营帐外的人轻轻放下帘子转身离开，面上挂着一抹微笑。

"公子，你不进去？"元昊看到太史烨就这么转身离开，有些奇怪。

太史烨头也不回地说道："我本来就没有说过要进去啊，我只是来看看而已。"

元昊更加不懂了，追上来问道："来看看为什么不进去啊？郡主和她的下属不是玩得挺开心的吗？"

太史烨的脚步顿了顿，还是继续往前走，道："既然她玩得开心，那我就更不用进去了。"

元昊还想问为什么，太史烨干脆加快脚步道："唉，还是赶紧回去吧，天色已晚，我该去睡美容觉了。"

元昊："……"

公孙羽一晚上都在"五魁首啊六六顺"、"七个巧啊八匹马"的，到快天明了才想到去休息，李炎他们几个干脆就抱着酒坛子在军营里叠罗汉一样地睡过去了。

倒是太史烨一觉睡到天亮，还不带做梦的。

当他优雅地伸着懒腰在院子里看到脸上挂着两个深深的黑眼圈的公孙羽准备回去补觉的时候，他依旧热情地招呼她，还担忧地道："你昨夜挑灯夜战了，这么憔悴？"说着，他又闻了闻味道，问，"喝酒了？"

公孙羽心不在焉地"嗯"了一声又继续往前走，太史烨若有所思地跟了上去，道："姑娘家的还是少熬夜比较好。还有，少喝酒。你天生肤质好，但也需要保养，我可以推荐你……"

"太史烨，"公孙羽站定，看着他，道，"我公孙羽在陈梁边关待了这么多年，忍了这么多的风沙，多少次都是几天几夜不合眼地打仗，也没见我的脸变成一块菜皮啊！少喝酒？我哪里多喝酒了？倒是你，一天不敷脸就好像脸要腐烂一样。人家都说你的皮肤好，可我看你的皮肤最差，动不动就要有什么问题，有什么好的？我跟你说，我现在很烦，没心情跟你放嘴炮，你最好安安分分地待着别乱跑。你昨天的恩情我会找机会报答的，可你不能拿这个当让我不发火的筹码。"

一口气听公孙羽说了这么多话，太史烨有点反应不过来，脸上一如既往的平静，道："我都没做什么，你有必要说得那么严重吗？公孙，你坦白说，你最近是不是特殊时期？"

公孙羽不耐烦道："什么特殊时期？"

太史烨十分无辜地道："就是……特殊时期啊，女人的特殊时期，每个月都有的。听说在那几天都会莫名烦躁，还会发无名的火，我觉得你现在的症状就很像。"

旁边走过来的微音已经听不下去了，眼看着自家郡主眼中冒着熊熊怒火，周身杀气腾腾，都不敢上去劝阻两句，只敢小声说："郡主，你先冷静一下，不要太生气……"

太史烨这才后知后觉地道："你在生气啊？你在生什么气啊？为什么生气？是我说错什么了吗？难道你不在特殊时期吗？哎呀，那是我失算了。"

元昊已经快哭出来了，心里默默请求他家公子快点闭嘴，他家公子这不是找死吗？

一边是冷若冰山，一边是怒火翻腾，平静脸对上狰狞脸，却没有调和的办法。而正在此时，一个尖锐的声音响起。

"圣旨到！"这三个字犹如一盆冷水瞬间浇熄了公孙羽所有的怒火。

院子里四个人排排跪下接旨，宣旨的公公清了清嗓子，道："奉天承运，皇帝诏曰，宣朗月郡主公孙羽、瑾国公太史烨即刻回朝，不得有误，钦此。"

原本睡意很浓的公孙羽这会儿直接被吓醒了，脱口而出道："为什么又要回去？我们才刚回到这里三天！"

那公公一脸无奈地道："奴才也是没办法啊，皇上也是临时想到的，这才让奴才一路追过来宣旨。"

公孙羽干笑两声："我皇兄又长出息了吗？想半途召我们回去有的是办法，用得着劳烦公公你这么一路追着吗？他还真是蠢啊。"

公公揩了一把汗，点头道："是啊是啊。"话一出口又立刻改口，"啊，不是不是！郡主、瑾国公快接旨吧，咱们即刻回程了。"

公孙羽手一抬，凛然道："我若是离开这里，那谁来镇守边关？昨日梁国刚刚进犯过一回，看来是对峦城虎视眈眈，我又怎么能在这个时候离开呢？"

公公闻言道："请郡主放心，圣上已经有所准备，严威老将军已经抵达峦城，会暂时替你镇守边关。严将军经验丰富，一定不会有什么差池的。"

太史烨在旁边自顾自地整了整衣袖，道："阿祁真的学坏了啊，回去我要问他拿辛苦费。公孙，我们即刻启程吧，我已经迫不及待了。"

公孙羽白了一眼太史烨，顿时又燃起抗旨的念头。可是正当她要开口的时候，公公已经笑眯眯地道："郡主，圣上说了，为了防止您抗旨，让您将兵符交给严老将军，不得有误。"公孙羽惊讶之余，又听那公公道，"当然，为了安抚郡主您，皇上会将禁卫军的兵权暂时交由您。从今天开始，您就是禁卫军暂代统领了。"

多么巨大的诱惑啊，只可惜公孙羽要的不是禁卫军的兵权。

再退一万步说，公孙羽本来就不稀罕什么兵权，她满脑子都是精忠报国、守卫边关，不过做这件事的前提条件就是拥有兵权。

所以现在，慕容祁给了公孙羽两个选择：要么放弃兵权别回来了，要么放弃兵权回来带公子哥儿。

最后公孙羽妥协了，当她用一种狂跩帅酷的姿势侧卧在慕容祁休息的西暖阁的软榻上时，慕容祁正面带一丝神秘莫测的笑意。

公孙羽打了个哈欠，道："可以啊你，让我们白跑一次，你安的什么心呢？不知道边关告急吗？"

慕容祁随手换了一本折子批改，道："朕就是知道边关告急才让你回来的。国自有内忧外患，外患是硬伤，所以只要派足够的兵力下去，并不是什么难解决的事情，但内忧显然看起来比外患要麻烦很多，这是朝政上的事情，你说是不是？"

公孙羽抿了一口茶，道："是啊，朝政上的事情你负责不就好了？我给你负责外患，你负责内忧，咱们俩合作无间啊，你还有什么不满足的？"

慕容祁批阅奏折的手一顿，收起笑容，脸上带着难得的认真之色："妹子啊，皇兄跟你说实话，要是和梁国打起来我是真不怕，我就怕有人窝里反。这里是根，若是根基受到动摇，何以抵外敌乎？"

公孙羽放下茶杯，认真地思考了一下，道："所以呢？"

慕容祁搁下朱笔，十指交叉，手肘支在桌上，道："温国公留不得。"他顿了一下，又道，"坦白说，我能相信的人除了你，就是太史了，别的人我不敢对他全然放心。"

公孙羽泰然一笑，道："你这话说得我都不忍心拒绝你了。那如果事成之后，你要答应我一个要求。"

慕容祁的神色微微放轻松了一点，但还是不失警惕，微笑道"可以，但除了和太史解除婚约。别以为我不知道你在想什么，你只要留下来帮我，我将来肯定不会虐待你。"

公孙羽磨了磨牙，略凶神恶煞地道：“你这么狡猾，你母后知道吗？现在温国公只当你是软柿子，知道你没先帝手段凌厉，看你年轻不懂事，正高兴着呢。”

“有什么可高兴的？不怕人蠢，就怕人扮猪吃老虎。温国公有个致命的弱点，就是太自负，所以啊……”慕容祁起身走到窗边，遥望远方，随即扬声对外道：“李全，去看看太史烨怎么还不来。”

公孙羽继续横卧在榻上，不屑地道：“要他来有什么用，不过就是浪费时间。”

慕容祁笼着袖子清咳了两声：“要知道，他可是把温国公的藏宝阁洗劫一空的人。更何况，当年他一人可破楚国大军……”

公孙羽直接打断他：“好汉不提当年勇。”

慕容祁吃了瘪，又催促道：“快去看看太史烨怎么还不来！”

“阿祁，你急什么，我这不是来了吗？”门口的男子一袭青衫翩然而入，带着沐浴后的清香，正准备湿润一下西暖阁的空气。

慕容祁坐回去再次拿起朱笔批奏折，左手掐掐手指算了算，满意地道：“嗯，这一次只等了两炷香的时间，刷新纪录了，下次再接再厉。”

太史烨随意地在公孙羽的软榻边坐下，叹气道：“若不是贵妃娘娘要用观清池，倒也不会这么快。”

公孙羽眉毛一挑，眼瞅着慕容祁不动声色地“吧嗒”一声把手中的朱笔掰断，脸上依旧挂着不可意会的笑，语气带着点莫名的阴森：“太史，你的瑾国公府已经修缮好了，你可以准备搬进去了。”

太史烨道：“嗯，有道理。这么说来，我可以去温国公府去把那尊鼎给抬回来了？”

慕容祁满意地笑笑："嗯，你快去快回。"他脸上的笑意更深，接着对着旁边一脸嘲笑的女子道："公孙，你跟他一起去吧。"

公孙羽："……"

坦白说，除了太史烨以外，并没有人觉得他去温国公府是一件喜闻乐见的事情，尤其是温国公本人。他恨不得紧闭大门，再挂一块"谢绝见客"的牌子在大门上。

太史烨一派自然地走进去，温国公咬了咬牙，硬是扯出一个和蔼的笑容迎上去："瑾国公一路从边关过来辛苦了。朗月郡主也来了，一样辛苦。老夫准备了美酒佳肴为你们接风洗尘，先往前厅去吧。"

"也好，酒足饭饱之后再将那七足鼎带回去也行，这段日子劳烦温国公看管了。"太史烨长袖一挥，潇洒地进门。公孙羽酝酿了一下情绪，仔细回想了一下刚刚来这里之前慕容祁说过的话。他语重心长地跟她说，就算是再恶心，也要把恶心给咽下去，假装自己和太史烨很恩爱，做出貌似两个人将来要一起过日子的样子。所以，公孙羽在内心强烈地恶心了一阵以后，艰难地扯出一个笑容，配合地道："瑾国公府已经修缮好了，将那七足鼎放在前厅倒是不错，太史，你觉得呢？"

公孙羽很明显感觉到太史烨跨进门槛的时候脚下一顿，差点一脚踩在门槛上。他默默回头看了一眼公孙羽，眼神略有些怪异。看过一眼之后，又不动声色地转身进去了。

"郡主怎么不进去？"温国公善意地发问，接着道，"看来这段日子郡主和瑾国公两人相处得不错嘛。"

公孙羽礼貌地笑笑，跟上温国公的脚步一起进去。她一路眼观六路，耳听八方，偶尔感慨："温国公府这布局倒是让整个府上看起来高端大气上档次啊。"

温国公笑吟吟地道："郡主客气了，老夫也是特意请人来设计的。小女淑敏喜好清雅，就设计了一处山水墨画园，假山配上湖心小亭，又在池里种上荷花，也是美景一番。待用过膳，老夫便让小女带郡主和瑾国公去游览一番。"

太史烨在前面听到这句话，一时来了兴致："山水墨画园？我最喜欢这些了。看来令爱是饱读诗书之人，上一次光顾着去藏宝阁鉴宝了，倒也未曾有机会拜会，这一次定要好好拜会一番。"

老实说，公孙羽不是不读书，也不是没读过书，但她就是不喜欢舞文弄墨，听文人墨客说话她嫌累得慌。有话不能好好说，非要五句话三句念诗的，说的累，听的人也累，所以她对这个什么山水墨画园并不是很感兴趣。

温国公身为一只老狐狸，他的想法必然要比旁人多出一些，可如今他就一个单纯的想法——把他那些宝贝全给要回来。

所以，他才刚在饭桌边坐定，让下人上了佳肴，就开口问道："听说瑾国公府已然修缮好，为了祝贺瑾国公乔迁之喜，老夫定会登门拜访，还望瑾国公不要多加推辞。我们同朝为官，又都是国公，瑾国公为国效力，年轻有为，是为人臣子之表率，老夫前往拜访，是应尽之礼。"

太史烨认真地道："那是自然不会推辞的。往日听闻温国公贺喜，无论乔迁还是婚事，都必定会送大礼，现在还真是期待温国公会送什么大礼呢。"

公孙羽被茶呛到，分明看到温国公的脸一僵，一脸被板砖拍了的表情。

脸贵如你

第四回

奇葩个性欠揍的嘴

　　从前，公孙羽只是感觉太史烨脸皮厚，现在她觉得自己错了，他的脸皮简直厚出天边了。

　　但在这种情况下，公孙羽只能选择跟太史烨一起坑温国公，所以她佯装不悦，万分客气地道："哎，太史，你怎么能这样呢？温国公也是一番好意，你居然就想着要收人家的礼，未免太失礼了！"

　　温国公只好"嘿嘿"一笑，忍着一肚子怒火，挤出更加和蔼的笑容，道："哪里哪里，郡主说笑了，是老夫自己说要上门拜访太史公子的，郡主可不能怪太史公子啊。"

　　公孙羽苦恼而又纠结地推辞了一番，最终无奈接受道："既然这么说，那我也就不多加推辞了。"

　　酒过三巡，太史烨看上去有些醉意，脸上泛着淡淡的红晕。公孙羽坚守阵地滴酒未沾，无论温国公怎么敬酒，都只是以茶代酒，进退得当。

　　太史烨开始说起了胡话："温国公方才有说过令爱乃饱读诗书的文艺人，为何至今仍不见魏小姐出现？上回有幸在温国公府叨扰，却无缘一睹魏小姐芳容。"

　　温国公逮着一个好机会，忙不迭地说道："淑敏身为国公之女，也该有大家闺秀的样子，怎么能随随便便出来抛头露面呢？女儿家嘛，还是温婉些的好，更何况还是面对瑾国公这等人物。"

太史烨面带微笑，抿了一口酒，道："我翻阅前朝史册，发现鼎盛之时，却是一位女丞相力挽狂澜，再后来又是一位女太傅辅佐幼主再创盛世，看来也是巾帼不让须眉之势啊。"

公孙羽试探着反问了一句："所以你是想说，这就是所谓的'一个成功男人背后必有一个伟大的女人'？"

太史烨仰头将酒一饮而尽，叹道："然也。"

温国公只觉得话锋不太对，再这样下去，只怕这两个人又要一唱一和地给他挖个坑跳了。前不久，自家皇上提点过他，说太史烨和公孙羽两个人一定会登门拜访。他早就做好准备了，没想到还是玩不过这两个年轻人。这一次，算了，还是附和着夸一夸他们吧。

温国公立马改口："朗月郡主亦是人中龙凤，巾帼不让须眉，上阵杀敌守卫边关，深受将士们的爱戴，也是国之栋梁。"

待把好话说完，他才想起来刚刚自己是想说什么来着。哦，对了，他是想说公孙羽一个女子不好好在闺阁里待着，非要跑出去夹枪带棍地打打杀杀，日日和千万男性将士厮混在一起，搞得人家都忘了她还是个姑娘家。说得好听点是为国效忠，指不定人家会在背后怎么说她呢。

所以，这是一件非常令人难过的事情。

酒足饭饱之后，温国公用去观赏山水墨画园的景色来吊太史烨的胃口。太史烨果然中招，脚步略有些虚浮地去了，一路上跟身边的公孙羽说了一句："想来魏小姐定然有沉鱼落雁之姿，你说是不是？"

公孙羽感受到来自他唇齿中溢出的酒香气的恶意，嫌弃地偏过头去，不悦地道："是是是，你说是就是。你让开些，自己好好走路。"

太史烨稍稍正了正步子，脸上是止不住的笑意："公孙，你在吃醋吗？"

公孙羽地语气干巴巴的："是啊，刚刚不是上了一盘饺子吗？蘸的是千年老陈醋。"

在泱泱大陈国，第二泱泱的就是温国公府，有多少文人墨客想要一睹温国公府上的美景。于是在这种情况下，好运气的公孙羽和太史烨就不知道该笑还是该难过了。

天都不知道温国公的女儿到底是不是一个真正的大家闺秀。

走至偏僻处，已有雀鸟鸣叫声，清脆悦耳，山石交错恍如仙境，连空气都好像洁净了很多。

清风起，长叶动，水中央薄雾轻浮，雅亭中隐隐显出一个青纱轻扬的女子。那女子面容姣好，纤纤素手轻拨琴弦，琴音婉转，却带着淡淡的忧愁。

公孙羽有点看傻了眼，方才吃饭席间，她有意无意听温国公提了一句，他家闺女今年芳龄正值二八。不过十六岁的姑娘，到底经历了怎样的沧桑才会让她的琴声忧愁成这个样子？

公孙羽有点想不通，不过细细想来，她二八年华的时候在干吗来着？

哦，对，她已经扛着剑上阵杀敌了，好像也没比这位魏淑敏小姐好到哪里去。她撇撇嘴，摸了摸鼻子，默默地给魏淑敏贴上了"清冷淡愁"、"哀婉凄清"的标签，被此情此景矫情得有些反胃。

不过稍稍反胃间，身边的太史烨已经脚步略有章法地踏上了雅亭的台阶。公孙羽跟在后面两步远的距离，只见眼前人长袖飞舞，再往高飘一点就能直接糊她一脸了。

女子带着淡淡的愁容轻启朱唇，离愁别绪轻柔地流出："衣带渐宽终不悔，为伊消得人憔悴……"

公孙羽快要忍不住了。

三两句"凄凄惨惨戚戚"中，太史烨默默道："魏小姐心存哀愁，连念诗都带着一股凄清。"

魏淑敏肯定没法好好说话，她期期艾艾道："太史公子，小女秋来愁思满肠，看到此情此景，也是醉了。"

太史烨嘴角微微一勾，道："魏小姐言重了，女人可不能一直生气发愁，会早死的。"

公孙羽眼瞅着魏淑敏把马上要抒发出来的一腔哀愁硬生生咽了回去，半句话说不出口，脸部表情也逐渐僵硬起来，好像下一刻就能哭出来，又好像下一刻会晕过去一样。她又瞥了一眼身侧不远处的温国公，看到他的脸色就跟被板砖拍了一样难看。

同为女子，看到自己的同胞被太史烨这么"糟蹋"，公孙羽动了点恻隐之心，走上前去安抚了一下魏淑敏，责备太史烨："太史烨，你喝多了是吧，怎么说话呢？"

太史烨面不改色道："我说什么了？我不过是实话实说而已。我好意提醒魏小姐不要愁容满面，不然会早死，你怎么能说我喝多了？我一句话你就能想这么多，你们女人的心思也太复杂了。温国公，我这样关心魏小姐的安危，你一定感受得到吧？"

温国公能说不吗？温国公心底悲伤的泪水早就逆流成河了，但面上还是很客气："瑾国公所言有理，是小女淑敏多愁善感了。淑敏，以后再不可这么愁眉苦脸的，听见没有？"

魏淑敏幽怨地看了一眼太史烨，道："可惜淑敏……此情无计可消除……"

公孙羽看着她这样子整个人都不好了，这种愁思才下眉头却上心头的即视感是怎么一回事？

太史烨酒被湖风吹醒了大半，脚下步子丝毫不踉跄，淡定地走到古琴前，优雅地落座。纤指微抬，一曲古曲从指缝流出，勾起千思万绪，连带着他的周身都浮现出一股微妙的气息。公孙羽只觉全身莫名其妙地一冷，身子情不自禁地一抖，听得有点起鸡皮疙瘩。

打过几个寒战以后，公孙羽觉得，她再在这个地方待下去可能就要不能呼吸了，于是脚步轻移，往后退了两步。她正想要寻个什么有说服力的由头离开一下的时候，案桌前的男子已然手按琴弦，琴声止住，夹杂着一丝若有似无却又勾人心弦的尾音。

公孙羽突然觉得有点腿软。

太史烨说道："阿羽，你这是要去哪里？"

阿羽你个头啊阿羽！公孙羽暴躁得想杀人！阿羽是个什么鬼？他干吗叫得那么亲热？她跟他很熟吗？

公孙羽皮笑肉不笑地道："阿烨，我没有要去哪里，我就是腿站得有点酸了，想活动一下而已。"

太史烨淡然地起身，吟得一口好诗："人生得意须尽欢，莫使金樽空对月。"

公孙羽对答如流："天生阿烨必有用，脸皮丢尽还复来。"

太史烨温和地一笑，并不接话。

公孙羽潇洒地转身，又继续道："将进酒，药莫停。太史，你今天喝多了，还是先去醒醒酒吧。"

魏淑敏回过一点神来，竟不自觉地赞叹道："朗月郡主好诗性，想来也是饱读诗书之人。小女近日拜读了一番《山海经》，不知郡主是否愿意赐教一二？"

赐教？还《山海经》？公孙羽轻咳两声，道："赐教就不必了，这种事还是请教瑾国公比较合适。"

魏淑敏换了一种眼神转而看向太史烨，眼中满含深情，满含期待，好像下一刻就要扑上去一样。

过了半晌，却只听见刚刚似乎有些走神的太史烨柔和的声音中带着点莫名的果毅："还是不必了，阿羽她善妒，我多与女子亲近并不合适。"

这句话一出口，好不容易才踏出去几步的公孙羽猛地一个趔趄，差点一头翻进旁边的湖里。她不可置信地转身回头看了一眼浅笑的太史烨，有种现在就想打死他的冲动。

大约又过了半晌，公孙羽在静得出奇的雅亭里似乎听见了心碎的声音，既清脆又悦耳。

公孙羽给太史烨进行总结——奇葩的个性欠揍的嘴，过分的行为白瞎一张好看的脸。

一同被召回宫里的太史烨却不以为意地继续喝醒酒汤、敷面膜，慕容祁亦是不以为意地继续批奏折，头也没抬一下，道："脸好看，就是任性。"

公孙羽都快被这两人给逼疯了。太史烨沉沉地睡了过去，公孙羽盘腿坐在软榻上百思不得其解道："皇兄，你跟我说实话，你为什么非要把我和太史烨拉郎配？你知道我跟他从小就看不对眼，怎么可能结成夫妻？"

慕容祁索性放下朱笔认真地思考道："首先，朕需要你们两人；其次，朕要保证你们两人能一条心地帮助朕，不会有人有二心；再者，保证以上两点的前提就是你们两人最好能成亲；最后……"

话到此处，慕容祁顿了顿，脸上带着一种难掩的认真之色。他紧盯着公孙羽，良久以后，又继续道："最后，太史对于我来说，是个很重要的人，所以我希望他能好好的。"

公孙羽总算听出了重点，张了张嘴，略惊讶地道："哦！没想到你这么重情义！那既然你这么关爱他，怎么不干脆收了他呢？"

慕容祁面上一阵尴尬，道："这太有失国体了。"话一出口就发现不对劲，于是气急败坏地说道，"说什么呢你！什么收了！谁收了太史烨就等于是慢性自杀，朕还不想那么早驾崩。"

公孙羽愤怒地双手叉腰，一脸愤世嫉俗的表情，紧皱着眉头，得出了一个让她难以置信的理由："原来你恨我？"

这时，旁边才睡了一会儿，脸上还敷着面膜的太史烨醒了过来。他翻然起身，轻叹一口气，语带倦意地道："唉，阿祁啊，你想要我帮忙就直说嘛，我又不是不会帮你。"

慕容祁冷哼一声："你会主动帮忙？等你会主动帮忙的那一天，公鸡应该都会下蛋了吧！"

听到这里，公孙羽的心里没由来地一阵心虚。她想到前一阵在边关对王奎的那一战，好像就是太史烨主动帮忙的，可现在公鸡也没有会下蛋的趋势啊。

公孙羽摸了摸鼻子，岔开话题道："行了行了，别讨论这个话题了，还是先想想正经的吧。皇兄，你打算怎么对付温国公？"

说到这个问题，慕容祁的脸色一下子沉了下来，严肃地问太史烨："太史，你已经去过温国公府两次，对他有什么看法？"

　　太史烨摘下面膜放在手上掂了掂，抿嘴认真地思考了一下，然后认真地回答："第一，温国公很有钱；第二，温国公府的水榭景色很美；第三，温国公有病。"

　　公孙羽"噌"地跳起来，恨不得一掌拍死太史烨："你这算是什么看法？！"

　　慕容祁若有所思地点点头，好像十分赞同太史烨的说法，接口问道："那你的看法呢？"

　　太史烨道："这说明他骄奢淫逸，却又想充当一个文艺老年，只可惜他天生就不适合做一个腹有诗书气自华的人。所以，一个暴发户配上一本《诗经》，那是有病。总结就是——他不成大器。"

　　慕容祁一拍案桌，附和道："说得好！这话朕爱听！"

　　公孙羽吃力地用手扶额，一脸嫌弃地道："我总觉得我没办法进入你们的世界，我退出，你们俩在一起和和美美地生活吧。"

　　慕容祁："……"

　　这一场离谱的会谈大约持续了好几个时辰，最后，公孙羽干脆翻了个身在软榻上睡了过去。无论剩下的两个人怎样大声说话，怎样相谈甚欢，她依然雷打不醒地睡觉。等到她快睡醒的时候，隐约听见这样一段对话——

　　好像是慕容祁先说道："你就办一场乔迁喜宴，也好让朝中大臣都知道你正式回归了。"

　　然后只听太史烨道："我回归？我什么时候回归了？为什么要让朝中大臣知道？"

慕容祁顿了一下，颇为无奈地道："朕身边的人，怎么能让人看轻了呢？再者，你也是要替朕办事的人，总得有点分量才是啊。"

公孙羽彻底醒过来："他还不够分量？朝中大臣还不知道他的存在？皇兄，你在开什么玩笑？而且，你觉得太史烨是个看上去会勤快办事的人吗？"

慕容祁笑吟吟地道："那么办喜宴的事情，就有劳皇妹了。"

公孙羽："皇兄，你能不能告诉我，你什么时候能不坑我？"

慕容祁贼兮兮地道："不能，任何时候都不能。皇妹，你就认命吧。"

等到宫门口下钥的时候，在西暖阁的这二人就不得不出宫了。可明明是从同一个地方出去又要去到同一个地方，两个人偏偏要分开走。当然，是公孙羽选择绕远路走，她深觉跟太史烨走在一起那就是一种耻辱。

微音默默地跟在旁边不说话，好久才问道："郡主，我们什么时候去禁卫军走一圈，也好让他们知道是郡主成了他们新头头？"

公孙羽道："原本是定了明日正式接任，想来也不会有什么更改。我早就听说禁卫军原来的统领不怎么敬业，他也该休息休息了。"

一路上，公孙羽和微音都在讨论禁卫军的发展情况和现状，她想着：我走得这么慢，还这么拖沓，总不会再遇上太史烨了吧？

只可惜她依旧在宫门口看到了一个熟悉的身影。

太史烨瞟到了公孙羽，一派自然地打起了招呼："哟，公孙，好巧啊，你也出宫啊？"

公孙羽一张脸都绿了。

微音轻咳了两声，放低声音问元昊："喂，你家公子是不是有腿疾啊，怎么走得这么慢？"

元昊也装腔作势地轻咳两声，放低声音道："其实也没什么，公子就是走到半路的时候想起来该洗澡了，就去观清池沐浴了一下……"

微音："……"

公孙羽冷哼一声，像没看到太史烨一样直接越过他就走了。太史烨正跟她吟吟地挥手致意，眼瞅着她高冷地从他面前走过，表情略微一僵，继而又恢复了笑意，质疑道："公孙，你这个人很没有礼貌啊，我跟你打招呼你都不理我啊。"

公孙羽又往前走了两步，默默地停下脚步，再默默地往后倒退两步。退到太史烨身前的时候，她脸上露出一个略诡异的笑容，道："说得好像你是个很懂礼貌的人一样？你不是每次打架打到一半就要去洗澡、敷脸吗，怎么好意思说别人呢？"

太史烨笑笑，道："人有三急……"

他的话未落音，公孙羽已经打断了他："不，是太史烨有三急，洗澡、敷脸、放嘴炮。"

守宫门的侍卫已经听不下去了，走上前去提醒道："瑾国公、郡主，还有不到半刻宫门就要下钥了，再不出来可就出不去了，二位还是赶紧出宫吧。"

公孙羽又哼了一声，抬脚往前走。还没走出去两步，只听远处有人喊道："小心！"

公孙羽下意识地一抬头，想看看是怎么一回事，却是两眼一阵发黑，头顶一片阴影就这么罩了下来。还未及反应，腰间又传来一股熟悉的力量。公孙羽只觉得自己脚下缺力，整个人被带着转了一圈，只听"砰"的一声巨响，空气中顿时扬起一片黄沙。等她再反应过来的时候，已经被太史烨用一个暧昧到有点夸张的姿势抱在一旁了。

身前的男人一只手搭在她的腰间，另一只手自后环绕在她的背上，就这么居高临下地看着她。好吧，这个时候灰尘太大，公孙羽也没有办法看清太史烨脸上的表情，于是她赶紧闭上眼睛，不让黄沙进到自己的眼睛里。只是现在这个姿势实在是……

当这两个人还抱得难舍难分的时候，微音和元昊已经剧烈地咳嗽起来。微音边咳边喊道："谁啊，把黄沙丢下来，想砸死人还是眯死人啊？"话刚说完就咳得比刚刚还厉害了。

元昊还忍不住嘲笑她："这个时候说话的都是傻子，吃一嘴黄沙！"

微音咳嗽完又"呸"了几声，跟元昊呛声道："你不也说话了吗？傻子！"

公孙羽顿时回过神来，眼不明手却快，反手扣上太史烨的脉门，一个灵巧地转身就打算把他的手擒住扣在他的身后。奈何架势做得很足，却忘了脚下还有黄沙，结果还没来得及做完全套动作，脚下已经滑出去老远。她直接拉着他的手往下倒去，落地之前还在半空中做了一个转体，都没来得及尖叫一声就落了地。

只听身下之人发出一声极其隐忍的闷哼，公孙羽只觉自己的嘴唇好像碰到了一个什么软软的东西，吓得她不敢乱动。在这种看不清还不能说话的情况下，谁乱动，谁就输了。

于是……她碰到的那个软软的东西开始动了，紧接着，她听见了太史烨熟悉的声音："公孙，你真重。"

第五回

→ 我快要不能呼吸了

　　太史烨这句话一出口，公孙羽被吓得不轻，第一反应就是张嘴一口咬下去，身下人又发出极其隐忍的一声闷哼。公孙羽顿觉全身燥火积聚在心头，发生这样的事情简直是羞耻至极。可发生了也就算了，为什么对象会是挨千刀的太史烨呢？

　　趁着这时候黄沙漫天，公孙羽紧闭双目，双手趁机向下用力一拍，死死地按在太史烨的肩头，然后一个翻身稳稳站起，懒得去听太史烨的哀号声。等她撤离到安全地带，再没有黄沙眯眼的时候，她觉得自己整个人已经从脚跟到头顶都沸腾起来了。

　　这边，微音还在剧烈地咳嗽着喊："郡主！你在哪里啊郡主？"

　　元昊也咳嗽着跟着喊："公子！你在哪里啊公子？是不是和郡主在一起啊？"

　　太史烨轻轻咳嗽两声，回答道："方才还亲在一起的，现在不在了。"

　　随即只听自己身后传来气吞山河的一声吼叫："太！史！烨！"

　　敬业地看守城门的侍卫在短时间内反应过来，用了些反正公孙羽是看不清的工具，让漫天的黄沙稍微收敛了一点，没有再肆虐下去。

　　等这边好不容易平静下来时，情况却是这样的——太史烨已经施施然地起身，脸上的表情有点不对劲。而公孙羽站得离他老远，用警惕的眼神观察四周，脸红得跟个柿子一样。好容易安定了，只听宫门口城墙上的肇事者喊道："属下该死！请瑾国公和郡主恕罪！"

元昊仰头喊："你是哪个营的，怎么连袋黄沙都拿不稳？若不是我家公子眼明手快，这袋黄沙就要砸死郡主了！"

几句话之间，那个肇事者已匆匆下了楼，跪在地上等候处置。

微音急匆匆地寻摸到公孙羽的所在，急切地问："郡主，你……你……你没事吧？"

刚刚听到太史烨那句震惊全场的话，微音简直无法想象自家郡主在遇到那样的事情时会是一种什么样的状态，是气到抓狂还是恨不得杀人灭口？可她又不敢直接挑明了问"郡主啊，你真跟国公趁乱亲上啦"，就怕踩到雷区连她一块被灭口。

微音觉得刚刚郡主靠近的时候，似乎感觉到了……杀气？

这一边的国公大人已经忍不住了，满脸惊慌地道："快，元昊，快回去，我要不能呼吸了！"

元昊还没来得及问完那句"公子为何惊慌失措"，就已经被太史烨强行拖走了。

微音战战兢兢不敢靠近公孙羽，只觉得她周身笼罩着一股恐怖的气息。尤其是当太史烨一阵风似的从她身边掠过的时候，这种感觉十万分强烈。微音似乎还看到公孙羽面带一抹叵测的微笑，却似笑非笑。微音默默地咽了一口口水，赶紧岔开话题，开始指责那个肇事者。她一派严肃地道："你，说清楚，这到底是怎么一回事？你是怎么做事的？"

跪在地上的那个人说话哆哆嗦嗦："回……回郡主的话，属下是巡防营的。城墙上有个角被毁坏了，我们就打算自己修葺一下。这……这没想到，黄沙太重了，不小心翻了下来。幸亏瑾国公眼明手快，不然属下罪该万死啊！"

微音在心中干笑了几声，发生现在这样的事情，还不如一麻袋把公孙羽给套了，比让她对上太史烨要好太多了。

跪在公孙羽面前的那个巡防营的将士头上开始冒出冷汗。朗月郡主是怎么在陈梁边界领兵打仗、调兵遣将的，庆城的人早就有所耳闻。在将与兵一视同仁的条件下，第一条就是纪律严明，几乎不能容许任何意外发生。如今巡防营是禁卫军下的一个小分支，再怎么说都是在公孙羽的直接统辖下，现在他已经这么招惹到她了，以后还想不想好好在巡防营混下去了？

都说女人翻脸如翻书，女人心海底针，不知面前这位舞刀弄枪的郡主大人到底是个什么心思。

好容易把城门口的黄沙清理得差不多的将士擦了一把汗，仰头看了看天色，惊异地道："哎呀，已经过了关宫门的时间了。"随即看向站似一棵松的公孙羽，善意地提醒道，"郡主，宫门已经下钥了，呃，您……出不去了……"

微音一脸难过地道："啊，你看，都怪你，害我们郡主出不去啦！"

公孙羽不慌不忙，指着身后的一个人道："你，去禀告皇上，说他妹子出不了宫了，让他通融一下，放个行。"

然后那个人就颠颠地跑走了。

不过半炷香的时间，城墙上又有人喧哗起来："启禀郡主！御史大人家的晏宁小姐到了！"

公孙羽差点跳了起来，微音更是惊喜地道："郡主！救星来了！"

是啊，救星来了。当然，不是救她出宫的"星"，而是陪她一起在宫里过夜的"星"。

晏宁来了，慕容祁又怎么可能放她出宫，即使她来的真正目的就是来拉着公孙羽出宫的。

上面的人喧哗起来："晏小姐要进宫了！开宫门！"

那边去禀报的人也回应道："我会转告皇上的！"

宫门轰隆隆地打开，紫衣华服女子脚下的步子虽不紧不慢，却依旧让身后的婢女怎么都跟不上。公孙羽面带笑意地打了个招呼："阿宁，你来得可巧啊，真是来得及时。"

晏宁抬手用帕子小心地捂住口鼻，眉头微皱起来，道："你是把风沙从边关带来京城了吗？难怪方才我碰见太史烨的时候，见他灰头土脸的，这里发生了什么？"

提到太史烨……

好不容易才被转移注意力的公孙羽再一次想起了刚刚发生的事，面色一沉。正巧这时刚刚去通报的将士回来了，大喘着气道："郡主、晏小姐，皇上有令，今日天色已晚，二位就不用出宫了，都歇在宫里吧，清平公主会好好招待你们的。"

公孙羽和晏宁面面相觑，公孙羽率先耸肩道："好了，我拉着你跳火坑了。"

两人到了清平宫，只见清平公主慕容月已经在宫门口徘徊许久，见到马上就要跟她同住的两个好闺密，顿时眉开眼笑，迎上前去："哎哟，皇兄刚刚派人通知我你们俩要来，可高兴死我了。哎呀，阿羽，你这是从边关钻地道来的啊，怎么成这样了？"

公孙羽咳嗽两声，尴尬地道："说来话长，先让我好好洗洗吧。"

公孙羽急匆匆地走在前面要去洗澡，只听后面慕容月扯着大嗓门道："阿宁啊！你又被我皇兄诓进宫了啊，哈哈哈！你说你怎么这么蠢呢，他就是摆明一定要你了，你还一点警惕心都没有。"

另一边，晏宁万分平静地道："不，不是你皇兄的问题，是太史烨……"

公孙羽被门框绊倒了，虽然最后她用了一个炫酷的姿势挽回了形象，可不大不小的动静还是引起了后面两个人的注意。慕容月关切地问："阿羽，你没事吧？谁啊，都不在门口掌灯，害我们阿羽被绊倒了！"

公孙羽哭笑不得，低声道："公主大人，我求你安静一会儿吧，等我沐浴更衣以后，我们再好好交流心得？"

慕容月高兴地点头："好啊好啊！"

可事实是，等公孙羽沐浴更衣完毕出来吃饭时，整个清平宫的人都知道朗月郡主和瑾国公两个人于光天化日黄沙漫天之下，在宫门口抱成一团亲上了。

公孙羽不动声色地掰断手中的筷子，面带微笑，平静地问："这话是谁传出去的？"

慕容月用力把嘴里的菜给咽下去，茫然地摇了摇头。

晏宁边神态自若地继续吃，边道："这种在大庭广众之下发生的事情想瞒也是瞒不住的，你只期望这事情不要被传出清平宫就好了。"

公孙羽眼神犀利地扫向慕容月，慕容月手忙脚乱地放下饭碗，竖起四根手指认真地道："我发誓，我绝不会让清平宫以外的人知道的！"

话都说到这个份上，公孙羽也无话可说了，正巧李公公前来求见，道："见过公主、郡主、晏小姐。晏小姐，皇上差老奴来问一声，是否愿意前去芳婷阁共用晚膳？"

晏宁轻轻放下碗筷，彬彬有礼道："正好我也觉得公主这里的晚膳准备得不是很丰盛，我们三人都觉得吃得不开心，就有劳公公带路了，我们三人一同前去吧。"

李公公一张老脸一僵，有些为难地道："这……"

慕容月立马赞同："好啊好啊，一起去，正好我也没吃饱。"

公孙羽一个眼神扫过去，慕容月讷讷地道："啊，那我还是不去了。"

紧接着晏宁也一个眼神扫过来，慕容月又马上蔫蔫儿地改口："啊，好吧，我还是去吧。"然后她一路上嘴里都在念叨，"威武不能屈啊……"

公孙羽道："我威武了，你屈了吗？"

慕容月挨过去轻声道："那不一样啊，阿宁会是我未来的嫂子。"

芳婷阁占据地理优势，是个赏月的好地方。看来慕容祁诚邀佳人在此共进晚餐也是费了一番心思的，光看这浪漫的布置就知道了。

栏杆处，陈国之主背对着来人，拈来一句好诗："举杯邀明月。"

晏宁接口道："皇上好预感，我们这里正好对影成三人。"

栏杆边的天之骄子那颀长的身形在月光下格外明显地一晃，然后他缓缓转过身来，眼神中带着难以置信的震惊之色。

慕容月皮笑肉不笑地道："皇兄，你好啊，我们来蹭个饭。"

慕容祁逆着月光站立，静默了好一会儿。晏宁行了个大礼，道："皇上，可是晚膳没准备齐全？臣女不知皇上准备不充分，可皇上为什么会准备不充分？难道不是应该臣女陪同公主和郡主一起来的吗？"

这边一心想要哄得美人归的慕容祁早就按捺不住，心想：算了，她说什么就是什么吧！她想怎样就怎样吧！于是他连忙否认："并不是的，朕怎么会准备不周全呢，快快上座。"

"上座"这个词可真是一种讽刺，坦白说，慕容祁一共就准备了两个座席，一个给他自己，一个给晏宁，现在活生生多出来两个女人……

慕容祁等着晏宁坐到他身边，晏宁却微微福身，谦让道："公主千金贵体，自然是公主先上座。郡主也先请，晏宁随后就好。"

晏宁这番话说得得体得不得了，根本没人敢说她矫情做作。慕容月战战兢兢地挪着步子往她皇兄那里走，忍受着他那笑里藏刀的眼神。公孙羽倒是一派自然地落座，她太了解晏宁了，晏宁的一个特点就是"偏不让你如意"。

后来，整个情况就变成——四个人面对阁外的月色两两排排坐，皇家兄妹两个一排，公孙羽和晏宁坐在他们身后。而晏宁坐在离慕容祁最远的地方，慕容月的身后。

慕容祁内心伤心的泪水已经流成了一条瀑布，他瞥了一眼慕容月，眼神幽怨得跟小媳妇一样，慕容月看了直接就吃不下饭。她也不想坐在这里啊，这又不是她的决定。她看着自家哥哥那眼神就不舒坦，特别想问他一句"怪我咯"。他再偏头看晏宁，只见这位气场强大的御史家的小姐神态自若，丝毫不受任何影响，气定神闲地饮酒用膳。她偶尔注视一下天边的月亮，静静的，不说话。

罢了，就这么着吧，就算没跟她坐在一起，就这么静静地看着她的脸，也还是有食欲的。慕容祁这么想着。

这边三个人还在纠结座位顺序和情感问题的时候，公孙羽面色沉静，身前蜡烛火光微动。她隐隐开始觉得有些不太对劲，有一股肃杀之气扑面而来。

屏息间，杀气已现。

公孙羽拍案而起，一个轻盈的翻身，袖中飞刀已出，稳、准、狠地击落了无数穿透窗户纸袭击而来的暗器。慕容月吓得花容失色，不知该怎么办才好。身后的晏宁已然进入备战状态，将她紧紧护住。晏宁一套动作做得有条不紊，下一刻便扬声道："来人啊！有刺客！护驾！"

慕容祁把手中的酒杯"啪"的一声放在桌案上，眼神中透着难得的坚定，周身笼罩着一股强大的力量。微微抬眼，入目便是芳婷阁外那包围了一圈的杀手。他沉声道："妹子，为兄墙上的宝剑，送你用了！"

公孙羽拔剑出鞘，面上带着自己本该每天都保持的面瘫表情，杀气腾腾地道："皇上，请保护好公主和阿宁。"

楼下李公公等一干宫人都急出一声冷汗，慕容祁今天为了宴请晏宁，并且制造气氛，早把护卫都撤离得差不多了。现在这里的所有护卫加起来两只手就数得清，况且……况且还从来没人敢在宫里行刺啊！

而现在的情况却是——那四个重量级人物里有两个不会武功的弱女子，还有一个金贵的陈国之主，要是护驾不力，他们可是都要掉脑袋的啊。

晏宁将慕容月护在身后，神情紧绷。慕容祁想要保持一国之君的威严，绝不在这种时候漏气，却又下意识地想去保护那边的两个女人。公孙羽紧握着剑，冷声道："皇上小心，来者不善，有机会先带公主和阿宁走。"

"我们共进退。"晏宁从衣袖中拔出短刀，"但我绝不会拖累你们。"

慕容祁眉毛一挑："阿宁，你……"话还没说完，外面的杀手已然破窗而入，战事随即拉开，慕容祁也拔出墙上的佩剑回身应招。

此番来行刺的杀手一共有十名，虽人数不多，可个个身手不凡，进攻井然有序。虽然对方的进攻招招致命，但公孙羽发现，对方仍有所保留。即便如此，公孙羽还是不敢大意，刚刚过招间，她就已经和慕容祁达成了共识：她主外，慕容祁主内。

慕容祁将晏宁和自家妹妹护在身后，全力以赴之时还是小心翼翼的，生怕伤了她们。中途又忍不住问了一句："私带兵器进宫，晏宁，你可知罪？"

晏宁不慌不忙道："若是能平安脱险，皇上可再细细与臣女算这笔账。"

不大不小的动静到底还是把芳婷阁的宝贝都砸得差不多了，慕容月快急哭了："为何还没有人来救驾？"

清风过，暗香起，公孙羽只觉得一股熟悉的气息正在靠近她。还未及多想，一个懒懒的声音已经响起："可惜了刚刚那樽青玉花樽了……"

剑光一闪，公孙羽眼前的一个杀手已经被一剑封喉。

身上带着洗浴过后独有的香气的太史烨手持宝剑，一派淡然地站在公孙羽身边，剑上未带一滴血。

"阿祁，英雄救美的事情，你还做得不够好啊。"太史烨身姿优雅，长袖迎着夜风飘舞，嘴角微微一勾，道："公孙，这么久才解决两个人，你不行啊。"

公孙羽压制住情绪，告诫自己现在不是斗嘴的时候，先破敌，再找他算账，于是只用手肘顶了顶他的背，道："一人三个，最后一个留着拷问。"随后扬声道："谁有命活下来，就看我们的心情了！"

有了太史烨的加入，面前这场刺杀好像变得简单了许多。尤其是杀最后三个刺客的时候，楼下的禁卫军也赶来了。慕容祁道："留一个活口，其余的，杀无赦！"

可偏偏在这个时候，一个杀手冷哼一声，丢出一个烟幕弹，原本亮亮堂堂的芳婷阁此时烟雾弥漫。阁中人闪避不及，可杀招已至，目标是……

"阿祁小心！"

随着晏宁一声大喝，她的身影已挡在了慕容祁的身前。慕容祁瞬息反应过来，一把将晏宁搂在怀里。公孙羽循声而去，一剑刺入杀手体内，血溅一地。

太史烨反手一剑刺入偷袭他的人，"噗"的一声，长剑入体，血却分毫未溅至其身。一个回身之后，已然一个手刀将最后剩下的那个人劈晕过去，动作干净利落。

慕容祁怀抱晏宁，触手一片湿润。再触碰之时，她就忍不住低低地呻吟起来。

"阿宁，阿宁你是不是受伤了？"慕容祁的语气里带着前所未有的紧张和不安，他急切地想要知道怀里的女子到底有没有事。

浓烟散去，慕容祁在晏宁的手臂上摸了一手的血，看着她苍白的脸满是惊异的神色。再仔细一看，发现她的手臂上有一道剑伤。

太史烨收剑回鞘，平静地道："看来是美女救英雄。阿宁姑娘对阿祁你的感情，可昭日月啊。"

这一个可昭日月的护驾举动让慕容祁怒上眉梢，当即下令："给朕把人押下去，严加看管，不得有失！朕要查清楚，到底是谁这么大胆，居然敢到宫里来行刺！"

晏宁的伤势严重，已经撑不下去了，慕容月急忙道："哎呀，皇兄，阿宁快要不行了。"慕容祁将晏宁打横抱起，脚下生风，却也不忘吩咐："太史、公孙，这里交由你们两人处理了。"说罢就抱着晏宁走了。慕容月提着裙子踌躇了一下，也急匆匆跟在后面走了。

公孙羽收了剑，先问道："你怎么又来了？"

太史烨一派自然地道："阿祁让我洗完澡进宫一次，我就来了，有什么问题吗？"

公孙羽一脸严肃地道："宫门早就下钥了，你当然进不来了。"

太史烨淡定地道："阿祁能给阿宁特权，让她随时进宫，难道就不能给我特权让我随时进宫吗？公孙，你也太死板了。"

公孙羽冷哼一声，不再继续跟他废话。看到他就会想起出宫前的那件事，想到那事就火气大，火气一大就没有办法冷静地思考。

所以，为了避免发生冲突，公孙羽大方地道："太史烨，你刚打过架，身上脏了，去敷你的面膜、洗你的澡吧，审问犯人这种事情交给我就好了。牢房那种地方，你去不得。"

太史烨喜笑颜开道："还是公孙你体贴我啊，那么我就恭敬不如从命了。你辛苦了，加油。"

空气中还弥漫着刚刚烟幕弹的烟气，有点熏眼睛，微音似乎听

脸贵如你

见她家郡主捏拳头的声音。她听着这个声音泪流满面，忍不住拉住她道："郡主，要以大局为重啊。"

只听她家郡主声音温柔得有些可怕："我当然知道以大局为重了。微音，你去帮忙伺候一下瑾国公，务必……"话到此处，声音一顿，然后又道，"好好，伺候。"

微音的泪水越流越多，伤心的泪水和无奈的泪水掺半。

奈何太史烨还浑然不知地说道："那就劳烦微音姑娘了，本公子也不是那么难亲近的，你不要这么难过先哭出来，本公子也是正人君子。"

公孙羽道："瑾国公言重了，还是先去歇息吧。"

今天这场刺杀来得很突然，主谋知道今晚芳婷阁守卫松懈，也知道今晚会有什么人在此，所以特地派了杀手过来，可又不是完全下杀手，那他们到底安的是什么心呢？

第六回

螳螂捕蝉，黄雀在后

　　公孙羽往天牢去的时候，一路都在思考这个问题。刚到门口，就有人阻拦她："请朗月郡主留步，禁卫军天牢重地不可乱闯。"

　　公孙羽瞥了他一眼，瞅着他那道貌岸然的样子就不太爽快，道："没人告诉你，我是禁卫军将来的主子吗？"

　　拦住她的人笑笑，道："那也是将来。此时，郡主如果没有皇上手谕，还是不能进去。"

　　公孙羽皱眉道："是谁给你的胆子在这里拦我？"

　　他又道："属下只是例行公事。"

　　公孙羽在这里被卡死，正无从下手的时候，李公公适时赶来，带来了慕容祁的诏令，还有慕容祁的几个亲信侍卫。公孙羽无暇跟那个拦住她的人啰唆，将诏令扔在他脸上就进去了。一条腿跨进去以后，还不忘回头道："对了，千万别做出头鸟，我在边关带兵的习惯你应该也该有所耳闻，希望你好自为之。"

　　被拖进天牢的刺客还在昏迷当中，公孙羽道："先检查一下他身上有什么毒药没有，我怕他一醒来就自尽。将他绑起来，把嘴堵住，做好一切措施。"

　　慕容祁的人果然是行动派的，把事情做得滴水不漏。公孙羽端来一盆冷水，一股脑全浇在昏睡的刺客身上。果然不出她所料，这厮醒来的第一件事就是寻死，好在她有先见之明，那厮在嘴里搜寻着毒药，结果却怎么也找不到。公孙羽淡定地说道："毒药已经被取走了。"

那人对着公孙羽怒目而视一番，接着开始咬舌，嘴巴却整个被封住，动都不能动，人也被押着跪在了地上。

公孙羽居高临下地看着他，冷冷地道："别挣扎了，毒药已经被我拿出来了，还有，别指望自尽，我这里不许出人命。你最好老实点，不然让你比死还要难受。"

很显然，作为一名优秀的杀手，他除了要有任务失败之后自尽的觉悟，还要有良好的心理素质：不说不说就是不说，你打死我也不说。

所以，公孙羽当晚并没有从他嘴里问出什么来，后来公孙羽就没有什么兴趣再问下去了，转道去了慕容祁那里，她也担心晏宁的情况。

慕容祁的寝殿里还是一片沉寂，晏宁面色苍白地躺在床上，床前是眉头深锁的慕容祁。地上黑压压跪了一群太医，正擦了一把汗，连大气都不敢出。

而不远处的榻上……

公孙羽也是醉了，在气氛这么凝重的环境下，太史烨居然还能够泰然自若地睡过去，也真是个人才。

公孙羽走上前去看晏宁，见她的手臂被包得严严实实的，精神还算可以，慰问两句之后，就退到后和慕容月站在一起。这个时候，谁去招惹慕容祁，谁就是找死。

但找死的人总会有的，就比如太史烨。他躺着那里悠悠地道"阿祁啊，你也太小题大做了，阿宁不过是被割破了手臂你就如此紧张，将来她要是再遇上点别的什么事，你是打算拆了整个太医院吗？如果他们是庸医，辞退就好了，何必小题大做呢？"

为首的太医恨不得冲上去掐死太史烨，却也只能跪在那里求道："瑾国公，微臣求您闭嘴吧，快别说了。"

公孙羽扶额，心想：何必呢，这不是拉仇恨吗？

慕容祁冷着一张脸，斜着眼睛看向那边的一抹身影，声音低沉："太史烨，你哪天能识相一点吗？"

太史烨眼睛也不睁一下地道："我不过是实话实说而已，晏宁的脾气我们不是都很了解吗，还用得着多问吗？"

晏宁躺在那里不说话，慕容月小心翼翼地挪过去，轻声劝道："阿宁，不然你劝劝？"

晏宁有些漫不经心地道："首先，生气的人不是我；其次，作死的人也不是我，我又为什么要劝？"

公孙羽咳嗽道："虽然话是这么说的没错，但现在真的不是讨论这个的时候。问题已经来了，今晚的事情到底是怎么一回事？"

慕容祁的理智被拉回来一点，起身严肃地道："公孙、太史，你们俩跟朕出来。阿月，你好好照顾阿宁，朕回来之前，不准让她乱动。"

临走前，慕容祁还是不放心地回头看了一眼。晏宁连半眼都没有瞅他，只在那里喝药。

慕容祁满脸失望，心碎了一地。

太史烨还不忘跟在后面补上一句："阿祁，你别看了，再看阿宁也不会看你的。"

脸贵如你

公孙羽感觉到了杀气，默默地退到一旁，抄着手看好戏，顺带还煽风点火："皇兄，拿出你的看家本事来，往死里打，我不介意还没出嫁就守寡的。"

太史烨负手而立，不卑不亢地道："这也是刚刚让我觉得为难的地方，我原本想着，阿祁要是想打架发泄，我倒是愿意陪他练练。但如果我有事，公孙你不就剩一个人了？"

公孙羽接口道："哈，看来你很有觉悟啊。"

太史烨又做出一副为难的样子，道："是啊，可更让我为难的是，万一我把阿祁给打出事来了，阿宁不就要守寡了吗？"

慕容祁沉声道："好了，不跟你说疯话了，快点处理今晚的事情吧。"

公孙羽率先道："皇兄，你没张扬今晚的事情吗？"

慕容祁道："目前还没有，毕竟是在宫里出的事情，不宜宣扬出去，免得闹得人心惶惶。等查出眉目了，朕自然会处理。你呢，刚刚去审问犯人，有什么结果？"

公孙羽摊手道："有结果我也不会是这张脸来找你了。杀手老规矩，失败就自尽，基本套不出什么东西。"

慕容祁思忖片刻，道："那么线索呢？"

公孙羽道："还是老规矩，磨一磨他，他自然会说的。"

太史烨想想，若有所思地道："早就听说公孙你带兵的时候专门请人设计了一套逼供用的刑罚，看来不是空穴来风啊。"

公孙羽对他一笑："看来瑾国公的消息很灵通啊，那你要不要先来试试看？"

慕容祁打断他们的对话，道："扯远了，回来！妹子，为兄要你全权负责这件事，一定要查清楚。这些人能进到皇宫来，绝不简单。"随即又看了一眼太史烨，道："太史，你也别想偷懒，帮着公孙一起查。"

公孙羽刚想说别让太史烨来给她添堵帮倒忙的时候，李公公来报："启禀皇上，温国公求见。"

慕容祁闻言，脸色难看了许多，道："出事才不过多久，温国公就已经知道了？他好像很厉害的样子嘛。"

李公公问道："那皇上是见还是不见呢？"

慕容祁挑眉道："见啊，为何不见？请他进来吧。"

温国公行色匆匆，面带担忧，风尘仆仆地赶来。先是对慕容祁的安危进行了一番慰问，又将那些杀千刀的刺客骂了个狗血淋头，扬言要把剩下的那个刺客凌迟处死，挫骨扬灰方能消他心头之恨。

太史烨坐在那里喝茶，突然开口道："温国公如何来了？是我起早了还是温国公睡晚了？"

公孙羽配合地道："现在还不到四更天，看来是你起早了。"

太史烨"嗯"了一声，揉揉额角，露出疑惑不解的表情，吃力地道："对了，温国公紧赶慢赶地进宫来是为了何事？"

温国公心里一紧，突然有种难过得透不过气的感觉，但嘴上还是对答如流："老臣听闻宫中来了刺客，皇上危在旦夕，便赶紧进宫了。见到皇上平安，老臣便放心了。"

公孙羽笑道："看来温国公消息很灵通啊，居然这么快就知道了。"

温国公一脸正气道："身为臣子，自当要时刻关心皇上的安危才是。"

公孙羽赞同道："嗯，对，有道理，但我还是觉得很奇怪，皇上并未声张这件事，温国公又是从何而知的呢？"

慕容祁打断他们道："别多说了，温国公对朕的关心日月可鉴，你们怎么可以胡乱猜疑温国公对朕的心意？现在时间尴尬，李公公，带温国公先去东暖阁，朕待会儿有事要单独与温国公交谈。"

温国公迟疑了一番，却还是跟着李公公走了。

温国公前脚刚离开，后脚公孙羽就说道："太奇怪了，就算他再关心皇兄你的安危，也不可能知道得这么快，这里面肯定有问题。"

慕容祁紧抿嘴唇，问道："太史，你怎么看？"

太史烨闭目养神，手还在揉着太阳穴，淡定地道："首先，温国公睡眠不好；其次，温国公很关心你。"

公孙羽又想打人了。

慕容祁忍着怒气，沉声追问："说具体点。"

太史烨换了个姿势按压太阳穴，道："睡眠不好，说明他每天半夜不睡觉还在做什么别的事情。当然，具体是做什么事情我们就不得而知了。至于很关心你这一条嘛……那不是更明显？是个人都看得出来啊，那说明你的一举一动都在他的眼里啊。"

公孙羽听太史烨这么一说，不自觉地问道："你的意思是说，宫里被安插了温国公的眼线，就在皇兄身边？"

太史烨一副无辜状，道："我可没这么说，凡事不能胡乱下定论，无根无据，公孙你怎么能这么武断呢？"

等等，到底是谁武断了？到底是谁胡乱下定论啊？

慕容祁冷脸看着这两个人，公孙羽这边火药味挺浓的，好像动一下就会炸开来一样。良久，他吃力地说道："你们俩哪天能不折腾朕，朕就要感谢天感谢地了！"

太史烨依旧一副无害的样子："没有啊阿祁，你搞错了，我没有和公孙折腾，我可从来不会去招惹她，她这么难相处，我才不会让自己不舒坦呢。"

难相处……

这么……难相处……

这么一耽误，慕容祁都没来得及去东暖阁跟温国公说上话就已经到了上朝的时间，而温国公还没把东暖阁的椅子坐热又被直接请去上朝了。

太史烨自说自话不去上朝，躺在西暖阁睡回笼觉。

朝堂上，慕容祁俯视群臣，一言不发，面相严肃。礼部侍郎英勇地站出来撞枪口："启禀皇上，臣有本要奏。"

慕容祁道："准。"

礼部侍郎道："今日早朝，臣发现瑾国公并未出现，臣以为这是对皇上的大不敬。瑾国公对皇上不敬已经不是头一回了，如此纵容下去，臣觉得情况不容乐观。"

慕容祁紧锁眉头，认真地思考了一下，反问他："那照爱卿这么说的话，纵容太史烨是朕的错？如若哪天他以下犯上了，也怪朕？"

礼部侍郎吓得冷汗直冒，腿都软了，当即下跪道："臣不敢！"

慕容祁又道："可你就是这个意思啊，难道是朕理解错了？温国公，你以为呢？是朕理解错了吗？"

温国公对答如流："自然不是皇上的错。瑾国公的习性臣等都是了然于心的，自然不会跟他计较，皇上这样做也是王者大度。只是礼部侍郎身在礼部，难免会多关注一些这样的事情，还望皇上不要降罪于礼部侍郎。”

慕容祁点点头："嗯，既然温国公这么说，那朕就听温国公的。"

大殿上的大臣们都隐隐觉得今天早朝的气氛有点不太对劲，他们的圣上有点怪怪的，说话有点含沙射影，枪打出头鸟。礼部侍郎刚刚差点掉了乌纱帽，却又没有人敢提出异议，只好先听圣上宣布公孙羽接管禁卫军的消息，再听他絮絮叨叨又说了些别的。

大臣们听得是一头雾水，好容易熬到快结束了，慕容祁面带镇定，随口道："朕还要告诉各位爱卿一件事情，昨日宫中来了刺客，现在他们已经悉数伏法，有一人被活捉。这件事，朕会交由朗月郡主全权调查。"

大臣们附和道："臣等必当全力配合郡主。"等话说完才赫然发现，刚刚他们皇上说的是，昨晚宫里来了刺客啊！

一阵左顾右盼之后，群臣开始议论纷纷。讨论的全是"怎么会有刺客"、"刺客是怎么进宫的"、"刺客到底是为了什么"这样的话题。公孙羽向慕容祁投去一个询问的眼神，慕容祁回了她一个放心的眼神。

好一会儿后，议论声渐渐小了，等六部尚书、侍郎说完一派官话之后，慕容祁开口问道："温国公昨日在刺客来袭之后第一时间便知道了这件事，你们身为朕的肱骨大臣，嘴上说着要为朕效力，在这样的关键时刻，却不见你们及时来关心一番，真是让朕心寒啊。"

不对啊，真的不对啊，今天的皇上好像真的有些不太对劲啊。

下朝以后，慕容祁把御史大夫晏涛叫去偏殿小坐片刻，说明了昨晚晏宁英勇救驾的事情。晏御史自然是对自己女儿聊表慰问，更是中规中矩地说道："臣以为还是将小女接回府上休养比较稳妥，久留宫中怕会落人口实。"

慕容祁陷入沉思之中，不说话。

李公公在旁边提点道："奴才想，晏御史的意思大概是，因为晏小姐没名没分，现在又被皇上安排在自己的寝殿里休养，若是传了出去，只怕会对晏小姐的名声不太好。"

慕容祁没好气地道："朕知道！"

公孙羽默默提议道："哦，不然你让她搬去跟阿月住一块好了，左右那儿也是公主的地盘，他们再说那就是乱嚼舌根，是要被杖毙的。"

慕容祁差点就拍桌子叫好了，要不是顾念着未来国丈在这里，要维持一国之君的威严，只怕他早就失态了。

晏涛沉默了一阵，没有反对，却还是犹豫了一番。公孙羽安抚他道："晏御史不必担忧，皇上自有分寸。况且阿宁也是进退得体的大家闺秀，不会有事的。"

送走晏涛，慕容祁挑着眉毛给公孙羽竖起了大拇指，公孙羽清清喉咙道："先别急着夸我，也别光要美人不要江山，你刚刚在朝堂上说的那些话我都听得出来，你是想让大家对温国公产生怀疑并提出疑问。可我也想到一个问题，温国公纵横官场那么多年都没有被人抓到过把柄，你觉得他会这样愚蠢地露出破绽吗？"

"确实没错，那么他这样故弄玄虚，究竟目的何在呢？"慕容祁靠在椅背上小憩，又继续道，"置之死地而后生？"

"他大概就是想先把自己列入疑凶名单，然后好釜底抽薪吧。"

太史烨衣袖翩翩地进入，面容清爽，一看就是好好睡过了，神清气爽的。

公孙羽一个头两个大，原本一夜没好好睡觉已经很难过了，现在看到太史烨就更难过了。

于是公孙羽干脆不看他，直接告退去禁卫军立规矩去了。

慕容祁也不阻止她，就那么任由她走了。太史烨瞅了一眼公孙羽怒气冲冲的背影，也没在意，就听慕容祁说道："你看，都被你气走了。"

太史烨脸上露出他最擅长的无辜的表情，道："我哪有气她？说实话，她真的特别难相处。阿祁，你是怎么忍受得了她的？"

慕容祁一脸忧郁地看他，内心默默想着：忍受你其实更困难啊……

一阵静默之后，有宫人匆匆来报："皇上，晏小姐正准备出宫呢。"

慕容祁面色大变，起身要走，又听宫人来报："皇上，温国公求见。"

陈国最顶端的那个帝王终于忍不住停下脚步，定在原地。

追姑娘，还是见臣子？

这是一个问题。

慕容祁向太史烨投去一个询问的目光，想看看他对于这种情况会做出怎样的选择。

太史烨抬起双手做出投降的动作，摇摇头道："不要问我，我不知道，但你不要指望我去见温国公或是去替你拦住晏宁。"

慕容祁抿紧嘴唇，思考了很久，还是决定去见温国公。

至于追姑娘嘛……

他心里已经有了主意，对李公公道："去通知你们清平公主，若是拦不住晏宁，就让她住到晏御史家去。"

太史烨先一步出了门，摆摆手道："那我随处走走看看好了。"

走了一会儿之后，元昊幽怨地问："公子，不是说随便走走吗，怎么走来禁卫军的地盘了？"

太史烨打开折扇扇了扇，又抬手将它挡在额前遮阳，道："确实是随便走走才走到这里的，也许是公孙身上浓郁的气息把我吸引到这里来的。"

元昊苦着一张脸，幽怨地道："我不就是怕你又跟郡主起冲突吗？真是的，你这不是没事找事吗？何况郡主现在正在气头上。"

太史烨站在不远处的墙脚，往禁卫军军营前的训练场看过去，很容易就看到了站在习武台上一脸严肃的公孙羽正在立规矩。他看了一会儿，实在是觉得太热，就到阴凉处去看，不知不觉站了快有一炷香的时间。

元昊抬头望天，道："公子，这日头太毒了，要不我们先回去吧？"

习武台上的女子眉头微皱，负手而立，一脸的正气傲然。虽然只是一个女子，却有足够镇场的气魄，也难怪峦城守城将士会对她服服帖帖的，倒也不是浪得虚名。

太史烨微微勾起嘴角。

元昊不解地道："公子，你笑什么啊？"

太史烨收起扇子，道："元昊，你说……公孙她怎么就不是个男子呢？"

听完这句话，元昊似乎明白了什么，立刻倒吸一口凉气，心中

脸贵如你

暗惊，难不成他家公子是个断袖，所以才可惜郡主不是男儿身？

看着元昊惊讶的神情，太史烨回过神来，一扇子敲在他的头上："想什么呢？"

元昊问："公子为什么希望郡主是个男儿呢？"

太史烨道："因为这样就不会受很多束缚了。"

元昊默默地"哦"了一声。

又是一阵静默后，太史烨略带感慨地说道："元昊，你不觉得……认真起来的公孙，很可爱吗？"

可爱？

他家公子居然用"可爱"来形容……公孙羽？

第七回

你开的局，你来结束

　　这样明目张胆地偷窥到底还是被站得高看得远的公孙羽发现了。一开始她也没觉得有什么，况且她还在这些禁卫军面前树立威信，不能第一天上任训话的时候就被外人打扰。后来她是真的被太史烨那张笑得有些高深莫测的脸看得有点说不下去，却仍强忍着训完才放人走。

　　见训话结束了，太史烨就往公孙羽那边走过去。公孙羽被日头照得有些睁不开眼，她眉头皱成一团，对太史烨道："这不是娇生惯养的瑾国公吗，怎么会屈尊来我们禁卫军军营呢？快回去吧，免得这日头把您金贵的脸给晒化了。"

　　太史烨还是笑："公孙，我好像不记得哪里得罪过你，我好心来看你，你居然这样说我，我很受伤啊。"

　　公孙羽随手拔剑，漫不经心地用帕子拭剑。对着日头剑光一闪，公孙羽笑靥如花道："原来你还听得出人家是在说你啊，不错嘛，有进步！不过你说你不记得有没有得罪过我，好吧，抱歉，我也不记得你有没有得罪过我，但前提是在你没有出现在我眼前的时候……"

　　公孙羽又一次开启了滔滔不绝模式，话说了一半，就见微音急匆匆地跑过来，慌里慌张道："郡主，牢里那个刺客……死了……"

脸贵如你

太史烨眉毛一挑，公孙羽更是惊讶，收剑回鞘就跑远了。

元昊推了推太史烨，问："公子为什么不跟着郡主一起去看看？"

太史烨思考了一番，道："还是先去见阿祁好了。"

黄昏时分，早上才刚刚聚过的三个人又聚在了一起。除去太史烨以外，其余两个人都面色沉重。

慕容祁好似在自言自语："能在眼皮子底下把人给毒死，难不成牢里还有细作？"

太史烨躺在那里，脸上贴着一张面膜，道："所以现在成了一个死局？你们还是太放松戒备了。"

慕容祁抬了抬头，看了一眼太史烨，又看了一眼顺带被侮辱了的公孙羽，等着她爆发。可左等右等，她依旧保持着单手摸下巴的动作，眉头深锁。

她听了这样的话居然不生气？

西暖阁里静默了许久，终于有了一点动静。

太史烨小心地摘下面膜，紧闭双目："死局也没关系。"顿了顿，他又道，"重新开局就好了。"

太史烨先出宫，公孙羽却还留在西暖阁里，看慕容祁心情好像不太好的样子，想也没想就直入主题："还是没能留住阿宁？"

慕容祁一脸的不耐烦，道："你说这女人怎么就那么倔强呢？朕又没有亏待过她，让她进宫也不肯，给她一个随时进宫的特权，倒是一喊就来，成日里动不动就拿规矩来说事，你说她在寻思什么呢？"

公孙羽想了想，道："这个……我还真不了解，我这么多年没见过她了，她都还没来得及跟我说些体己话。不过我可以这么跟哥哥你说,阿宁小的时候就羡慕她爹娘的感情,是那什么'愿得一人心,白首不相离',你说你三宫六院美女如云的,她能高兴吗?"

慕容祁反问道:"难不成还要朕废除六宫?"

公孙羽还真点了点头,道:"如果要完全做到那十个字,可能这是唯一的办法。"

慕容祁吃了瘪,悻悻地道:"朕可以允诺立她为后,与她做结发夫妻,更可以保证独宠她一人。"

公孙羽摊手道:"我觉得你可能理解错了,阿宁是认为,如果你爱一个人,你是不会去在意身份的,哪怕她不当皇后,只要你一直陪着她,不离不弃就可以了。不过话又说回来,道理谁都会讲,但爱一个人是真的不容易。"

灯花爆了一下,慕容祁吃力地靠在椅背上,满脸倦意:"朕懂阿宁的感觉,但朕也有许许多多的无奈啊。若朕废除后宫,群臣会怎么议论,朕也不是没想过……也罢,总会有办法的。妹子,你先出宫去吧,别迟了又出不去了,这段日子你就替朕多往晏御史府上走走。"

公孙羽笑笑,答应了他。刚走出去几步,又倒退回来,提醒道:"对了,为什么你不用阿宁私带匕首进宫为理由留下她呢?"

慕容祁一脸憋屈地道:"用过啊,但她拿她救驾有功抵了……"

公孙羽:"……"

刺客事件后不过几天的工夫,公孙羽就已经高效地整顿了一下禁卫军。不仅换了宫门守卫,还调整了各个巡逻队巡逻的顺序,一时间倒是让人有些摸不着头脑,都不太清楚她到底要做什么。而那些刺客的尸体也没有被拖去埋了,而是被人带去给仵作检验,严加看管了。

当群臣还在为这次诡异的刺客事件发愁的时候，大家却纷纷收到了来自瑾国公的请柬，邀请他们去参加他的客宴，以庆祝他乔迁之喜。

而这场宴会的主办者，是公孙羽。

在门口迎客的时候，公孙羽一张脸笑得都快抽筋了。

现在，全朝大臣连带着隔壁的博济族都知道朗月郡主和瑾国公是一对了。前来贺喜的人既想哭又想笑，虽然敬佩公孙羽是条女汉子，不过这样两个人的组合也是空前绝后了。看着公孙羽，他们也只好努力发自内心地祝福他们和和美美，夸奖他们郎才女貌了。

只是……这郎不在门口啊。

郎还在房间里敷面膜啊。

公孙羽脸都快笑僵了，终于等来了晏宁，看来她手臂上的伤好得已经差不多了。跟在晏御史一家后面的，就是温国公一家了。

公孙羽和晏宁说笑之间，突然感觉到一阵寒意。再看过去，那一袭青衫再次映入眼帘。晏宁忍不住"啧啧"道："这魏淑敏都为太史烨消瘦成这样了，真是太可怜了。"

公孙羽忍不住"啊"了一声，好像有点出乎意料。

晏宁奇怪地道："咦？你别告诉我你不知道啊。待字闺中的姑娘们最近可都在传，说温国公的淑敏小姐思慕瑾国公却不得回应，每日愁绪满肠的。你看，从来大门不出二门不迈的人，今天还特地上门了。"

公孙羽心里起了疙瘩，刚侧身，就和魏淑敏正面对上了。

晏宁见状，有点感慨地跟她耳语道："人都说不是冤家不聚头，你怎么倒像是不是情敌不聚头啊？"

公孙羽连忙回答一句："你别胡说，不然翻脸啊。"

晏宁掩着嘴笑笑，先进去了。

温国公走在前面，身后的小厮捧着一个精致的沉香木雕的盒子。公孙羽正要跟他说些欢迎的话，身后又传来那个熟悉的声音。

"温国公也来了，果然是带大礼来了吗？"

公孙羽干脆让到一边，朝温国公行了个君子礼，也算是客气了。

温国公发自内心地笑起来，道："恭喜瑾国公乔迁之喜，小小礼物不成敬意。"说着就让小厮打开盒子，显出里面那晶莹剔透的玉枕，道，"给瑾国公安枕用，还请瑾国公笑纳。"

太史烨毫不客气地收下，道："元昊，收起来。"刚说完，又想起了什么，道，"哦，公孙，上回你说睡眠不太好，还是你拿去安枕吧。"

公孙羽站在旁边，原本打算看太史烨和魏家小姐的好戏的，陡然间被叫到名字，有些反应不过来。她思量一阵后，婉拒道："不用了，你自己留着用吧，我一个带兵的不太适合安睡，睡过去可就完了。"

太史烨皱眉想了想，赞同地道："你说的也有道理。既然这样，那你把我昨天给你的那床金丝褥也一并还我吧，你盖着不合适。"

公孙羽深吸一口气，努力扯出一个笑容，故作镇定道："好，回头我就让微音给你搬过来。"

公孙羽说完，场上就静默了一阵。好一会儿后，魏淑敏的动作从微微颔首到稍稍抬头，自下而上幽怨地看着太史烨。良久才憋出一句声如蚊蚋的话："太史公子……"

很显然，太史烨没有听见。

公孙羽很好心地用胳膊肘顶了顶太史烨的背，太史烨看了过来，她就朝魏淑敏的方向努努嘴。

太史烨浑然不知这是什么意思，一脸茫然地看着温国公一家，道："温国公还是快请进吧，不要堵在门口了。"

见心中的郎君并未搭理自己，魏淑敏鼓起勇气又叫了一声："太史公子……"

太史烨回头间好像听到有人在叫他，就问："刚刚谁叫本公子？"

魏淑敏半垂下头，手指绞着帕子，一脸欲迎还拒，又低低地喊了一声："公子……"

太史烨没有停下脚步，反而手一抬，道："魏小姐有什么话直说就好了。"

魏淑敏将女儿家娇羞和不安的情绪诠释得淋漓尽致，公孙羽抄着手看魏淑敏跟个小媳妇一样站在那里，有点于心不忍。

晏宁走过来陪她一起看，道："你居然没感觉？"

公孙羽茫然地道："什么感觉？我有感觉啊，你说这姑娘是不是缺心眼啊，那么多贵公子不喜欢，非要喜欢太史烨。真是夭寿哦，比她每天发愁都夭寿。你说这看脸的世界是不是太过分了？"

晏宁笑道："不过分啊，有的人就是靠这个吃饭，靠这个发家致富的。"

公孙羽想了想，觉得她说得非常有道理，就赞同地道："你说的也有道理，可是这跟我有什么关系呢，我又不在乎。"

晏宁奇怪地道："为什么跟你没关系？你和太史有婚约，你不在乎？就算我知道你们俩从小就不合，可……可有句话叫……"

公孙羽抬手打断晏宁的话，认真而严肃地说道："先停一下。首先，我要申明，跟他有婚约这件事不是我能够决定的；其次，你别说什么不是冤家不聚头，这真的只是说说而已，现实生活并没这么好。"她说着就开始挖苦起晏宁来，"你说我倒是道理一套一套的，为什么你自己就这么矫情？是皇兄对你不够好吗？"

晏宁立刻摆出一副高冷的姿态，也抬手打断道："别，我今天心情本来还不错的，被你这么一说，我就很难过了。"

这里公孙羽和晏宁说得兴起，那里魏淑敏已经又跟上了太史烨，一副欲迎还拒的样子。

公孙羽干脆走远了，这个时候却发生了一个特殊事件——

慕容祁来了。

在场的无论是在用膳还是在说笑的人统统停了下来，整整齐齐地跪下，嘴里高呼"皇上万岁"。

公孙羽跪在那里跟晏宁耳语："你说皇兄是不是追随你而来的？"

晏宁咳嗽了两声，说道："少来，你闭嘴。"

慕容祁扫视全场，目光定在晏宁身上。倒也没有停留很久，还是先说了些场面话。比如宣布了一下太史烨官复原职的事情，又说了一番官话，最后说了些让大家尽兴，不要在意他的存在的话就退了下来。

话是这么说没错，大家也都明白，可一国之君在这里，谁还敢造次？

原本轻松的气氛好像一下子就变得紧张起来，之前说说笑笑、打打闹闹的人都变得恭恭敬敬起来，都不太敢大口喘气了。

眼尖的公孙羽立马就发现了太史烨又不在现场的事实，顿时有点心累。慕容祁朝着公孙羽这边走过来，晏宁顺势让开，一副若无其事的样子。公孙羽走了过去，道："你说你也是，摆那么大排场，就是为了来见阿宁，看把气氛弄得这么严肃。"

　　慕容祁看到晏宁走开，显然不太高兴，回了一句："你还是管好你的太史烨吧！"

　　公孙羽嘲讽地笑笑："今天这是怎么了，说话都那么冲？"

　　慕容祁跟上晏宁的脚步，公孙羽就在后面看着他们。晏宁说话的姿势和态度恭敬有礼，找不出错，慕容祁也端着一国之君的架子说话，两人说着说着就不欢而散了。当然，是慕容祁先扭头走的。

　　公孙羽在后面看得笑出了声，笑了一会儿以后，发现自己肩上多了一只手。她反应灵敏，反手搭上肩膀上的手，身体一个旋转，当场就和太史烨来了一个优雅炫酷的转体动作。等两个人站定，众人都已经看呆了。好容易反应过来，不知是谁居然带头喊了一声："漂亮！"

　　随即，雷鸣般的掌声响起。

　　在这样震天的掌声中，公孙羽发现自己竟还没有羞愧而死……

　　她眨巴眨巴眼睛，看着居高临下看着她的太史烨，心里默默地盘算起来，自己到底被这个家伙压在身下多少次了？

　　凭什么每次都是她处于劣势？

　　太有辱她女将军的身份了！

　　不行，她要扳回来！

　　于是，在掌声渐渐弱下来的时候，公孙羽又是一个灵巧的转身，和太史烨在大厅中央打起了太极。对于太史烨这种打架求好看的人来说，这无疑是一个表现的好机会。既然公孙羽要跟他玩，他又有什么理由拒绝呢？

大厅中央长袖飞裾白衣翩翩，三招两式间满是柔中带刚之气。掌声居然再次响了起来，久久不绝于耳。

晏宁在旁边看傻了眼，心想：这算是唱的哪一出啊？

晏宁无意识地凑过去问微音："公孙她什么时候学会跳舞的？"

微音茫然地摇头道："不，我可以保证我们家郡主没有学过跳舞，但是她居然能和国公这样配合无间，我也很惊讶。你看，众人都看醉了。"

晏宁随意扫了一眼四周的人，目光却在身边不远处魏淑敏的身上停留了好一会儿。良久才意味深长地道："我好像闻到了火药味。"

慕容祁不知什么时候也突然出现在晏宁身后，悠悠地道："我好像也闻到了陈年老醋的味道。"

晏宁深吸一口气，没跟他计较，好容易再扭过头去，发现公孙羽和太史烨的精彩演出倒也结束了。为了不在这么多人面前丢人，公孙羽在结束以后还颇有礼貌地向太史烨行了个礼，随后转身离开。脚步还算稳重，就是形体好像有点……僵。

太史烨若有所思地跟了上去，若有所思地走了两步，又若有所思地说道："公孙，你是不是腰不太好？"

公孙羽皱着眉头用手扶了扶腰，开口承认："听你这么一说，好像真的有一点。"

太史烨关心地道："那你可要多做运动啊，有空来跟我一起运动吧。"

公孙羽活动活动筋骨，扭了扭腰，应了一声"好"。可话才刚出口，马上就反应过来，立刻脚下生风地倒退两步，一脸警惕地看着他："等等，我们俩的关系有那么好吗？有必要说话这么亲密吗？"

太史烨温和地笑着提醒她道："我们好像不止说话亲密，连行为举止都……"

他正说着，慕容祁已经命李公公前来，说是温国公也想一观瑾国公府，于是大家便一起游园。

慕容祁和温国公走在最前面，晏宁和公孙羽走在中间，太史烨和魏淑敏走在最后。

公孙羽一路走得漫不经心，毕竟她原本就对这样的美景不太感兴趣，倒是晏宁颇为感慨道："小桥流水人家，看来是花了一番心思的。"

正好太史烨在身后耐心地跟魏淑敏说着四周的设计。

"二水、三桥、四亭九大景观，全是我和皇上两个人设计的。"

魏淑敏随口拈来两句酸诗，又是一番感慨，给原本还算愉悦的气氛增添了一似哀怨之气。

太史烨忍不住赞叹道："难不成这二水、三桥、四亭九大景观倒是激起魏小姐的诗性了？"

魏淑敏婉声道："让太史公子见笑了，淑敏只是有感而发而已。"

温国公低声苛责道："淑敏，皇上在此，不得无礼。"

慕容祁蓦地听到自己被提及，略有些吃惊，回过神来补了一句："无碍，你们尽兴就好。对了，刚刚魏小姐说了什么来着？"

温国公抢先一步道："没什么，小女只是在感慨这后院美景。"

不知道为什么，晏宁似乎觉得脚步行进的节奏有点不太对劲，好像比刚刚慢了许多。为了迎合公孙羽的脚步，晏宁也放慢脚步，再侧头一看，却发现公孙羽脸上似乎有那么一闪而过的失神。正要问她是怎么回事，她已经开口："嗯，以后在这里养老，好像可以培养一下好心情。"

晏宁心中默默想，这姑娘是转性了？

公孙羽见晏宁看着自己，觉得有些奇怪，盯着她看了好一会儿。突然，一股肃杀之气逼来，公孙羽手按剑柄，轻盈地跃起，喝道："今天这种场合都敢来放肆！"

惨烈！这一场意外的厮杀让原本喜气洋洋的乔迁盛宴变成了一场惊天动地的刺杀。

有慕容祁坐镇，场面分毫不乱，但温国公大惊失色，做出一副惊慌失措的样子吼道："有刺客啊！皇上快走！"

于是，原本还能控制的场面似乎混乱了起来。

公孙羽带领一组护卫有条不紊地击杀刺客，慕容祁拦下晏宁，冷声冷道："别再让朕看到你拿出匕首。"

晏宁没说话，拉上早已吓得花容失色的魏淑敏，在护卫的保护下离开了。魏淑敏刚走开两步，猛地想起一些什么事，用力甩开了晏宁的手，却正好拉扯到晏宁的伤口。晏宁忍不住皱眉哼了一声。魏淑敏没有关注晏宁，反倒对着还站在桥上的太史烨喊道："太史公子！那里危险啊！赶紧离开吧！"

太史烨负手而立，没有理她。

慕容祁见晏宁脸色不好，忍不住要发作。晏宁将他拦下，冲他摇了摇头。

公孙羽和刺客厮杀得激烈，上蹿下跳，从亭子上面打到花园里，再到另一个亭子上面，最后是在水面上。公孙羽长剑一挥，激起一阵水浪，身体轻盈似云燕，砍杀中倒记得悠着点，没有伤害到这些景物，却也招招狠辣。

魏淑敏提着裙子颠颠地要往太史烨那里去，深情呼唤道："公子！公子快去避一避吧！"

太史烨平静地看着面前激烈的厮杀，回答道："不，我还是要在这里看着，万一公孙一个不小心伤害到花花草草那就不好了。"

公孙羽耳朵尖，听了这一句，心下一个不爽，当时就想一剑挥过去把太史烨那些花花草草全给削了。

第八回

莫要伤到花花草草

公孙羽内心在咆哮：你个高手留在这里不来帮忙也就算了，还在那里担心自己那些破花破草，这还是正常人该说的话吗？

但最后她想了想，还是忍住了，先打刺客比较重要。经过大家紧密的配合，二十多个刺客一下就只剩十来个了。

魏淑敏把手放在嘴边扬声说了一句："郡主！还请手下留情，莫要伤到花花草草！"

原本差不多快忘了这回事的公孙羽又因为这样一句话而怒气翻腾，扬手一剑又是一个浪头，直接往魏淑敏的身上泼了过去。魏淑敏来不及反应，整个人被迎头浇下一身的水，一声尖叫过后，狼狈不堪。

太史烨眼明手快，不知什么时候手中多了一把伞，"唰"的一声开伞，躲过了一劫。

公孙羽看得目瞪口呆，倒也还算记得虚情假意地说声抱歉："抱歉抱歉，刀剑不长眼，魏小姐你站错地方了，这里不太安全。"说着就继续杀刺客去了。

太史烨确定公孙羽调皮完了，就收了伞，若无其事地抖了抖伞上的水，动作优雅地整理了一番衣袖，道："嗯，幸好身上没有湿。"他一个扭头就看到了脸上的妆都糊成了一团，从头到脚没有一处干的魏淑敏，略惊讶了一番，道："魏小姐这是怎么了？"魏淑敏撇撇嘴，满脸委屈。

太史烨叹气道："唉，幸好我让元昊准备了伞，不然这身衣服就要糟蹋了，你说我是不是很明智的一个人？"说着还炫耀般地扬了扬手中的伞。

元昊在不远处幽怨地想：很明智的你怎么不给人家姑娘撑把伞呢？

在慕容祁的从旁指挥下，越来越多的护卫加入到战圈里来，公孙羽喝道："留活口！"

大约半刻过后，太史烨依旧站在桥上观望。魏淑敏的婢女赶忙拿来一件披风给自家小姐披上，拉着她就要走。魏淑敏一脸的恋恋不舍，踌躇之间，打了个寒战，又打了个喷嚏，太史烨见状，问道："魏小姐不舒服？"

魏淑敏点点头，做出头晕目眩状，眼看着就要往太史烨身上倒过去。

只见一道奇快的身影从水面掠过来，剑光穿过摇摇欲坠的女子眼前，她还不及看清，只听见"扑哧"一声，是剑刺入身体的声音。女子只觉得一阵温热的液体喷在自己脸上、身上，也不知道被谁一带，再稳稳地搂在怀里。女子只觉得这怀抱竟异常温暖，还带着那么几丝难得的安全感，让人舍不得离开。她竟忍不住抬手抱住那人，人又往那人身上靠了靠。

良久，她只听见自己头顶传来一个声音，似乎带着点尴尬："那个……魏小姐，你能先放开我吗？本郡主还要去抓刺客呢……"

魏淑敏猛地一睁眼，却发现自己竟然靠在了公孙羽的怀里，这让她如何能接受！

她用力推开公孙羽，不知从身上什么地方摸出了一块帕子，轻轻擦拭着脸。眼睛一瞥帕子，斑斑血迹赫然映入眼帘，吓得她不顾形象地大声尖叫起来："血！"

就在她尖叫的瞬间，公孙羽和太史烨已经同时出剑，剑锋分别划过她身旁一寸处，像是约好一般出手，配合无间。围绕着她击杀纷涌而来的刺客，一招一式都力求精准地擦过她的身边，完全伤害不到她。可生理上的伤害虽没有，但心理上的伤害已经大大超出了她所能承受的极限。

公孙羽动作快而狠，而太史烨始终以姿势优雅为先，不把衣服弄脏为次，出剑速度时快时慢，却也是一招都不浪费地将所有刺客都给解决了。

魏淑敏吓得脸色苍白，呆呆地站在原地根本无法动弹。事后赶来的禁卫军已经将慕容祁点名留活口的几个人敲晕绑了起来，带到公孙羽这里了。

公孙羽走过去看着魏淑敏，用手戳戳她的肩膀，提醒道："魏小姐，打完了，你可以动了。"

魏淑敏再也忍不住了，身体一僵，两眼一翻，就这么直挺挺地晕厥过去。

公孙羽也是一阵惊讶，嘴里喃喃道："哇，这样就不行了？"随后用胳膊肘顶了顶太史烨，道："英雄，你要不要救美一下？她躺在这里也不是个事儿啊。"

太史烨理理袖子，淡淡地道："这等小事还要劳烦我？"只见他姿势优雅地拍了拍肩头的落花，道："元昊，将魏小姐好生送回去。"

自从公孙羽从边关回来以后，她一直觉得自己在倒血霉，什么事儿她都能摊上。陈国多久才有一次的刺杀，居然连着发生了两起，还全让她给赶上了。

这种运气也不是人人都能有的，但开玩笑归开玩笑，公孙羽是觉得，这两起刺杀事件绝对是同一个人策划的有预谋的行动，目标尚且不明确，但其中一定有慕容祁。

今天这一场刺杀规模较大，虽然挑着慕容祁在场的时候出来，可到底还是没有完全冲着他去，有一种……来送死的即视感……

公孙羽抿嘴唇思考起来。

厅堂里的宾客和朝臣多多少少知道后院发生了大事，都议论纷纷却又不敢大声说话。慕容祁铁青着一张脸出来，温国公跟在身后拱手道：“皇上，兹事体大，万不可姑息啊。”

慕容祁冷哼一声道：“朕自然知道。”

随后，公孙羽带着抓捕到的三个刺客上来了，慕容祁当即下令道：“三品以上官员留下，其余人统统退下。”

一时间，原本还有些哄闹的厅堂安静了许多。人被遣散得差不多了，剩下三品以上的官员包括温国公在内有八人，分别坐于厅堂两边。晏宁自动退离，慕容祁也没有强行留下她。

慕容祁扫视一眼堂下，不悦地道：“瑾国公太史烨何在？”

公孙羽道：“老规矩啊，要么洗澡要么敷脸，他的人生难道还有别的事情吗？”

慕容祁一拍桌子，怒道：“胡闹！去将他唤到前厅来，朕要公审刺客，岂容他这样随便？”

半刻钟后，太史烨脸上敷着一张面膜就来了，一副若无其事的样子。

慕容祁忍着怒气没有跟他计较，让公孙羽弄来三桶水，把三个晕过去的刺客给浇醒。公孙羽早就做好了准备，可依旧棋差一着，不知道为什么，就算是掰着他们的嘴，慕容祁还一句话都没问呢，三个人就都开始呕黑血了。

公孙羽眼明手快地封住一个人的大穴，试图救他的性命，可那人终究还是奄奄一息，即将死去。她正要放弃的时候，只听其中一人嘴里喃喃道："属下无能……"然后便断了气。

慕容祁皱眉问："他刚刚说什么？"

公孙羽道："他说他无能。"才刚说完脚踝就被拽住了。

她还没来得及反应，只听拽住她脚踝的人哀号了一句："郡主……属下无能……不能完成任务……但属下不想死……啊……"话终于断断续续说完了，最后一人也这么死了，徒留公孙羽愣在当场。不，所有人都愣在了当场。

太史烨的面膜都从脸上掉下来了，露出了他难得惊讶的表情。

厅堂里寂静无声，所有人的视线从地上三个断了气的刺客身上移到公孙羽的身上，大气都不敢出一口。

公孙羽一脸茫然道："都看着我干什么，跟我有什么关系？"

堂下吏部尚书方策结结巴巴道："方才下官听到那个刺客的话，好像意指郡主指使他们犯下刺杀之事？"

公孙羽不慌不忙道："对啊，可是那又怎样？"

吏部尚书方策习惯了公孙羽从来都是这种姿态，于是用了一种询问加商量的语气道："那么，请郡主殿下束手就擒一下？"

慕容祁拍案阻止："放肆！朕都没有说什么，尔等怎敢动郡主分毫？"

方策赶紧下跪求饶。

慕容祁给公孙羽使了个眼色，公孙羽分析道："这个陷害简直一点技术含量都没有，但凡是我手下的人，都自称一声'属下'，这点没有错，可他们对我的称呼从来都不是'郡主'，而是'将军'，你们去问我任何一个下属，他们皆可作证。光凭这一点，就能说明这些人一定是受人指使才出言诬陷我的，而且那个人还是不了解我的人。"

慕容祁笑道："都听见了？下面三人皆是死士，既然都已抱着必死的决心了，那多拖一个人下水又有何不可呢？若是单凭一句话就定人罪名，莫不是要朕做个昏君？"

堂下所有大臣都纷纷离座下跪三呼"微臣该死"。

公孙羽冷笑一声，扫视一圈，唯有太史烨一脸平静。公孙羽不由自主地收起笑容，也不知道是怎么了，看着他这副事不关己的样子就不太爽快，突然就笑不出来了。

慕容祁想了想，话锋一转，又道："可即便如此，现在也已死无对证。既然他们提到了朗月郡主，也就说明此事和皇妹你脱不了干系。公孙羽，你有什么话要说？"

公孙羽把眼神从太史烨身上挪开，回过神来"哦"了一声，认真地道："皇兄说得是，既然这样，那么臣妹只能说，证明自己无罪的方法，无非是证明他人有罪了。"

慕容祁拊掌道："好，那么这件事依旧是由你负责调查，不得有误！"

这场荒唐的审判在混乱中开始，又在混乱中结束，当中有两段插曲：一是刺客说指使者是公孙羽，一是最后群臣提议为了公平起见，让吏部尚书协助公孙羽调查，毕竟公孙羽是有嫌疑的人。

公孙羽并不以为意，多个人就多个人吧，反正对她没有影响。

其他大臣散去以后，太史烨率先站起来，走到温国公面前，不悦地道："温国公，令爱身体不佳，不宜在本公子府上逗留，还请温国公早些将令爱接回去医治才好。"

温国公脸都绿了，自己女儿刚刚遭受了什么样非人的待遇他又不是不知道，这会儿太史烨倒好，折腾完她女儿，还下了逐客令。

这算哪门子事儿啊！

只可惜温国公现在还不好同他撕破脸，也知道他不可能不是故意的，只好悻悻地叫了家中的豪华马车过来接人，也算是正式离场了。

聚集在后室的三个人，加了一个晏宁进来，变成了四个人。

晏宁看了一眼表情正常的公孙羽，道："你倒也算沉得住气。"

公孙羽单手托腮，道："有反应才是心虚的表现吧。"

晏宁笑笑，道："也是。"

太史烨躺着，轻描淡写道："好好场个乔迁宴会毁了倒也没什么，只是我的花花草草受到无谓的牵连，让我很是心疼。"

慕容祁冷着脸拍了一下桌子："太史烨！你可以了！朕并不觉得现在是可以开玩笑的时候，你觉得是你的花花草草重要，还是证明这件事是温国公主使的比较重要？"

太史烨一脸茫然："再重要不也是公孙去办吗，跟我有什么干系？"

公孙羽站起身来，打断了太史烨的话，对着慕容祁冷声道："皇兄，你早就知道他的，还有什么好多说的？都散了吧，我自己可以处理的。"她说着就要转身离开，临出门前，她背对着太史烨站着，不知道从何而来一股自嘲的语气："太史烨，这样的你真是好啊，你就这样一直下去吧。"

她头也不回地离去，徒留下一个坚毅的背影。

晏宁靠着椅背，喃喃道："阿羽从来都是说我太倔强，其实她又何尝不是一个从来也不肯低头的人？可也是因为这样，从来都没有人能击倒她。"

慕容祁微微眯起眼睛，侧头看着有些讶异的太史烨，叹气道："太史，你好自为之……"

回府以后，微音只觉得自家郡主整个人都不太对劲了。不，应该说，她很久都没有见过这样全身心投入工作中的公孙羽了。这样认真的公孙羽，让微音有点措手不及，她虽然做着打下手的工作，却感觉和以前不一样了，一种生怕自己做错点什么就会立刻被责骂的恐惧感油然而生。

当日午后，公孙羽赶着去义庄验尸，请来的仵作也是陈国首屈一指的张勉张仵作。

验尸之前，公孙羽让慕容祁派给她的几个亲信给这些刺客都做了一个全身检查，看看他们身上有没有什么相同的痕迹，又或者有没有什么信物之类的东西存在。

一炷香的时间以后，公孙羽得到了这样一个信讯息。这几个亲信说里面躺着的那些刺客看着挺眼熟，好像曾经见过。再仔细调查一番，才知道他们曾经都是禁卫军的人。

公孙羽有些震惊地道："禁卫军的人？曾经？"

亲信张乔说："回郡主的话，是这样的，我们选禁卫军，是要经过重重考验的，不是谁想来就能来的。每隔半年还有一次考核，如果不合格，或者犯了什么错误，都有可能会被踢出去，他们是去年被移除禁卫军的。"

公孙羽摸了摸下巴，问道："是因为考核不合格？可我看他们的身手还可以啊，禁卫军的要求到底是有多高？"

张乔解释道："哦，郡主误会了，他们可不是因为考核不合格而被除名的，他们是在营房聚众酗酒赌博被举报了，这才被除了名。要知道，酗酒和赌博在禁卫军那里可是大忌。"

公孙羽点了点头，道："嗯，好，我知道了，那可否知道他们曾经是谁的下属？"

张乔说："前任禁卫军统领周骁麾下第五营营长季承的下属，那时季承也因此而受牵连，不过他并不知情，只挨了二十军棍而已。"

公孙羽略微怔了怔，迟疑道："你说……季承？"

张乔道："是啊，便是季营长没错。"然后他突然想到了什么，神情略尴尬地道，"哦，是属下不好，踩到郡主的雷区了。"

公孙羽自然知道季承是谁，前两年慕容祁给她办盛大的招亲大会的时候，出类拔萃的一个就是季承。虽然他最后惨败在她手下，但他不屈不挠一定要坚持到底的精神让她的印象十分深刻。当时好像只剩他一个人没有知难而退，反而越战越勇吧。

就是不知道原来他现在已经坐到禁卫军营长的位子了。

还记得那时候公孙羽跟他说过，虽然他有点实力，但是她公孙羽不会和没有上进心、没有成就的男人在一起，他便当场发誓，要成为有能力者，然后再来挑战朗月郡主。

想想这个季承，还真是个痴汉啊。

公孙羽若有所思地点点头，吩咐他们先不要张扬这件事情，免得打草惊蛇，尤其是不能让协助她调查的吏部尚书方策知道。她又派了人好生照看这些刺客的尸体，之后便拉着微音去见慕容祁了。

公孙羽将事情跟慕容祁复述了一番，谈起了自己的意见："首先，杀手是禁卫军的人这一点就很值得推敲，天下杀手那么多，为什么偏偏都是刚刚从禁卫军被除名不久的人？其次，这些日子我刚接手禁卫军，就出了这样的事情，皇兄不觉得针对性有点强吗？"

慕容祁拧眉思索，问道："现在我们将这件事公开会引起轩然大波，你私下去查证一下，这件事必定和禁卫军前任统领周骁脱不开干系。他面上忠君，可背地里和温国公勾结也不是一日两日的事情了。这次朕将他调任，放他的长假，也是想看看温国公的反应，没想到温国公果然还是动手了。"

公孙羽回应道："嗯，臣妹明白，但从周骁直接查一定行不通，所以我想，不如从第五营营长季承开始查起。"

慕容祁道："这样也好，你做主便可，说来，也是朕将你拖下水的。"

公孙羽抿抿唇，说道："皇兄你难得这么客气，虽然我是真的很想怪你，但念在你一直把我当亲妹妹来对待的分儿上，我也就不跟你计较了。我先走了。"

商讨完事情，公孙羽就要离开，刚推门出去，慕容祁就叫住了她："朕的好妹妹啊……"

这意味深长的一声让公孙羽脚步一顿，她的神经紧绷了一下，回头问道："还有什么事？"慕容祁看了她一会儿，眼神意味深长，又表现出一副欲言又止的样子，许久，欲盖弥彰地摆摆手，说道："没事，你快去查案吧，早日调查清楚。"

公孙羽大约能明白慕容祁到底在为什么叹气。好不容易一天工作结束，跟着公孙羽东奔西跑的微音气喘吁吁，刚想问能不能去休息，公孙羽抿着唇站在房门口思考了一会儿，转身又要往外跑。

微音跟在后面喊："郡主，都这么晚了，你要去哪里啊？"

公孙羽拦下跟上来的微音，道："别跟来，我要出去一次。"

微音大惊："啊，那怎么行啊？这么晚了，要是有什么危险怎么办？"

公孙羽脚步没停，道："就是因为有危险，我才出去的。"

她直奔禁卫军第五营营区。

公孙羽今天来禁卫军第五营的事情也不是她临时决定的，她倒是跟不少人说过她似乎有意向去禁卫军营走走问问，但季承并不知道今晚会有人来。

公孙羽从来都对季承没什么别的感觉，自然不会觉得作为一个上司大晚上来巡营有什么不妥之处。

整个第五营像往常一样，该巡逻的巡逻，该站岗的站岗，没有什么意外发生。站岗的士兵看见公孙羽来了，恭敬地道："参见郡主。郡主为何这么晚了还到营地来？"

公孙羽开门见山道："我找季营长，他现在人在何处？"

站岗的用手指了一个方向，道："今夜季营长值夜，他现在应该在房里处理公务。"

公孙羽道了声"好"，就往那里去了。

第九回

新口味并不适合我

　　今天进宫的人不只是公孙羽，还有太史烨，当然，他不是去找公孙羽的，纯粹就是为了去观清池洗个澡，顺便让慕容祁教育一下。

　　当他穿着浴袍坐在慕容祁面前敷面膜的时候，他并未表现出一丝一毫的惊慌。

　　慕容祁想了很久才悠悠地说出一句话："太史，从前朕一直坚信自己的决定是对的，现在看你和公孙的样子，朕居然也开始怀疑自己的想法到底是不是真的有问题了。你和她是不是真的不合适啊？"

　　太史烨躺在那里一动不动，答非所问："阿祁，你说，你今天是不是在观清池里动了什么手脚，为什么我总感觉水有哪里不太对劲啊？"

　　慕容祁顺着他的话说道："是啊，王宫后面的山上有了一汪新泉，朕便让人引了一些泉水进来试试看，听说沐浴过后比以往都要舒服，你是第一个试的人。"

　　太史烨好像有些欢喜，点头道："嗯，确实不太一样，很舒服。虽然说用惯了平时用的，偶尔换一种会有些不习惯，但换的那一种如果更好的话，我也不介意换换口味的，当然，也不是所有人都适合新口味的。"

慕容祁听出了他话里的意思，回忆了一下他那段话，却也没能明白公孙羽对于他来说是用惯的还是新鲜的，他是觉得适合还是不适合。

于是慕容祁打算以退为进，试探着说道："如若温国公能顺利铲除，朕还是想好好斟酌一下你和公孙的婚事，确实，在这件事情上，是朕草率了。"

太史烨用他一惯的语气直白地道："原来阿祁你想做并非一言九鼎的君王，你这是在欺骗谁的感情？"

慕容祁气道："你还说！"

两个人正斗着嘴，李公公已经着急忙慌地进来，慌慌张张道："皇上，瑾国公，不好了，郡主……郡主她……"

太史烨用手按了按面膜，淡定地道："如何了？公孙莫不是又闯祸打人了？"

李公公哭丧着脸道："不是打人，是杀人！"

太史烨一怔，面膜从手里滑下去，无声地落到了地上。

当他和慕容祁赶到禁卫军第五营营区的时候，只看到一群禁卫军将一个房间门口围得水泄不通，李公公当即清嗓唱道："皇上驾到！"

禁卫军赶紧列队站好，跪下行礼。

直到他们散开，慕容祁和太史烨才看到被围在当中的公孙羽，和躺在地上明显已经身亡的第五营营长季承，旁边还站着前任统领周骁。

周骁下跪行礼，公孙羽却带着一点桀骜的情绪，别过脸去不说话。

慕容祁脸色一沉，当即问发生了什么事情。周骁抢在公孙羽前面说道："皇上，朗月郡主蓄意杀害禁卫军第五营营长季承，人证物证俱在，请皇上下令捉拿郡主归案。"

公孙羽冷笑一声，道："人证物证俱在？周骁你还真是能睁着眼睛说瞎话啊，我来的时候季承便从房内飞了出来，身后跟着一个黑衣人，我与黑衣人交手几招之后他便利用季承逃脱了。等我上前查看季承的时候，他尚有一口气在，紧接着便有一把飞刀射了过来，正中他的后颈，他这才毙命的。"

周骁不卑不亢地反驳道："那为何有巡逻兵说听见打斗声循声而来的时候，只看到躺在地上奄奄一息的季承一脸惊恐地看着你，而你当时正接触到季承的尸体，旁边并未有你说的什么黑衣人。而季承在看到有人来了以后，用尽最后一口气用手抓着你的衣摆，死不瞑目呢？"

公孙羽继续冷笑："我接触他的尸体是为了确认他是否已经死亡，现在死无对证，任你再怎么说都可以。我说有黑衣人，是我的说法，你说没有黑衣人，是你的说法，我坚持有，你又要怎么证明没有呢？"

慕容祁手一抬，让他们都安静下来，随手指了一个自称是目击者的禁卫军，道："你来说。"

那人拜了拜，说道："回皇上的话，臣等是第五营的，今夜负责巡逻。在第二轮巡夜回来的时候，我们听见营长这边出现了打斗声，闻声而来的时候，营长已经奄奄一息了。我们虽未见到郡主亲手杀人，但那时候确实只有郡主碰过营长的尸体，营长也确实牢牢地拽着郡主的衣摆，不知还说了些什么……"

公孙羽连忙反驳："他什么都没说！"

慕容祁的脸色变得异常难看，沉声道："那么这也只是一半的人证，不足为证。物证呢？周爱卿不是说人证物证俱在吗？"

周骁看了一眼公孙羽，蹲下身，将季承后颈上的飞刀拔了下来，高举起来，扬声道："大家可认得这把飞刀？"

此话一出，公孙羽和慕容祁就真的再也淡定不下去了。

明眼人都知道，那是公孙羽的飞刀。

周骁手执飞刀，跪在慕容祁面前，道："皇上，现在铁证如山，季营长是死在朗月郡主的飞刀下，罪证确凿，还请皇上明断！"

这个举动让在场的人都感到十分震惊。公孙羽刚刚没有注意到这一点，但现在真的把刀放到她眼前了，她便立即反应过来，这完全就是一个针对她的局。

不过，她不能慌。

慕容祁横眼扫过去，眼神凌厉似刀子："也就是说，朕若是不将郡主捉拿归案，便是不明断？"

公孙羽偏是不服气，冷哼道："单凭这些便要定我的罪，未免太过草率！我的飞刀并非什么特殊材质、特殊形态，难以模仿，有人想要栽赃嫁祸也不是没有可能。不过说来为何周统领你会这样激愤，一定要皇上定我的罪？"

气氛凝固了一会儿，面对公孙羽的突然发问，周骁并不接话，这种时候退却不好，激进更不好。

反观一直在一旁静静看着的太史烨，身着一身睡袍在月光下立着，怎么看都跟大环境格格不入，却又没人敢说他什么。

安静了一阵以后，太史烨说话了："他大概是想快些定公孙你的罪吧，毕竟夜长梦多。"

人人都知道瑾国公太史烨嘴里说不出好话来，谁都不敢说的话，到他嘴里就跟一句"早上好"一样轻描淡写，只是现在这话一出口，也难免让人有些多想。

周骁并不恼怒，分析得头头是道："皇上，现在所有证据都指向朗月郡主，就算皇上认为郡主并未犯罪，可众人不服。如要使众人信服，必是要拿出郡主无罪的证据才行，还望皇上三思。"

禁卫军的人都开始窃窃私语，话语间透露着对周骁这些话的赞同。慕容祁皱着眉头，一脸严肃地望向公孙羽。眼神交汇间，公孙羽虽是桀骜，却也知道这个时候必须妥协，不能让慕容祁为难。身为君王，他要做的不是护短，一意孤行认为她无罪，而是要让天下人都相信她无罪。

大家喧嚷了一阵，太史烨理理袖子，声音不咸不淡，语速不紧不慢道："既然如此，那方才出现在这附近的禁卫军统统都有嫌疑。阿祁，你应该把他们全都关押起来，宁可错杀一千，不可放过一个，他们个个都有嫌疑。"

慕容祁心里已经有了主意，道："既然如此，那将整个第五营封锁起来，一个都不许放过。将朗月郡主带去正殿，朕要亲自审问。"

随后，慕容祁又下令让仵作验尸，将一切都安排妥当，其间小心安排，并未让温国公的人插手这件事。

公孙羽被带离的时候与太史烨擦身而过，太史烨的眼神在她身上停留了片刻，她却只是若无其事地走过，并未停留。慕容祁上前拍了拍他的肩膀，道："太史……"

太史烨道："阿祁，你要是不想让这件事马上变成死局，就先不要让我参与。"

慕容祁眼神一凛，若有所思，只是点点头就摆驾离去。

这一阵，大大小小的事情矛头都指向公孙羽，这是明眼人都能看到的事实。要说巧合，那很多事情都未免太过巧合，有时候太过巧合也是一种错误。

慕容祁做事雷厉风行，为了保证自己的公平公正，他连夜召集了三品以上的官员进宫商议，就如同那天在瑾国公府上一样。

原以为会第一个到的温国公却姗姗来迟，脸上带着倦意，也不知是真是假。

慕容祁话不多说，直入主题，将事情的经过疏理了一遍，等着大殿里的群臣有所反应。

大多数臣子心里都明白公孙羽在慕容祁心里的位置，那是跟亲妹妹没有什么区别的，更何况公孙羽家世显赫，经过了上次的事情以后，谁又敢轻言公孙羽有罪呢？

大殿里七嘴八舌一阵议论之后，跪在中央的公孙羽也不着急，什么话都听在耳朵里。

这时，御史大夫晏涛道："皇上，臣有一事不明。"

慕容祁道："晏卿但说无妨。"

晏涛做出一副思考的样子道："虽然现在种种罪证都能证明郡主乃杀人凶手，可微臣不明白的是，郡主与季营长什么仇、什么怨，一定要杀了他？微臣只知道郡主刚从边关回来不久，接手禁卫军也不过寥寥数日，与季营长素无交情，却为何要杀了他？"

慕容祁表示赞许，道："晏卿所言有理，杀人总要有个动机，朗月郡主并没有动机，那么她为何要动手杀害季承呢？"

底下又是一阵议论，才不过半刻，吏部尚书方策出列，道："启禀皇上，微臣有话要说。"

慕容祁点头让他说。

方策道："微臣今日白天协同郡主查案的时候，似乎听到郡主与验尸的侍卫交谈到了那些死去的刺客的身份，说他们是被禁卫军刚除名不久的人，恰好还是第五营季营长麾下的人。郡主让那名侍卫不要将此事宣扬出去，要保密，而今夜，季营长便遇害了，这未免太过巧合。"说着，他又顿了一下，回忆道，"微臣似乎记得，郡主十七岁那年的招亲宴会上，季营长可是一副势在必得的样子啊，郡主倒是表现得万般不屑，甚至是轻蔑。要说郡主和季营长没什么关系，却也有这样微妙的关系在里面。"

事到如今，公孙羽和慕容祁已经完全听明白了，这就是一个巨大的圈套，就等着她公孙羽往里面钻。芳婷阁的第一波刺杀是引她入局，也是试探；瑾国公府的第二波刺杀是陷害的第一步，让她受到众人的怀疑；今晚的季承之死，便是要将她打入万劫不复的地步。

温国公要的，是除掉她。

周骁带头跪下，道："皇上，现在罪证确凿，季承必是被朗月郡主灭口的。臣以为这件事当是如此，郡主早有反心要刺杀皇上，刺杀不成，却反被供出，为了不让这件事情败露，郡主便对季营长下了杀手。想必季营长便是郡主的同谋，郡主利用季承对她的爱慕之心，让他招募了这些被除名的禁卫军来刺杀皇上。"

公孙羽猛地站起，怒气翻腾，指着周骁的鼻子骂道："你闭嘴！胡编乱造些什么？你是觉得我意在刺杀皇兄，那我的目的是什么？登基做女皇？即使刺杀成功，我又如何能服众？"

温国公突然道："老臣记得，郡主似乎在刚刚回宫的时候，曾在大殿上公然持剑嬉戏，差点误伤皇上，并扬言说要造反。"

公孙羽轻笑道："温国公未免大惊小怪了，这是我与皇兄之间经常开的玩笑而已。"

周骁又插嘴道："郡主，玩笑可不是这样开的，就算您是郡主，是皇上的义妹，可皇上毕竟是皇上，这样的话是能胡乱说出口的吗？更何况您在大殿之上舞剑，如若真的心存歹念，皇上未有防护，岂不是要酿成大错？"

公孙羽不卑不亢道："可即便如此，你们还是没有确凿的证据证明是我杀了季承，而我也不会承认的，因为那根本就不是我做的！"

方策在一旁凝思了很久，终于跪下道："皇上，微臣以为，朗月郡主已然恃宠而骄，倚仗着皇帝义妹和边关大将的身份胡作非为。刺杀皇上乃大罪，请皇上下旨，严惩朗月郡主！"

慕容祁一只手支在椅背上，用手揉着额角，声音微哑："方才不是还说要定郡主蓄意谋害季承的罪吗，现在怎么变成要定郡主刺杀朕的罪了？"

方策道："皇上，郡主谋害季营长已经是不争的事实，白日里的刺客也意指刺杀行动是郡主主使的，皇上相信郡主，才会让郡主以嫌犯之身调查此事。没想到郡主却借此机会铲除了季营长这个同谋，被人发现后又百般抵赖，实在罪无可恕！微臣以为，郡主就是怕蓄意谋害皇上的事情败露，这才铤而走险灭口的。"

晏涛在一旁平静地道："如果按照方尚书这么说的话，郡主未免太过有勇无谋，这样漏洞百出的计划，与在边关用兵如神、抗敌无数的朗月郡主不相符啊，难道郡主的名望都是浪得虚名？"

公孙羽立即喝止道:"你们都够了!方尚书,你能别再给我扣帽子吗?从季承的死牵扯到我与他勾结,再牵扯到我要刺杀皇兄,接下来你打算说什么?我在边关的战绩都是掺水的?是我与外敌勾结,人家故意输给我的?凡事都讲究证据,你至今还没拿出有力的证据来证明我有罪就想给我套别的帽子,不觉得太轻率了吗?"

这番话一出口,众大臣一个个壮大了胆子开始说起公孙羽的各种不是,连鸡毛蒜皮的小事都能说得头头是道。公孙羽冷笑着听完,突然有一种自己变成了太史烨的错觉。如果是太史烨在这里被指责的话,能被说出来当罪责的事情长久地陪在她身边。

"砰"的一声巨响,大殿里的人都怔了怔,待反应过来的时候,慕容祁身前的案桌已经翻了下来。所有人都目瞪口呆地看着这样可怕的一幕,慕容祁平日里再生气,也不会像今天这样气得掀桌,于是没有人敢再说话,只低着头静静地站着。

慕容祁眼神凌厉,扫视下方,眼神停在晏涛身上,咬牙切齿,一字一句道:"晏爱卿,现在众卿家一致认为朗月郡主有罪,又有证据证明郡主有罪,那么,为了不冤枉屡立战功的忠良,朕该当如何?"

晏涛也不慌张,没有看公孙羽,只是拱手规规矩矩地道:"既然现在郡主是最大嫌疑人,但证据尚且不足,那就应该先将郡主押入大牢,等证据确凿了,再行审问定罪。"

慕容祁长袖一挥,抬手间是肃杀之意,道:"那就依晏卿所言,先将公孙羽押入大牢,容后再审。"

公孙羽对慕容祁拜了拜,谢了恩,头也不回地离去。温国公只觉得这位连二十岁都不到的陈国唯一的女将军看他的眼神,就好像在看蝼蚁一样，轻蔑得让人浑身难受。他一早就知道朗月郡主不会是个省油的灯，所以必须要用特殊的手段解决她，他也深切地明白。如今慕容祁的左右手就是公孙羽和太史烨，只要除掉这两个人，再拿下慕容祁就不是难事了。

明眼人都看得出来，这次慕容祁把太史烨和公孙羽急召回来，又赐了婚，就是准备要清理朝堂了。

温国公党羽众多，非一日能除，要想连根拔起，就必须要有一个完整的计划。

既然一方已开始计划，那另一方又怎能束手就擒呢？

温国公目送公孙羽离去，便问道："既然原本负责全权调查此事的郡主已然获罪，不知皇上要指派哪位大人负责此事？"

慕容祁冷哼一声，道："这件事朕自有安排，就不劳温国公费心了。此事还未水落石出，郡主很有可能无罪，旁人亦有可能诬赖，还望各位卿家不要以讹传讹。若有线索，希望都能尽数上报，早日破案，便能早一日洗清郡主的冤屈。"

"且慢！"

慕容祁不过言尽于此，便有一个沉稳有力的声音从殿外响起。来者步伐既稳健又优雅，正如他一如既往的模样，踏入大殿中，却是不容人忽视的气场。

大殿里一众人皆向太史烨投去惊讶的目光。

从来没有人见过穿着这样端庄正式的瑾国公——他身着朝服，头发束在冠中，纵使嘴角依旧带着那抹若有似无的笑，却也能从他脸上看出从未有过的认真和严肃。

下跪，行礼，一套动作一气呵成又熟练老成，着实让慕容祁有些不习惯。这样的太史烨，他好像是第二次见到。

第一次是什么时候来着？

好像还是他父亲太史延战死以后，他替父出征镇守边关的时候，那时的太史烨纵身上马，便是这样的神情。

慕容祁瞅着他的样子，也不敢松懈，端出君王的架子问道："瑾国公前来，有何要事启奏？"

太史烨跪在原地，嘴角微扬，带着一丝若有似无的笑，道："臣想请缨，全权调查此案。"

吏部尚书方策先一步出来反对道："臣反对！"

太史烨轻笑出声，道："不知方尚书是以什么身份反对？是代替皇上，还是认为自己的官阶已经到了可以左右一位国公行为的地步了？"

吏部尚书方策急忙道："自然不是，臣只是为群臣说的。"

太史烨道："哦？那便是方尚书已经有了代表群臣的资格？"

温国公伸手拦下方策，婉言相劝道："方尚书还是消消气，不要与瑾国公多加辩解了，不然陈年旧疾都会被激发出来，得不偿失。这件事皇上自有定夺，我们还是不要插嘴的好。"

太史烨侧头道："还是温国公涵养好，知道什么该说什么不该说。"

慕容祁不说话，扫视了一圈，看群臣的神情，确实也如吏部尚书所说，都是准备出来反对的。只是枪打出头鸟，原本吏部尚书出来是要堵太史烨的嘴的，没想到一脸认真的太史烨还是改不了说话直白的本性，三两句话就把他呛得说不出话来，所以他索性也就不说了，干脆把这个烫手的山芋交给了慕容祁来处理。

第十回

臣亲自向先帝请罪

两人眼神交汇，慕容祁心中已有了决断，他道："朕以为，瑾国公不适合处理此事，你与朗月郡主是朕亲自赐的婚，若是由你来处理，恐有护短的嫌疑，也会留下话柄。"

太史烨拱手，不卑不亢道："回皇上，臣以为，就因为臣是朗月郡主的未来郡马，所以才适合处理此事。如若郡主无罪，臣为她洗清罪名是应该的；如若郡主有罪，便是考验臣是否忠君，是否会大义灭亲的时候。"

慕容祁变着调地"哦"了一声，饶有兴致地看着太史烨，道："瑾国公的意思是，要利用此事来证明你对朕的忠诚？"

周骁插嘴道："用此等大事，只为证明瑾国公对皇上的忠诚程度，未免太过儿戏！请皇上三思！"

太史烨的周身笼罩着强大的气场，他转过身看着周骁，即便是跪着，亦威严十足："朗月郡主对皇上的忠诚是大事，我太史烨对皇上的忠诚难道就不是大事？周统领不觉得这话矛盾吗？郡主若是无罪，那太史只是为她脱罪；若是郡主有罪，太史便会大义灭亲，难道这还不够吗？如果为了要救郡主，那我便要找替罪羊顶上去，我想，这也并非易事吧。"

周骁也是不服气地道："另找他人当替罪羊也不是没有可能啊，

瑾国公可要思量好了，万不能做出草菅人命的事情来。"

太史烨回以他一个客气的笑容，道："这就不劳周统领费心了，左右要准备草菅人命的人也不会是太史。"

慕容祁想了想，道："那么，瑾国公要如何证明自己的忠心呢？"

太史烨毫不迟疑地从怀中取出一块令牌，举起手，将令牌公示于众，道："这是先帝赐予我太史家的九代免死令牌，现在，我将它交予皇上。我太史烨在此放出话来，允诺全陈国子民，必在半个月内侦破此案。"

慕容祁反问他："瑾国公用什么来保证？"

太史烨再次恭敬地拜下，道："用我太史一族子子孙孙的性命。"

慕容祁又问："那如果你做不到呢？"

难得认真到这种程度的太史烨确实让慕容祁有点难以习惯，但他现在也只能顺从太史烨的意思。他深知公孙羽是被诬陷的，要救她，现在也只有太史烨可以了。

太史烨离开大殿的时候回答了最后一个问题，如果半个月之后做不到侦破此案该当如何。

他说："那臣，便亲自去向先帝请罪。"

刑部的大牢里充斥着一股若有似无的霉味，从高处的气窗射进来的日光照着牢房里漫天的灰尘。在整个牢房的最里间，关押着陈国唯一的一位女将军。为了彰显她的不同，她独自一人占用了整个甲字号天牢。

而就算沦为阶下囚，公孙羽也依旧是她平日那副傲气的样子。

坐在石床上闭目养神，公孙羽也算是养回了一点精神，折腾了一个晚上还能小寐一会儿，她也真是佩服自己。纵使面上没有什么表情，心中也是苦笑了起来。

怪自己太轻敌吗，还是怪自己一点准备都没做？

为什么死的人偏偏是季承？为什么偏偏整个禁卫军里就他跟自己有关系？为什么自己刚去找他，他便死了？

这些都是疑点。

所以，是她公孙羽技不如人，不适合破案？

还有微音，她现在一个人在府上一定急死了吧，也不知道那个傻丫头会不会做出什么傻事来。

公孙羽突然有个想法，她就该死赖在边关不回来的，不回来就不会有这么多的事情了。

说来，那天季承临死前拽着她的衣角说了那句话真是让人……

铁链的叮当声和"嘎吱"的开门声打断了她的思考，只听到牢头用谄媚的声音说道："瑾国公请，还请国公长话短说，不然下官不好交代啊。"

公孙羽心中微微一怔，眯缝着眼顺着门口的方向看过去，这才确定自己的耳朵没出问题，确实是传说中的瑾国公太史烨出现在了刑部大牢里。

随着来人的脚步声越来越近，公孙羽坐在石床上一动不动，来者也不着急，只是站在牢门外负手而立，嘴角带着笑意。

过了好一会儿，公孙羽闭着眼睛，悠悠地道："天牢里灰尘大，尊贵的太史公子还是不要来这里比较好，免得灰尘脏了您的衣裳，赶紧离开吧。"

太史烨看着她这个样子不禁有点好笑，道："公孙，你这是放弃了的意思吗？"

公孙羽再次睁开眼睛，侧头看向太史烨，面无表情地道："太史烨，如果你只是来这里落井下石，那我可以告诉你，公孙羽不是谁都可以踩踏的人。只要我有命走得出这张牢门，别人如何对我，我便会加倍奉还。"

这样重的话，似乎和平日里没什么两样，平日里的公孙羽也是用这样的语气跟他太史烨说差不多的话，只是时过境迁，太史烨现在听着她这些话，心里不知道为什么浮起一阵不悦和难受，嘴上却说着："首先，就如你所说的一样，你要有命走得出去。"

公孙羽哼了一声，不再接话。

太史烨顿了一下，追问道："说来，那日季承死之前，跟你说了什么？"

公孙羽猛地睁大眼，反应激烈道："他什么也没说！"

太史烨斜着眼睛看她，好言相劝道："公孙，你这样才会更惹人怀疑啊，你就实话实说，说不定还能作为呈堂证供为你洗脱罪名呢。"

公孙羽苦着一张脸，干笑了一下，道："真的没说什么，你就别问了。"

那种话她公孙羽怎么说得出口呢？而且，如果被太史烨这种人听到，她一定会被嘲笑到死的吧！

太史烨抄起手，道："公孙，你要知道，你要是现在不说，以后可就没机会说了，按阿祁的脾气，他……"

"好了好了，我告诉你总行了吧……"公孙羽从石床上下来，迟疑了一番，走近两步，又扭捏了几下，一脸纠结和难以启齿的表情，好不容易收拾了一下心情，公孙羽努力深呼吸了一下，语气干巴巴地道，"他……他就这么拽着我的衣服……"她说着还做起了动作，继续道："然后看着我，说什么很高兴在临死前能见到我一面……死而无憾……什么的……"公孙羽越说脸越红，声音到最后几乎小得听不见了，说完就转身继续坐到石床上，背对着太史烨抱膝而坐。

太史烨看到公孙羽这样着实愣了一下，怔了好久之后又强忍着笑意，最后还是忍不住笑出声，道："我确实是真的很难想象一身浩然正气的朗月郡主听到这些话以后会是什么反应，也很能理解你对于这件事无法启齿的心情。不过，季营长果然对你用情至深啊。"

公孙羽凶神恶煞地回头，咬牙切齿道："太！史！烨！"

太史烨整整衣摆，转身，手一抬，道："不用多说了，我明白了，你在这里再坚持一段时间。"

公孙羽心中闪过一个念头，居然就这么脱口而出："太史，趁着这个机会，咱们解除婚约吧，我不想连累你。我也知道你心里的想法，你从来都不喜欢插手朝政的，这个时候我就不坑你了，我们解除婚约，你全身而退就好。我公孙羽即使再跟你合不来，也不会陷你于危难之中。你去跟皇兄说，说我心意已决，要同你解除婚约。"

整个天牢里都回荡着公孙羽不急不缓的声音，她语气平静得听不出波澜。纵使她有这个想法已经很久了，但就这么说了出来，还是让她心中一阵莫名的失落。

没想到她最终还是说出了口。

她默默地半低着头，静静地等待着太史烨回答她一声"好"。

过了好一会儿，太史烨终于有了回应。

太史烨依旧背对着公孙羽站着，头微微侧过去，用余光瞥了一眼公孙羽，嘴角微扬，道："阿羽，你在开什么玩笑？你是在拿阿祁的圣旨当草稿，还是想让他做一个言而无信的君王？当然了，我也不想变成一个在关键时刻就抛弃妻子的渣渣，这才是重点，所以，你还是收回你刚刚的话，不要再有这个念头了。"

他这些话出口，公孙羽便傻了眼。

刚刚说出这些话的人真的是太史烨吗？

等太史烨真的离开了，公孙羽才真的慢慢平息了一下自己的情绪，撇撇嘴，嘟囔了一句："哼，这算什么，来天牢一日游，看我出了丑就走了？"

消停不到一个时辰，公孙羽好不容易又有了一点睡意，却又被熟悉的铁链声给吵醒。

看来今天的访客不少啊。

公孙羽看着牢门所在的方向，只听见两种脚步声靠近，一种不急不缓，一种匆匆忙忙，想也知道是晏宁和慕容月。

慕容月急匆匆地冲过来，扒在牢门上，一脸着急地道："阿羽啊，你怎么把自己搞成这个样子了啊？你还好吗？要不是微音去找阿宁，我们还不知道你出了这么大的事情呢！"

看来那个丫头还不算太鲁莽，还是有点脑子的嘛。

公孙羽盘腿坐在石床上，强颜欢笑道："我还好啊，我都没急，你就不要那么急了。皇兄那么厉害，肯定能还我清白的啊。"

晏宁跟在后面过来，笼着袖子咳嗽了两声，悠悠地道："如果我说要是查不出真相，你的性命只剩下半个月，你急吗？"

公孙羽直接从石床上站起来，拔高音量："你说什么？凭什么？！"

慕容月赶紧伸手让公孙羽平静下来，劝道："不是，你先别激动，你听我说啊，其实啊就是……"

"闭嘴，阿宁，你来说吧。"公孙羽毫不留情，直截了当地打断了慕容月的话，让晏宁来说。

晏宁用简练的话概括了一下："太史烨在皇上面前夸下海口，拿着他们家的九代免死令牌当着文武百官的面发誓，说半个月之内一定侦破此案，不然他们太史家就此断子绝孙。"

公孙羽彻底傻了眼，在原地哭笑不得，心中委屈的泪水流成了一条长河，憋了半天才断断续续憋出一句话来："太史烨他……他是不是脑子被驴踢过了？他这不是要害死我吗？找谁破案不好，偏要找他啊……我……"

晏宁好言劝道："阿羽，你也别自暴自弃，虽然太史这个人确实不太靠谱，但偶尔也会难得认真一番。你也不用多想，只管安心留在这里就好。"

公孙羽干笑道："我怎么安心？他是打算用半个月的时间扳倒温国公？那些事情明摆着是温国公做的，要替我翻案，就是要扳倒温国公，我不信太史烨有这个能耐可以做到这一点。"

"可是你要知道，如果不是太史出面说话，也许你连半个月都活不到。"

晏宁这句话确实说到了点子上，让公孙羽一下子没有办法消化。思考了一番之后，公孙羽颓然地重新坐在了石床上，又是好半天才说出一句话："那他刚来的时候为什么不跟我说？怕我嘲笑他不置身事外？"她说完就后悔了，于是自言自语道，"所以他……他才……不同意……"

慕容月无意识地追问道："不同意什么？"

公孙羽茫然地抬头道："我刚跟他说要解除婚约，被他义正词严地拒绝了。"

慕容月跟发现了新大陆一样，一惊一乍道："哎呀，是真爱啊！阿羽，我觉得太史烨应该是喜欢上你了，不然照他平时的样子，这个时候早就不知道溜到哪里去了。"

公孙羽坐在那里叹气，心乱如麻，她从来都不擅长看人的心思，又怎么会知道太史烨心里到底是怎么想的？喜欢？那个心里只有自己，始终我行我素的家伙真的会有喜欢的人？就算有也不会是她公孙羽。

可最大的问题是，当慕容月说出这句话的时候，她竟然一点反驳的意思都没有，也完全不想反驳。

见公孙羽这副样子，晏宁实在有些看不下去，赶紧岔开这个严肃的话题，道："与其在这里谈论儿女情长，还不如想想怎么翻案比较好。阿羽，你好好回忆一下，自你回来以后，都发生了什么事情？尤其是那两次刺客事件，有没有什么奇怪的事情发生？还有，昨天晚上你为什么会去禁卫军第五营，统统告诉我们。"

公孙羽把脸埋进手里，努力地回忆，把自己能想到的全都跟晏宁说了，无一缺漏。只可惜还是和之前一样，根本没有什么奇怪的地方。

晏宁听完，思考了一下，问道："可你还是没跟我说你为什么要去禁卫军第五营啊。"

公孙羽有气无力道："我说了啊，因为查到那些刺客原来是第五营的禁卫军，我就想去问问季承知不知道为什么这些人会被召集来这里做刺客，了解一下他们的家世背景什么的。确实有很多人知道我有意向要去，但都不知道我会什么时候去。"

慕容月道："要我说，其实那个季承什么时候死的真的无所谓，重要的是阿羽什么时候会去禁卫军军营，是不是这样？只要在那里布下杀手，等阿羽去的时候把季承杀掉，然后引来巡逻兵，那么阿羽就顺理成章地成了凶手，是吧？"

公孙羽表示赞同，道："是啊，你说的一点也没错，就是这个意思。所以我不怨天也不怨地，只能说我们这次轻敌了。"

晏宁转身要走，随口道："我再去把太史烨叫来，你等等说话。"

公孙羽一个箭步冲过去，赶紧叫住晏宁："你别去！见到他我会不想说话，只想跟他吵架的。"

晏宁不同意地道："那他也要怎么知道发生了什么事情啊。"

公孙羽急道："我刚刚已经把知道的所有事情都告诉你了啊，你只要原封不动地转告给他就可以了，别的我真不想多说。"

晏宁当然是拗不过公孙羽的，考虑到事态紧急，她也只好顺着公孙羽的意思把所有的事情都记下，转告给太史烨。

两人临走前，公孙羽的情绪倒是没什么波动，慕容月一脸担心地看着她道："阿羽，你要坚强一点，我会再找机会来看你的。"

公孙羽不耐烦地挥了挥手，道："快回去吧，有机会也不要来看我了，徒惹是非，还会让人抓着把柄，我会在这里好好的。"

等晏宁和慕容月真要走的时候，公孙羽纠结了很久，也想了很久，终于鼓起勇气叫住她们，支支吾吾道："那个……阿宁，替我跟太史烨说声谢谢……"

晏宁脚步一顿，头也不回地道："这种事情我不负责代劳，还

117

是等你出去以后自己跟他说吧。"

这种事情，公孙羽怎么可能说得出口呢？

晏宁刚刚出了刑部大牢就先把慕容月劝回去等消息，自己则不顾手上的伤势到处打听太史烨的去向。问过几个人之后，才知道太史烨已经转道去了义庄看尸体。

义庄这种存放尸体的地方，就算经过处理，空气中也还是隐隐约约透着一股尸体腐烂后的味道。晏宁皱着眉头，忍不住抬袖捂了捂口鼻，脑子里的第一反应竟然是太史烨居然也会进入这种会对他全身上下造成"污染"的地方。但想了想后，还是自己找出了答案——

这个人连大牢都进去过了，义庄跟大牢半斤八两，也就没什么不能进的。

晏宁进去的时候被人拦住了，她亮出慕容祁的令牌，守卫也就没有为难她，让她进去了。

绕过正厅就是太史烨所在的偏厅，晏宁一进去就看到太史烨弯着腰，认认真真察看尸体的背影，心里不禁起了冷战：太史烨是真的转性了吗？连尸体都敢碰了，他就不怕自己纤嫩的手腐烂吗？

晏宁还在愣神的时候，太史烨看也没看她，就这么一边看尸体一边说道："你是不是想问为什么我敢碰尸体？"随后他站直身体，抬了抬手，道，"我戴着手套呢。"

"太史烨，你也是挺拼的。我就不跟你废话了，趁我现在还记得住，我把阿羽知道的所有事情都说给你听，你可记好了。"

晏宁说这些话的时候略微有些无奈，可到底还是一字一句把所有知道的都说了出来。等她说完最后一个字的时候，才惊觉自始至终太史烨都没有插过一句话。不对，今天的太史烨真的让她有点不太习惯。

好一会儿后，陷入沉思的太史烨终于回过神来，说道："嗯，我都知道了，也记住了，你先回去吧。"

晏宁顿了一下，问他："其实我觉得很奇怪，你怎么突然就转性了？按你的性格，遇到这种事，该躲得远远的才是啊。真的是因为是阿羽出了事，所以你出手了？"

太史烨非常认真地思考了一下，又非常认真地回答道："要是公孙就这么被冤死了，下去之后遇上我爹，我爹问她'儿媳妇，你怎么这么快就来了'，公孙就会说'其实我都没来得及过你太史家的门'，那我爹肯定会气得从棺材里爬出来让我不得安生的。"

晏宁若有所思地点点头道："嗯，你说得也有理，总之你就是对阿羽上心了。我懂，所以她让我给你捎句谢谢的时候我拒绝了，我让她以后亲自跟你说。"

太史烨干咳了两声，道："晏宁，你还是快走吧。"

晏宁走后，元昊抱着一摞书到了义庄。为了不让这些书碰到义庄的任何一处地方，元昊选择将它们抱在怀里，然后好意询问忙碌中的太史烨："公子，到点了。"

太史烨随口问道："到什么点？"

元昊奇怪地道："洗澡敷脸啊！公子每天这个时候都要洗澡敷脸的，而且公子你已经将近一天都没有敷脸了！"

第十一回

敷脸洗澡的事不急

太史烨的身形似乎有那么一瞬的停顿，但依旧继续着手上的动作，道："事有轻重缓急，敷脸、洗澡的事情不急，还是先把这里察看完再说。"

今天觉得太史烨像变了一个人似的不仅仅是晏宁，还有元昊，他从来都没有见过工作这么认真的太史烨，连洗澡和敷脸的事情都能放到身后。所以，太史烨到底是有多看重公孙羽的案子也就可想而知了。

元昊默默地抱着书站在旁边，等太史烨挨个看完已经开始腐烂的尸体，已经是黄昏时分，天色也暗了，太史烨收拾了一下东西就准备离开。

回府的路上，太史烨的脚步迈得有些快，让抱着东西的元昊有点跟不上。太史烨自顾自地走在前面，扇子有一下没一下地敲着手心，嘴里还念念有词。这才踏进府里的大门，元昊就开口吩咐："快准备准备，公子要……"

"沐浴"两个字还没出口，太史烨就在前面扬声道："元昊，把书搬进我的书房。"

元昊愣住了，自家公子今天回家的第一件事居然不是洗澡、敷脸！

太史烨转身进房门的时候脚步一顿，回头用扇子一指元昊，道：

"且慢……"

元昊立刻心领神会道："还愣着干吗？快准备准备，公子要……"

"沐浴"两个字依旧没能及时说出口，太史烨就径直往后院走去，头也不回地道："我先去上次的案发现场看看。"

所谓上一次的案发现场，其实就是瑾国公府上的花园，第二次刺客事件的发生地。太史烨两天没回来，那里也就没人敢去处理，依旧是一片狼藉。花草树木倒了一地，太史烨看着顿时有些心疼。

元昊看了看周围，道："公子，这里能看出些什么啊？难不成你还能从这里看出刺客用的是什么招式？"

太史烨缓缓走入花丛中，没有回话。可他每踩下去一步，都能让元昊的心猛地一跳。

就在他们还在义庄看尸体的时候，下过一场小雨，细细密密的，虽然不大，但足够让泥土变得湿软。现在太史烨这么一脚一脚地踩在里面，无疑就是在糟蹋自己的鞋子。从来衣不沾灰的瑾国公打死都不会在下雨天出门，现在居然抬脚踩在泥地里。

元昊心疼地看着太史烨那双白色绣木槿花纹的云靴周边的一圈淤泥分外明显，又不能去阻止，只好出声道："公子，为什么你白天要去义庄看尸体呢？那些尸体都快烂了，又看不出什么东西来。现在你又来看这后院，究竟是要看什么啊？"

太史烨依旧在草丛里走着，忽地停下脚步，嘴角露出一丝高深莫测的笑容。

元昊站在原地看着他家公子缓缓蹲了下去，顿时心惊肉跳起来，他家公子那身衣裳这是要糟蹋在这里了啊！

元昊焦急地等了一会儿之后，太史烨终于站起身来，转身走出来，拍拍手上的灰，轻松地道："嗯，看来这些花花草草没有死绝，还是有机会救活的。只不过现在还不是时机，等公孙出狱了，本公子再跟她好好商量一下怎么把我们家给修整一番好了。"

元昊就搞不明白了，为什么这个时候他家公子在意的居然会是这种事情？

走出后院的太史烨整个人好像真的放松了不少，迈着轻快的步伐往房间走，扇子一开，道："睡觉。"

元昊在后面摸不着头脑地问："公子，不是还要去书房看书的吗？"

太史烨摇着扇子，扇开空气中弥漫着的湿润气息，道："至少现在是不需要看了。"

元昊放弃了，饶是他从小就跟着他家公子，现在却也是一点都不能理解他家公子到底是要干吗。

但事实是，这世上应该没人能够理解太史烨到底想干吗吧！

而且元昊惊恐地发现，他家公子今天真的没有洗澡，更没有敷脸！

第二日，上早朝的大殿门口乍现一道亮丽的风景，除去门口站着的那位神采奕奕、容光焕发，剩下所有的大臣好像都有点觉得自己没睡醒。

向来不上早朝的瑾国公今天是记错日子了还是脑袋碰坏了才会出现在这里？温国公走上前去，对太史烨礼敬三分道："今日瑾国公为何又不按常理出牌，倒是有兴致来上朝了？"

太史烨还之以礼，道："温国公既然都说了我是不按常理出牌的，那么我来上朝也就没什么好奇怪的了。"

温国公依然客气地道："瑾国公倒也说的是，只是昨日瑾国公还夸下海口说要替朗月郡主翻案，难道现在不该是致力于查案、办案、找证据吗，怎么倒是花时间来上朝了？"

太史烨道："前日只是在三品以上的官员面前下了保证，今日还是想让全体大臣都明白，不是所有的案件都能这么草率结案的。"

温国公闻言不再说话，而是在一旁安静地等着上朝。

门口的几位大臣悄悄递了眼神，相互会意了一番，都明白了各自的意思。

等到正式上朝的时候，连慕容祁坐都有些惊讶了。只见他嘴角抽了抽，瞥了一眼太史烨，最后还是端坐在龙椅上，开始上朝。

今天讨论的主题依旧还是公孙羽谋杀一案。大臣们早就卯足了劲儿，起了个大早就是为了来弹劾公孙羽的。他们秉持的原则就是——即使公孙羽最终没有被定罪，即使她还有机会翻案，即使她身后有皇帝老子撑腰，他们也要联合起来弹劾她，让她身败名裂，把她的名声搞臭，到时候她在朝中还是无法立足。

公孙羽一介女流，原本就在全是汉子的天下中难以占有一席之地，若不是她凭着真本事坐上了现在的位子，大概没有人会同意让她一个女人来做什么镇守边关的将军。

果不其然，今天朝堂上众大臣主要针对的就是公孙羽的性别问题。所以当慕容祁揉着额角，李公公说出"有事启奏，无事退朝"这八个字以后，大臣们一个一个冒出来，说着类似"朗月郡主目中无人"、"朗月郡主野心勃勃"、"朗月郡主不能轻饶"、"朗月郡主不除必留祸根"这样的话。

众人说了一阵之后，只见慕容祁紧锁眉头，闭着双目，吃力地道："一连两日都是这些话，众爱卿倒也是真有耐性，就不累吗？"

太史烨接话道："看众位大臣红光满面、容光焕发，还起得那么早，应该是不累的。"

慕容祁眯起双眼扫视下方，平静地道："现在天下四国各据一方，众爱卿不记挂着如何让我大陈成为这天下霸主，也不记挂着怎么让我大陈国泰民安，倒是日日想着要跟一个女人计较，怎么把一个女人给踢下去，朕怎么看这都不像是男儿所为之事啊。"

太史烨又默默地道："皇上您说错了，众位大臣早就过了血气方刚的年纪，所以对刚刚所提之事，譬如争夺天下、国泰民安早就失了兴趣，他们现在大概只想着回家遛遛鸟、种种地、喝喝茶、下下棋，方是人生之乐趣。"

吏部尚书赶忙出来呛声道："是啊，正如瑾国公一样，将沐浴……"

太史烨顺着他的话直接打断他道："正如我一般，将沐浴视为人生一大乐事，这是当然的。人嘛，最重要的就是开心，尚书大人，是不是如此？"

吏部尚书轻哼一声，不再接话。

慕容祁满脸不高兴，语带严厉地道："朕说过了，朗月郡主一案交由瑾国公全权负责。瑾国公既允诺以半个月为期，那半个月后就必会查出真相，众爱卿请耐心等待，到时自有分晓。"

吏部尚书站出来提议道："皇上，臣有一个疑问，第二次刺客事件的发生地点是在瑾国公府，那事发后，为何郡主并非第一时间去察看案发现场呢？按理说，瑾国公府上守卫森严，刺客是如何进去的，进去了又藏身何处，府中是否有内鬼接应？这些皆是要查问之事，郡主反而舍近求远，不是很奇怪吗？"

太史烨皱眉思考道："哦，那尚书大人的意思就是要去我府上检查吗？还是说你准备怀疑我就是那个内鬼？尚书大人其实是不是还想说我是帮凶呢？"

吏部尚书笑笑，道："下官不敢，下官没有这么说，还望国公不要误会。"

太史烨安慰他道："没关系的，你不敢说那我就替你说了，又有什么关系呢？为证清白，我自会让你们调查，调查之事就交由尚书大人吧，我袖手旁观。"

几番推托之后，吏部尚书算是接下了这份工作。最后再去征求慕容祁的意思时，慕容祁也没有反对，只说要查便要查仔细了，后花园一个角落都不能放过。

为了避免发生意外，太史烨让吏部尚书所有派来检查的人身边都跟了一个自己的人，一个看着一个，互相监督。而来观看这场声势浩大的检查的，还有几位三品以上的官员，其中就包括温国公和周骁。

太史烨站在后院的墙边上，一派轻松地对一旁的温国公道："温国公要不要同我先去喝杯茶？我府上院子太大，他们恐怕要察看很久。"

温国公应下，跟着太史烨走。太史烨走了两步又停下，回头像是想起了什么似的，道："周统领就不要来了，你一介武夫，恐怕是不懂品茶、吟诗这等风雅之事的，我倒是没什么关系，就怕扫了温国公的兴致。"

周骁强忍着怒气咬出一个"你"字，温国公一个眼神过去，拦了他，满脸笑意地打着圆场道："那就只好先劳烦周统领在这里看着，周统领辛苦了。"

太史烨和温国公步入一旁的雅亭里暂歇，太史烨让下人端来两杯茶，和温国公一人一杯，开始坐在那里喝茶等待。

温国公未动茶杯，倒是看着太史烨动作优雅，春葱玉指如兰花，端起青花瓷茶杯微抿一口，甚是气定神闲。

温国公含着笑意问道："瑾国公好像一副胸有成竹的样子啊，是料准了我们会来察看？"

太史烨不紧不慢地放下茶杯，道："哎？温国公用错成语了，我这不是胸有成竹，本公子并非先知，又怎么知道会被搜查？但仔细一想，这好像又是意料之内的事情。不过呢，本公子也不知道他们到底能搜查出来些什么，露出紧张的表情只会惹人怀疑。反正也没有做亏心事，有什么好担心的。你说呢，温国公？"

温国公轻声附和道："是这样没错，老夫也是觉得，既然没有做亏心事，那就不用担心。喝茶，喝茶。"说着，眼神有意无意地瞥到了太史烨那双白色的云靴上，上面斑斑驳驳的，还留着点泥印。

温国公微不可察地扬了扬嘴角，露出了叵测的笑意。

不过半盏茶的时间过去，太史烨慢吞吞地抿完了半杯茶，总算是等来了一点消息。

在一个草丛里，来检查的人找到了一块小令牌，令牌一到手，便扬声喊起来，一边喊还一边往亭子这边赶过来。

"大人！属下在草丛里找到一块郡主的令牌！"

周骁立刻从他的手中接过令牌，跪在亭子前，高声道："启禀国公，找到一块令牌！"

太史烨握着茶杯的手一顿，面色一沉，温国公瞥了他一眼，看到他脸上的表情，又是一个不得解的笑容。

　　沉默许久的太史烨缓步上前，从周骁手上接过令牌，脸色更难看了，转过身去看着温国公。温国公自然而然地露出一脸无奈相，假意劝说道："瑾国公还是放宽心，既然都找到郡主的令牌了，也该结案了。"

　　太史烨憋了一会儿，神情有些复杂，他将那块令牌举得高高的，想了想，露出一副欲言又止的样子，又踌躇了一会儿，皮笑肉不笑地道："温国公，现在吏部的人文化水平都不高啊，这'周'字都能认成'月'字，也是，文化程度不高，自然就分不清楚了。"

　　原本胸有成竹地站在雅亭中的温国公一听此话，先是微不可察地一惊，随后心中已经有了想法，佯装不解道："什么？那是什么令牌？怎会有字在上面？"

　　太史烨道："温国公竟然不知这令牌？但凡我大陈掌有兵权的首领身上都有这令牌，在上面刻上名字中的一个字来代表自己的身份。这样的令牌有很多，一般都是用来调兵遣将的，见令如见人。我这么说，温国公可明白？"

　　温国公"哦"了一声，道："那么，现在这块令牌是？"

　　太史烨又扬了扬手中的令牌，道："我们大陈应该没有第二位姓周的武将了吧？"说罢，他斜着眼睛看向周骁。

　　周骁脸色微变，疾走两步到太史烨面前，接过令牌翻来覆去看了很久，口中喃喃道："这……这不可能！"

　　太史烨凑过去，提点一句道："周统领还认字吧，能看得出这是个'周'字吧？"

　　周骁怒气冲冲道："这必定是有人陷害于我！这令牌这样明显

127

地出现，可疑至极！"

太史烨赞同道："嗯，就是啊！这样明显地把这块令牌放在本公子的花园里，一定是想陷害我。"

周骁气得咬牙切齿："嗬，这样堂而皇之地陷害，以为我们都是这么容易被蛊惑的吗？"

太史烨接话道："仅凭一块令牌就要定罪实在太草率，虽然这样的证据太过决定性了。"

温国公踱步而来，轻飘飘地说了一句："瑾国公这分明是话中有话啊。"

太史烨不动声色地从还处于震惊中的周骁手里拿回了那块令牌，收在手中，道："温国公未免想太多了。温国公是想说，我这句话的意思是在影射大家看待朗月郡主的事情太过武断？"

温国公只是笑笑，并没有接话。

太史烨收好令牌，道："虽然这很可能是一个美丽的错误，但还是要让皇上知道。"

周骁急了，道："为何要让皇上知道？不是说了这是想诬陷我吗？"

太史烨已经自顾自地往外走，倒也还是回答了周骁的话："当初公孙被定罪的时候，倒也没有人说那是诬陷嘛。好了，周统领也不要难过了，反正大家都知道是诬陷了，皇上知不知道也没有差别。但既然这是在我府上搜到的东西，那还是要让皇上知道一下的，不然就是瞒报。更何况今日这里这么多人都看到了，周统领以为还能瞒得下去？哎，瞒？周统领为何这么怕皇上知道呢？"太史烨停下脚步，扭过头去看了看周骁，一脸疑惑的表情，随后还是扭过头去继续往前走了。

吏部尚书皱着眉头，赶紧一路小跑着跟在太史烨的身后一起进宫去了。

于是，情形就变成太史烨一个人虽然大步流星却又步伐不失优雅地踏进大殿，后面跟着一路跑得气喘吁吁的吏部尚书、周骁和温国公。

"快入夜了才来，大概是很急的事情吧。太史，你说吧。"慕容祁身着中衣，披着一件披风出来，显然是快要就寝，却被太史烨给叫了出来。

慕容祁瞥了一眼大殿中央的四个人，坐直身体，等着太史烨说话。

没想到太史烨还没来得及开口，周骁已经先一步跪下，一脸苦大仇深地说道："皇上，有人要诬陷臣。"

慕容祁道："何人要诬陷周爱卿，又因何要诬陷你？"

周骁还没说出缘由，太史烨已将事情的前因后果全说了出来。

周骁心中有了想法，接话道："皇上，臣以为这是十分明显的诬陷，请皇上明鉴！"

慕容祁却不合常理地打了个哈欠，朝他们摆摆手道："既然这件案子已经交由瑾国公去办，那朕也就不过问了，全由瑾国公做主就好。如果你真的遭人诬陷，瑾国公肯定会还你清白的。朕困了，你们都先退下吧。"

还没等下面的人有什么反应，慕容祁已经大手一挥离开了。周骁起身想跟上去，被李公公拦下，道："周统领还是请回吧，皇上要安寝了。"

太史烨拱手扬声道："恭送皇上——"

等众人都退下后，温国公笑意满满地对太史烨道："看来瑾国公今日是该得意了。"

太史烨不以为意道："得意？因何得意？只是例行公事而已。都怪阿祁不给周统领机会说明，不然就能证明他的清白了。如此一来，本公子只能得罪周统领了。"

周骁反应过来，忙问道："太史烨，你想做什么？"

太史烨摊手道："没什么，例行公事而已，只能先将周统领押入大牢去陪朗月郡主了。既然你和她一样都是被诬陷的，那么也就只好等我查明真相以后再将你给放出来了。"

吏部尚书惊叫道："这万万不可啊！"

太史烨已经扬声叫来了人，一边让他们将周骁押下，一边道："这十万万的可以啊！郡主就是因为这样的证据才蹲了大牢，周统领为什么不可以？周统领比郡主又尊贵在哪里？试问，是本公子不明是非一定要关押周统领会留下话柄，还是将他无罪释放更会落人口实？两者孰轻孰重，想必不需要本公子明言了吧？。"

周骁被几个禁卫军押着，用力挣扎了几下都没有挣脱开，气得冲太史烨发起火来："太史烨，你简直卑鄙！我知道了，一定是你诬陷的我！什么搜查、什么令牌，根本全是你设的局，你是想要陷害我，替公孙羽脱罪。"

太史烨保持着良好的涵养理了理袖子，波澜不惊道："这话周统领可说得不老实，明明提出要去我府上搜查的人是吏部尚书，倒怎么成我陷害你了？你要这么说的话，难不成是我和吏部尚书合谋陷害你？而且我依稀记得，是谁的人说令牌上那个字念'月'来着？让我想想看，是我的人还是吏部的人……"说着，他真的做出一副思考的样子，还瞥了一眼吏部尚书。

吏部尚书忙解释道："下官又怎会去诬陷周统领抑或是朗月郡主呢？"

太史烨道："可在事发现场找到周统领的令牌也是个不争的事实，既然如此，便要一视同仁。不必多说了，那只好先委屈周统领一段时间，和郡主'同病相怜'了。"

第十二回

陈国第一云淡风轻

周骁无法反抗，温国公也知道这个时候不能出面说话，吏部尚书更是不敢多言。在这种情况下，他们只能认栽，就算很清楚这就是太史烨搞的鬼，也不能明说什么，否则又会落下把柄。

周骁被押走，留下三个人守在大殿门口。太史烨先辞行，只留温国公和吏部尚书两个人。

时间将近黄昏，宫里被夕阳照得一片暗红，温国公的表情和这种祥和的气氛显然格格不入。吏部尚书问道："国公，这下该如何是好？"

温国公嘴角扬起一抹阴笑，道："你以为太史烨看上去这样云淡风轻又不靠谱，但我们全大陈，甚至是全天下，也只有他能做到这样了，他其实比谁都明白。"

"那周统领……"

温国公收起阴笑，目光变得凌厉，道："你有听过弃车保帅吗？"

宫门下钥的时候，天色已暗了下来，太史烨一路脚步稳健，元昊则在后面默默地跟着。之前他还会问问太史烨到底想干吗，现在他不问了，反正问了也是白问，太史烨说了他也不懂，那还不如不问。

就是有一个问题吧，困扰元昊很久了——他家公子到底至今多久没有洗澡和敷脸了？要是脸腐烂了怎么办？他分明都已经感觉到太史烨的脸上蒙上一层灰啊，更别说什么洗澡换衣服了，他脚上那双白色云靴都快成灰色的了。

元昊的脚步突然停下，他认真地想了想，默默得出一个结论：果然，爱情的力量还是挺大的嘛，竟然能把太史烨逼到这种地步！

两人出宫门的时候，微音还在宫门口焦急地徘徊，太史烨一眼就认了出来。微音迎上去问道："太史公子，怎么样？"

太史烨回以一笑，道："微音，幸好你发现及时，不然现在公孙已经被赐死了。"

微音听完，舒了一口气，拍拍胸口，感动得差点哭出来："幸好，幸好郡主的令牌一向都不乱放的，一直放在书房没有动过，我那日回去的时候发现没了，这才急了。虽然来偷的人手脚很轻，可到底还是让我发现了一点异常。经晏小姐一分析，我就赶紧来通知公子了。"

太史烨又迈开了步子，边走边说道："也是晏宁有心了，这次真要多谢她。"

这些事情都不是太史烨能够预料的，他想要给公孙羽脱罪，也知道温国公必然会在背后阻挠，却没想到温国公竟会用这样绝的办法，想要一击即中。

微音辞别太史烨，回了公孙羽的府上盯着，太史烨则直接打道回府。

在太史烨的心里，半个月就跟半年一样，反正他从来都不着急，直到五天后他出门查案回府，虽然一路上还算是心情愉悦，可等走到瑾国公府门口的时候，总觉得有哪里不对劲，却也没多想。他刚要跨进敞开的大门，看门的"扑通"一声跪在地上求饶道："请公子降罪。"

太史烨叹气道:"你是碰坏了我什么东西吗?"

看门的说道:"小的没有碰坏公子什么东西……就是……不小心放了个东西……进去……"

太史烨愣了愣,看着眼前跪在地上身体瑟瑟发抖的人,心中已经有了不好的想法,问道:"是什么?"

看门的咽了一口口水,仰头道:"温国公家的魏小姐……"

太史烨三步并两步赶了进去,果不其然,魏淑敏已经姿态优雅地站在厅堂中央等候了。她看到他时慢慢迎了上来,道:"太史公子回来了。"

一句中规中矩的问候,换到太史烨客客气气的一声回应。魏淑敏福了福身,正要上前去的时候,太史烨却径直路过她,随口道:"元昊,去门口看看,是本公子走错府邸了,还是魏小姐走错了。"

元昊连忙道:"哦,回公子的话,元昊确定是魏小姐走错了。"

太史烨眉眼一冷,面无表情地道:"既然是魏小姐走错了,那便请魏小姐快些回到自己该去的地方吧。"

可结果是,太史烨实在是低估了魏淑敏的能力,若不是他要在这里等微音,他早就想有办法甩掉她了。可现在情况特殊,他也只好忍着不发作。当他被魏淑敏痴缠了快一炷香的时间以后,微音来了。显然,微音对魏淑敏的到来也是大吃一惊。

厅堂里静默了一会儿后,太史烨叫上微音就走了出去。魏淑敏紧跟上去,寸步不离。太史烨骤然停下脚步,道:"魏小姐,本公子现在要去沐浴,身为知书达理的大家闺秀,你觉得你跟着本公子,合适吗?"

魏淑敏怔了怔，犹豫道："这……"

太史烨赶紧给微音使个眼色，微音立马心领神会，赶紧跟着走了。

等走出好远一段路，确定魏淑敏没有跟上来，太史烨才放慢了脚步。这时，元昊面色沉重地上来跟太史烨耳语了两句。刚刚他在后面跟着的时候，已经有探子上来报告了一件事情。太史烨听完以后，眉毛一挑，虽然脸上露出了惊讶的表情，更多的却是玩味的笑。

元昊问道："公子，这……"

太史烨转身对微音道："你快去通知晏宁，告诉她我和公孙在天牢里吵架了，让她快点来劝架。"

微音"啊"了一声，显然没有明白太史烨的意思。他这不是好好地站在这里吗，吵什么架啊？

太史烨见微音踌躇着不敢动，便赶紧催促道："你快去吧，没有问题的，你就这么跟晏宁说，她能理解的。"

微音将信将疑，还不知道这会儿发生了什么事情，但现在她一个人也没有办法做些什么，只好听太史烨的，毕竟也只有他能救得了自家郡主了。

于是，微音道了声"是"就赶紧往晏府赶过去。

元昊也是丈二和尚摸不着头脑，问道："公子，你这到底是要干吗呀，你能直说吗？"

太史烨改道去天牢，道："干吗？去天牢吵架啊。"

原本就不是很太平的天牢似乎笼罩上一种紧张的气氛，公孙羽前一刻刚知道周骁被关在她隔壁那间牢房里，具体是怎么回事也不清楚，不过她心里是真的放松了很多。可转念一想，又是谁把事情推动成这样的呢？

当"太史烨"三个字闪过脑海的时候，她愣了一下，有点不知所措。又是他，反正这次是欠他好大一个人情了。救命之恩啊，之前在边关的时候，他似乎也救了她一命来着。

好了，现在还不清了。

不过好在一个人在这天牢里待了那么几天，也算是静下心来了。想来太史烨也不是个有坏心眼的人，除了人矫情了一点，嘴坏了一点，脑子有病了一点，也没有其他什么缺点嘛。想到这里，公孙羽不由自主地笑出了声：天哪，他还有优点吗？

公孙羽盘腿坐在那里，破天荒满脑子想的都是太史烨。

可想归想，当天牢里有那么一点点风吹草动的时候，她还是第一时间反应过来。她从石床上迅速起身，进入备战状态，甚至下意识地想要拔出剑来自卫。只是手一摸，这才想起，自己早就已经是阶下囚了。

公孙羽进入高级戒备状态，心里却有一个念头——温国公那个老头子是忍不住了还是怎么着，这么快就想在天牢里把她给解决了，也未免太目中无人了吧！

万万没想到，实在是万万没想到，公孙羽正准备开战的时候，听到的却是一个熟悉得都有点陌生的声音。

"公孙，快跟我走！"

公孙羽在来人熟悉的身影面前差点一个趔趄，这句话从他黑色面罩下的嘴里说出来有点变了调，可她还是能分辨得出这是拓跋弈律的声音。

他怎么到这里来了？！

公孙羽左看右看，却只看到拓跋弈律带了两个手下来。她有些无语，结巴了半天才憋出一句话："你、你，你有病啊，你来这里干吗？"

拓跋弈律摘下面罩，露出他的脸。他眉头深锁，满脸愤然，道："你们大陈的皇帝陛下不相信你的为人，难道你还要留在这里等死吗？"

公孙羽虽然很惊讶拓跋弈律的到来，但脑子还是挺清醒的，第一句话就问道："刑部大牢守卫森严，你是怎么进来的？"

拓跋弈律回答道："我就是有法子进来。公孙，我来救你了。"说着就要挥刀砍锁着牢门的铁链。公孙羽立马喝止道："住手！你住手！你别砍，砍了这锁我才算是真完了！"

公孙羽急得恨不得上前一把夺过他手里的刀，今天的事情她越想越不对劲，刑部大牢哪会是拓跋弈律一个外邦人说有办法进来就能进来的？这开的哪门子的玩笑啊？如果不是拓跋弈律跟刑部的人勾结，那就是……

"拓跋，你快走！"公孙羽想到这很有可能是温国公的欲擒故纵之计，想要强加给她一个勾结博济族的罪名这才放松刑部的戒备，就等着拓跋弈律自投罗网，她背后就一阵阵地冒冷汗，第一反应就是让拓跋弈律赶紧走。

拓跋弈律还是一脸的不解，也不愿意走。公孙羽在牢房里急得直跺脚，都快哭出来了，又催促道："拓跋大爷，我求你了行不行！你赶紧走吧，你再不走我就真的要死在这里了！"

显然，拓跋弈律今天是打定了主意不带公孙羽走是绝不会罢休的，所以无论公孙羽现在怎么劝，他都不会走。

公孙羽心一紧，大不了矫情一回得了，正准备开口威胁拓跋弈律的时候，天牢的阴影处又现出一个身影来，声音更加熟悉。他只说道："原以为博济族的常胜将军是多厉害的人物，没想到也是个会被人利用的人。连这么简单的局都看不破，不知道是不是真的不会思考的缘故。"

听完这些话，公孙羽心里只有一个念头：救兵来了！

拓跋弈律没有回头看太史烨，只淡淡回应道："如若我现在要带公孙羽走，你又能奈我何？"

太史烨掐指一算，道："嗯，有魄力，纵然拓跋将军有一夫当关之勇，可是又能撑多久？撑到出刑部大牢以后，能出得了陈国？听话，你还是回边关去玩沙子吧，这边交给我就好。"

公孙羽听着太史烨说话一个头有两个大：这人说话怎么就能那么嘴欠呢？好好说行吗？你这么惹怒拓跋弈律，他肯走倒是见鬼了。

拓跋弈律确实没有要走的意思，两人僵持了好一会儿，太史烨面色一沉，严肃地道："拓跋将军，你作为一名武将，可知通敌叛国之罪有多严重？"

拓跋弈律道："罪当论斩。"

太史烨拊掌道："思路很清晰嘛，既然知道，那你还杵在这里干吗？你是想让公孙现在就被问斩吗？我看你进来的时候只是将守卫敲晕而非直接灭口，想来心里也清楚，若是这样鲁莽地在我大陈境内杀人，会有什么后果，既然如此，拓跋将军也该听从太史的意见，快些离开这里才是。"

拓跋弈律并未收起弯刀，反问道："那如果我不走呢？"

太史烨道："那太史只好在这边动手，亲自拿下拓跋将军和公孙去向皇上复命了。"

拓跋弈律收起刀，道："太史公子可是认真的？"

太史烨摊手道："本公子哪次像是开玩笑？只是拓跋将军在这边被我打趴下的话，可能会比较难看罢了。"

能劝走拓跋弈律的人只有公孙羽，所以，就算太史烨的话对他产生了一定的触动，以他那种个性，他也不会明着妥协，只好说是看在公孙羽的面子上离开，也算是不让她为难。

拓跋弈律是走了，可晏宁来了，公孙羽都来不及和太史烨说上两句话，想问问清楚今天到底唱的是哪一出，刑部的人就跟着来了，正好一前一后到了大牢里。带头的刑部尚书二话不说，第一道指令便是让人包围了整个大牢。

晏宁走在前面不明所以，刑部尚书上前来看到晏宁，有那么一瞬间的惊讶，却还是礼貌地问候了一句，道："晏小姐怎会在此？这边是刑部大牢，就算晏小姐深得皇上的信任，可还是不适合出现在这里。"

"我有御赐的令牌，可以自由进出，有什么地方是我不合适去的？"晏宁拿出慕容祁压刑部尚书薛函，薛函也不着急，继续下令道："来人哪，将反贼太史烨和公孙羽拿下！再进去搜，一定还窝藏了其他贼子，搜仔细些，一个都不要放过！"

太史烨身形轻盈地闪避，取出袖中折扇挡过两招后面上依旧含笑，道："薛尚书这是在做什么？又要给人乱扣帽子吗？我什么时候成反贼了？"

薛函一脸耿直地道："我接到匿名举报，说今日有人要来劫天牢，果不其然。瑾国公还是不要再反抗了，乖乖束手就擒，说不定皇上还能网开一面。"

太史烨也不生气，气定神闲道："首先，薛尚书是接到谁的匿名举报才来的？其次，天牢是没有守卫了吗，所以本公子赤手空拳来就能把人劫走？最后，天牢完好无损，我连朗月郡主的牢门都没摸到，你要怎么判我劫天牢的罪名？"

晏宁适时地走上前来，说道："薛尚书未免有些一意孤行，还未弄清楚事情原委就乱抓人，抓的还是国公，天下有这个道理吗？"

今天的事情是怎么一回事，太史烨大概已能摸出个一二三四五六来了，公孙羽也明白了这到底是在唱哪一出。她现在万分庆幸刚刚自己那么坚持要让拓跋弈律离开，要知道她刚刚可是差一点就要心软，想着让他留在这里说两句话也好。

公孙羽定了定神，道："薛尚书，你们刑部就是这么办事的吗？仅听一面之词完全不求证就上来拿人，未免太草率了点吧？"

薛函听完，不依不饶地道："那瑾国公到此又是为何故？为何门口的守卫都不见了，看守的牢头也晕倒了？"

太史烨哭笑不得道："尚书大人是糊涂了吧，守卫不见了怪我吗？这刑部的人怎么支配，该是薛尚书的事情吧，太史怎敢使唤刑部的侍卫？看守的牢头是晕倒了吗？我看他只是睡着了吧！站岗时间睡觉，尚书大人可要好好处罚才是。至于本公子何故来此嘛……"太史烨抬头看了一眼薛函，嘴角一扬，不屑地道，"说难听点，跟你有关系吗？"

"你……"薛函被太史烨气得脸红脖子粗，却又不好发作，似乎再这样争论下去，他好像确实并不占理，况且他这样鲁莽地来，也是的确没有去证实过的。他接到匿名信之后，吏部尚书方策给他出谋划策，说来个瓮中捉鳖将要来劫狱的人拿下才是上上策，然而他并没有捉到什么鳌，反而被呛得哑口无言。

这时，进去搜查的侍卫已经出来复命了，显然是没有找到任何藏匿的人。

薛函的额头上渗出了汗水，略略有些不知所措。太史烨想了想，没有说话，瞅了晏宁一眼。晏宁回了他一个白眼，开始打圆场："原也不是什么大事，不过是瑾国公来找郡主要些案发现场的情况描述，三句不对嘴就吵起来了而已，我也是被通知过来劝架的，哪里严重到要劫天牢了？不知薛尚书的手下是不是听见郡主和国公的叫骂声才被引来的？"

薛函问道："劝架？叫骂？不知瑾国公和郡主是为何事争吵？"

晏宁没好气地道："为了他们俩以后的孩子跟谁姓吵起来的，薛尚书想要知道细节吗？"

这样明显的台阶薛函是一定要下的，不然就是傻子，他便顺着晏宁的话说着"不需要"，不再多解释，召集了人准备回去。

他正打算离开的时候，太史烨叫住了他："且慢，薛尚书还要不要带本公子去面圣了？"

薛函咬了咬牙，吐出几个字，道："既然是误会一场，那便不需要惊动皇上了。"

太史烨道："哦，那就辛苦薛尚书了。"

看着刑部的人散了，晏宁不解道："你倒是肯让薛函就这么走了。"

太史烨道："今天是怎么一回事，我们都心知肚明，若不是我接到线报，恐怕现在公孙你已经被定罪赐死，还要被扣上通敌叛国的罪名。"

公孙羽道:"这显然是温国公的计谋,但我不明白的是,为什么拓跋会知道我出事了,还这么莽撞地来救我?"

三人沉默了一会儿,晏宁道:"有两种可能,要么是拓跋弈律自己打听到的消息,要么就是温国公通知他的。至于为什么温国公通知他来他便来,那就是值得深究的问题了。"

太史烨顺着她的话说下去:"不可能是他自己打听到的消息。消息被传去边关要多久我们都清楚,他是有顺风耳吗,这么快就收到消息了?"

晏宁接着又道:"那他就是和温国公勾结了?"

"拓跋弈律那种性格的人怎么会和温国公勾结?你在开什么玩笑!"

太史烨看着情绪略有些激动的公孙羽,表现出一如既往的淡定,道:"你又知道了。"

公孙羽没好气地道:"我跟他这么多年战友,他的脾气我会不了解?他们博济族的人,除了自己的王,不会听命于其他人,你觉得他会听温国公的话?"

晏宁见火药味更浓了,赶忙打圆场道:"我说来劝架,你们可别真的吵起来啊,这不是还没有讨论出结果来吗?况且拓跋弈律也走了,这件事暂时是压下了,可温国公大概不会善罢甘休。怎么样,现在的问题是到底要不要告诉阿祁?"

太史烨挑眉道:"你以为能瞒得住他?"

如果有天你爱上我

　　晏宁笑出了声："也是，你的眼线都能知道，阿祁又怎么会不知道呢？不过这样不是要和博济族有隔阂了吗？虽然它是我们陈国的藩属国，可要是闹翻了，我国边疆就又多了一个隐患啊。"

　　太史烨亦笑道："确实如此，但阿祁不会说什么，如果拓跋弈律就这样回去边关，阿祁甚至可以既往不咎，但如果他还逗留在陈国境内，想来也是要将他抓起来问问到底来干吗了。就像晏宁你说的，他们来自我陈国的藩属国，可即便这样，未经审批，也是不能随便进入陈王都的。"

　　公孙羽想了半天，嘲讽道："那温国公策划今天的事，就是为了要陷害我？"

　　太史烨将折扇在手中转了两下，便将它收了起来，分析道："温国公这是在逗你呢。他这个人有优点也有缺点，优点是还知道要耍点阴谋手段，缺点是他太自以为是。"说完他又想起了些什么，继续道，"哦不，他还有优势，就是先帝太相信他，让他权力过大，朝中能与他对抗的人太少，让他得意忘形了。"

　　又是好一阵沉寂，半晌后，太史烨又开口道："公孙，今日这件事你就当不知道，就像我们说的，我们只是在吵架，别的就交给我好了。"

雅公子移步离去，留下不明就里的公孙羽。晏宁挨过去宽慰公孙羽："你也别丧气，我看太史烨也不是不靠谱，你看他平时都是嬉皮笑脸的，难得这次这么认真。今天温国公或许是有备而来，不管是不是故意让人识破这个局，可他想置你于死地的想法昭然若揭。"

　　公孙羽伸手扶上牢门，却是一脸镇定之色，嘴角似乎还带着笑意："温国公之所以会这么大意，那是因为，这之前的几年，王都里没有太史烨。"

　　之前几年不曾出现在王都里的太史烨出现在了慕容祁的御书房里，把事情的全过程告诉了慕容祁。

　　慕容祁连头都没抬一下，问道："那你是怎么想的呢？"

　　太史烨道："有两种可能：第一，温国公就是想趁此机会直接将公孙定罪赐死；第二，他是想试探，若是有人阻止，那他就弃车保帅？"

　　慕容祁反问他："弃车保帅？"

　　太史烨轻轻拂去裤腿上的灰尘，道："周骁会下监狱完全是因为意外，可现在所有的证据，只要我想，我都能制造出来证明公孙是无罪的，且周骁是有罪的，到时所有的矛头都会指向周骁，那温国公该怎么办？他是会用尽一切办法救周骁，还是会尽最大的可能不让这盆脏水泼到自己身上呢？阿祁，我不信你想不到这一层。"

　　慕容祁手中的朱笔停住，抬头瞥了一眼太史烨，嘴角露出一丝叵测的笑，道："不然你以为我为什么会任由拓跋弈律进出？"

　　在太史烨看来，慕容祁其实不是一个没有能力的人，他能力很强，只可惜先帝建国初期，必须依靠各部势力帮忙，所以让某些势力得以壮大。他现在要面对的就是，在自己并不是大权在握的情况下，要削弱甚至铲除掉多方的大势力。

今天会发生这样的事情，让慕容祁对边关起了戒心，太史烨宽慰他道："阿祁，这一点你不用担心，左右这次事情结束，公孙也不会想再在京城待下去了，多半是要自请回到边关的。那么正好，我们可以去查查边关的博济族，看它到底是不是有什么问题。"

慕容祁确有此想法，补充道："太史，你可知百余年前，秦王相里氏一族用来号令天下的皇极令不知所终，但仍有'得皇极令者得天下'的说法存在？"

太史烨挑眉道："你还想让我和公孙去挖宝？"

慕容祁解释道："也不是挖宝，只是雍寒山在陈梁边境，朕听过秘闻，说皇极令作为陪葬品，和秦王后一起被埋在雍寒山里。我们虽不知此消息的真假，可去看看总不会有错吧？"

太史烨起身准备离开，边走边叹气道："阿祁，我看你是越看我越觉得我闲着，所以才总给我没事找事吧？"

慕容祁笑着回应道："哪里哪里，朕就是给你和朕的妹子制造一点独处的机会。"

太史烨没有辩解什么，优雅地打了个哈欠后说了句"回去睡觉"就要离开。慕容祁瞅着他的背影，冷丁来了一句："太史，你该有好几天没有好好打理自己了吧，这简直不像你。"

某个被戳中伤口的人回身看了一眼，轻描淡写道："嗬，这的确……不是我啊……"

如果有天你爱上我，你会为我而改变吗？

而真正等到这一天的时候，你却已经不像你自己了。

公孙羽盘腿坐在石床上沉思，她讶异自己现在思考的问题不是自己的性命问题，而是这种她从前根本不会想到的问题。

或许……她是觉得自己压根儿就不会有性命危险吧……

和大牢一样沉闷的地方，还有瑾国公府。

太史烨站在城楼上观望，看着那一队人马出城，不动声色。

元昊不解地道："公子是知道拓跋将军今天会离开？"

太史烨依旧看着城楼下面，摇着扇子悠悠地道："若他真的是个武夫，那今天他就不会走了。既然现在他走了，就说明他还是有自知之明的，公孙会不会有事，就在他的一念之间。"

元昊听得一知半解，挠了挠头，太史烨"啪"地收了扇子，转身道："好了，接下来，我们要专心去救我媳妇儿了。"

一听到终于又要办正事，元昊立刻来了精神，赶忙跟在后面走。

太史烨手中的扇子有节奏地敲在左手的手心里，一下又一下，口里似无意地问道："元昊，你说，要是现在所有的证据都证明周统领才是凶手，那温国公作为他的后台，是该帮他还是让他一个人全都担下来呢？"

元昊还真的思考了一下，半晌后，他道："如果温国公是个有情有义的人，那么他是会救周统领的。"他说完，问道，"公子，那温国公是不是个有情有义的人呢？"

太史烨蓦地停下脚步，用扇子敲了元昊的脑袋一下，笑出声来："温国公要是有情有义，那我就是深明大义。"

元昊被这么敲了一下以后，脑袋仿佛一下子清明了，恍然大悟道："哦，我懂了，我们现在只要等温国公给我们送证据就好了，是吗？"

是啊，拓跋弈律的出现就是温国公的一个试探，他要看看周骁还有没有被拯救的价值。

而事实证明，周骁的价值整个就被高估了。

在这之后的第三天，太史烨派人搜查了周骁的家，毫无意外地在里面找到了周骁暗中和季承勾结，召集禁卫军旧党，意图谋害慕容祁的证据。

对于这样的转折，慕容祁丝毫不觉得惊讶，太史烨亦是如此。等他在大堂上拿出证据指证周骁的时候，慕容祁随口道："瑾国公可是得到确凿证据了？万不可污蔑忠良啊。"

太史烨道："既然如此，不知温国公对此有何看法？温国公多多少少也有参与这两次事件，那温国公的意思呢？"

温国公自然是有很多想法的，只是就算有再多的想法，他都只能忍着不说话。他犹豫半晌，算是知道了该怎么回答，便说道："此事既然由瑾国公主管，那老臣便不横加干涉了，由瑾国公做主便好。如若周统领真是主谋真凶，皇上万不可轻饶！"

慕容祁的眼睛往太史烨身上瞟了一下，四目相对，两个人的心中已然明了。

第二日，太史烨拿着所谓的证据往天牢去，而周骁似乎对太史烨的到来也并不感到意外。等太史烨屏退左右之后，周骁开口道："瑾国公好手笔，居然能让事情发展到这样一种地步。"

太史烨端坐在他让元昊搬来的椅子上，淡淡一笑道："彼此彼此，周统领那时候也是这么对公孙的，太史不过效仿一下而已。"

周骁自嘲地一笑，道："嗝，那我这算是搬起石头砸自己的脚吗？"

太史烨微微皱眉道："虽然周统领的俗语学得不错，但用在这里就不对了，你这叫自食其果。现在满朝文武都知道是周统领你自己犯了事，而你却要嫁祸给朗月郡主，证据确凿。不过用不来俗语也不怪你，你毕竟是一介武夫嘛。"

周骁跪在地上，有些颓唐的身体猛地直起来，瞪大眼睛看着太史烨，而太史烨却不为所动，依旧慢慢吞吞地道："哦，对了，有一个好消息和一个坏消息，你想先听哪一个？"

周骁冷哼一声，转过头去不回答。

太史烨扬扬嘴角，道："那就先说好消息让你开心一下好了，好消息就是，公孙羽马上就要被无罪释放了。"

周骁一个白眼瞪过来，太史烨有意无意地"哦"了一声，道："哎呀，周统领怎么能这样呢？郡主被无罪释放应该是值得高兴的事情啊，你居然露出这样的表情，看来真的是有意要针对郡主了。看你的样子，一点也不希望她没事啊！不过也对，你不开心也是应该的，只是啊，你不开心，我就会很开心。既然你不开心了，那我就再说一个坏消息让你更不开心好了。"说着，太史烨看了一眼周骁，清了清嗓子，道，"坏消息就是，你坚强的后盾温国公已经将你视为弃子。我相信，从你府上搜出的那些所谓的和季承勾结的证据，一定也和温国公脱不了干系吧？弃车保帅，这真是个好办法啊。"

太史烨滔滔不绝地说着，眼角的余光却一直注意着周骁的表情变化。他从一开始的愤怒，到听到太史烨的挑衅之后的盛怒，再到最后听到"弃车保帅"四个字以后的绝望，绝望之余，他无力地瘫倒在地。

太史烨没等周骁做出反应，又继续说道："你放心，我来这里绝不是要策反你去告发温国公。既然他都要舍弃你了，自然会把所有跟他有关的证据都给抹杀掉，怎么还会留下任何可以指证他的证据呢？"

周骁已经不想挣扎了，纵使他听了这些话依旧有些惊讶，无意识地问道："那你是来做什么的？"

太史烨露出一脸"你好蠢"的表情，说道："当然是来让你签字画押啊。"

周骁嘴角带着冷笑，道："嗬，真是虎落平阳……"

"唉，周统领为什么还要用俗语呢？你根本就不会用，就不要丢人现眼了嘛。"太史烨及时打断了周骁的话，语气里带着浓浓的嫌弃之意。

周骁再也不想和太史烨争执了，他心里已经有了决定，原本绝望的眼中似乎再次燃起了希望。

太史烨轻咳了两声，善意地提醒道："周统领还是不要动什么脑筋比较好，你要是想借此供出温国公，那可真是太不明智了，到时候罪加一等，原本你家十五岁以下可以免死被流放的人就也要准备和你一起赴黄泉了，你可要三思啊。"

没等周骁说什么，太史烨已经用眼神示意元昊，元昊立刻扬声道："来人哪！"

早已在门口等候的禁卫军应声急急而入。

太史烨理理衣摆站起身，走到那张罪状面前，瞅了一眼，说道："皇上仁慈，总觉得在大理寺开庭公审太难看了，这才让我直接到牢里来审问，等你签字画押以后，再到大理寺走个过场就好了。此等恩典，周统领还不赶快谢恩？"

"谢恩？签字画押？然后公孙羽被无罪释放？太史烨，你未免想得也太好了吧？"

太史烨疑惑地看着周骁，反问道："难道周统领觉得这样不对吗？哪里不对了？现在我手上的证据足可以决定你一家上百口人的生死，刺杀皇上可不是一个小罪名啊，要诛九族的呢！"

在这样的压迫下，周骁终究是认了命，签字画押，最后再一次无力地瘫倒在地。

太史烨命其他人离开，牢里只剩下他和周骁两人。

周骁倒在地上，颓废不已，道："太史烨，你真的是很无耻，把所有的罪名都强加到我的头上，还不准我告发温国公。好不容易骗得我签字画押，现在又想从我口中套出温国公的罪状，你以为什么事情都能这么顺利吗？"

太史烨坐姿依旧优雅，居高临下地看着地上的周骁，道："因为这是你唯一的利用价值，如果你并不像之前那样愚蠢，也就不会被温国公当枪使。他这么快就放弃你，完全是因为他了解你，知道你也只能这样了。你若是告发他，只会让自己的下场更加凄惨。"

周骁冷笑道："那我又凭什么要告诉你呢？既然温国公这么想铲除你和公孙羽，我又为什么要帮你们？"

太史烨凑过去看了看周骁的眼睛，又默不作声地退回来，道："因为你别无选择啊！你告诉我，我好留着以后当罪状扳倒温国公，然后给你报仇，不好吗？"

周骁放肆地笑起来："哈哈哈——报仇？我把重要的消息告诉

害死我的人，然后再让他帮我报仇？"

太史烨目光一冷，就这么看着周骁，平静得有些可怕："识时务者为俊杰。"

三日后，大理寺正式主审刺客一案，由太史烨主审，温国公陪审，吏部和刑部监督。周骁在庭上对一切罪状供认不讳，但在问及有没有受人主使的时候，他却说全是他一个人的意思。因为公孙羽的出现让他丢了饭碗，所以他才起了歹念。至于为什么会联合季承，那是因为他知道季承喜欢公孙羽，为了赢得美人芳心，季承被迷了心窍，受了蛊惑。事成之后，季承发现事情的发展已经超出了自己的想象，公孙羽好像不是要被免职，而是快要被下监牢，所以他想告发周骁，于是被灭了口。周骁后来一不做二不休，干脆嫁祸给公孙羽。局是他布的，公孙羽的飞刀是他仿造的，一切的一切都是他一个人做的。

庭审很顺利地在进行，晏宁和慕容月在后庭听着，晏宁淡淡地道："周骁还算识时务，到底没把温国公给吐出来。"

慕容月很是气愤，不解地道："为什么不告发啊？一起解决了，皇兄就没有后顾之忧了！"

晏宁瞅了她一眼，道："温国公是多大一只肥鸭子，要想让他流完油，杀猪刀是不够的。"

慕容月"扑哧"一声笑出来，掩着嘴道："阿宁，本来这件事吧，挺严肃的，但为什么听你一说，我就那么想笑呢？杀猪刀，周骁是猪啊？"

晏宁嫌弃地看了慕容月一眼，答非所问道："懒得理你。好了，我们去牢里看看阿羽吧，这段日子，她也是吃尽了苦头。"她想了想，又停下脚步，笑了笑，自言自语道，"这点苦算什么？阿羽在边关吃的苦可比这多多了。"

最终，太史烨判了周骁满门抄斩，其府上十五岁以下旁系三代流放。

周骁的头重重地磕在地上，他知道，这样确实已经是最好的结果了，他确实应该好好谢恩。

可笑的是，在这里，除了最上面坐着的太史烨外，余下所有陪审监督的全是一丘之貉，没有一个人站出来救人，都是一副事不关己的模样。更有甚者如吏部尚书，压根儿就想告假称病不来，推脱得越干净越好。

周骁的罪名被定了以后，堂上的太史烨才觉得事情进入了正题。在一众温国公党派人的面前，他扬声宣布朗月郡主公孙羽被无罪释放，官复原职。

温国公戏做得很足，听到这个消息以后，连忙堆了一个笑脸出来，道："郡主终于沉冤昭雪，恭喜瑾国公。"

太史烨毫不客气地道："要恭喜，也是该温国公亲自向郡主说恭喜。"语毕，又好像想起什么似的，继续道，"哦，对了，有一件事我要提醒一下温国公，令爱似乎头脑不太好使，总是走错家门，温国公要不要想想办法治一治？有病不是错，错的是她出来吓人。"

温国公面色一僵，正准备发作的时候，太史烨已经伸了一个懒腰站起来，元昊欣喜地道："公子，我们是不是要去天牢接郡主出狱？"

太史烨身形一顿，像是听到了什么可怕的事情一样，面带惊恐之色道："天牢？我死也不要再去那种鬼地方了！天哪，元昊，我的脸！我的身体！快准备水！我要沐浴！我要敷脸！"

而另一边的天牢里，公孙羽已经完全不着急了，她就这么静静地坐在那里等，等人将她给放出去。

果不其然，有人开了牢门进来了。

慕容月和微音跑在前面，微音冲过去，激动地道："郡主！你平安了！你被无罪释放了！我们来接你出去了！"

公孙羽笑笑，慢吞吞地从石床上下去。虽然慕容祁交代了要照顾好公孙羽，但这里毕竟是大牢，公孙羽又在天牢里待了这么久，总是吃了一些苦头的，所以现在她身上脏兮兮的，头发也乱糟糟的。

晏宁站在后面悠悠地道："牢头，你难道没有收到朗月郡主被无罪释放的旨意吗？还不快开牢门放人！"

牢头听完，赶忙过来开门。

慕容月也不嫌脏，就这么挽了上去，激动得眼泪都要掉下来："阿羽，你总算是出来了！你家那个太史烨也忒有本事了，还真的在半个月内破了案。对了，到明天就满半个月了。"

公孙羽无奈地说道："到底是不是破案，还真的很难说啊。算了，出去就好了。说来，周骁是不是已经被定罪了？"

慕容月脱口而出道："这是自然的，他既然敢陷害你，那就该付出代价，三日后就要被斩首了。"

公孙羽抿了抿唇没说话，走出牢门，晏宁和慕容月，还有微音就跟在后面。这么多天没有见到太阳，公孙羽觉得在那个脏得快要发臭的天牢里，自己也真的是要发霉了。所以重见天日之后，竟会有那么一点不习惯。阳光刺得她有点睁不开眼，她便抬手挡了挡，等眼睛习惯了这么强烈的阳光以后，才抬手舒舒服服地伸了一个懒腰舒展一下筋骨。好巧不巧，慕容月左看右看了一阵之后，问道："咦？为什么太史烨不过来接阿羽呢？"

正在伸懒腰的人就以这么一个怪异的姿势顿在原地，好像还闪了腰。而后面站着的三个人好像没有看到一样，微音也跟着东张西望道："对啊，怎么没有看到太史公子？哦，是不是他还在处理案子的后续事情，所以没有来啊？"

公孙羽觉得腰有点疼，头也有点疼，她站直了身体，微微仰头看着天空，眼神中带着点忧伤，悠悠地道："我想……他大概是在洗澡吧……"

"阿嚏！"

在浴池里洗澡的某人冷不防打了个喷嚏，把脸上的面膜都给喷掉了。太史烨挑了挑眉，自言自语道："天气这么暖和还会打喷嚏？"

"废话！那是因为我跟阿宁在背后说你坏话啊！"

公孙羽从屏风后冒出来，试图吓太史烨一跳。结果，正当她这么出来的时候，太史烨压根儿就没有多大反应，依旧端坐在浴池里泡着。

没有吓到人的公孙羽有点沮丧，走过去蹲在浴池边上，撇嘴道："我就说你在这里洗澡吧，阿月还不信。"

太史烨没什么动静，只平静地道："公孙，我一直以为你是个一身正气还耿直的死脑筋，没想到你也是会私闯男子浴室的人，还这样靠过来了。有没有人跟你说过，女儿家要矜持些？"

公孙羽听了这些话也不气恼，继续蹲在那里，反问他道："说得好像你曾经把我当女儿家看待一样。太史，你别惹我啊，不然我就不跟你道谢了。"

太史烨笑出了声，手拂了拂在水面上漂着的药材，轻描淡写道："道谢？那倒真的不用……"

"唉，你都几天没好好洗澡了，我总觉得你的皮肤怪怪的，是不是要烂了啊？"

太史烨的脸色变了变，将身体没入水中，不说话。

公孙羽继续说道："哎，你也是够拼的，这么久没有敷脸洗澡，你是怎么撑下去的？我都觉得恶心，好吧，虽然你真的很恶心，但是看在你救了我的分儿上，我还是很感激你的。"说着，公孙羽顿了一下，眼睛盯着太史烨看了半晌，连太史烨自己都被公孙羽看得有点不太习惯了，连忙转过头去不看她。又过了好一会儿，公孙羽道，"太史，这次真的多谢你了。"

太史烨将手臂搁在浴池边上，带起一阵水汽，公孙羽往边上让了让，干脆坐在旁边，随口说道："等明儿我就去跟我那个坑妹妹的皇兄说一声，我还是回我的边关去。这里太危险了，动不动就要进天牢，我可受不了。"

"就跟我当年被贬斥时的想法一样嘛。"太史烨有意无意地说了一句。

而就是这么有意无意的一句话，公孙羽就来了兴致，再一次凑过去，提出一个藏在她心里好久的问题。只听她问道："太史，当年你为什么会被皇兄贬斥啊？你究竟犯什么事儿了？"

太史烨扭头看着公孙羽，问道："你是问我第一次被贬斥还是第二次？"

公孙羽一脸的理所当然，道："当然是第一次啊，全天下的人都知道你第二次为什么被贬斥的好不好？"

太史烨回过头去，轻飘飘地道："因为我用了阿祁的观清池洗澡。"

公孙羽更加不理解："就因为这个？不对啊，皇兄他不是个小气的人啊！他的观清池你不是被恩准了去洗澡的吗，怎么会？"

这时，太史烨变了脸色，欲哭无泪地道："那是因为我在洗澡的时候，没有发现他正和他的爱妃在洗鸳鸯浴……"

公孙羽："……"

在太史烨的浴室里待了许久，公孙羽还是没有离开。太史烨纵然脸皮再厚，也受不了公孙羽一直留在这里看着，于是他开口道："公孙，你不觉得你一个女人在这里真的太不合规矩了吗？这种时候，你难道不应该先去跟阿祁谢个恩吗？"

公孙羽抱膝坐在边上，饶有兴致地看着太史烨有些恼羞成怒的样子，道："合规矩？太史烨，你跟我说规矩？你脑子被碰坏了吧？全大陈就你最没资格跟人谈规矩了！干吗，你是在害羞吗？就因为我在这儿吗？跟皇兄谢恩这种事啊，我早就谢过了，我谢完了才来的嘛。"

太史烨勉强扯出一个笑容："那你要怎样才肯出去呢？"

公孙羽的本意其实就是想吓唬吓唬太史烨，甚至还想不怀好意地看看他惊慌失措的样子，最后却是她在看到太史烨从水里站起来之时，已经尖叫着逃了出去。

身下围着浴袍的太史烨一脸镇定地站在浴池里，目送公孙羽离开。

"这样就跑了？不是说要让我惊慌失措吗……"太史烨重新坐回浴池里继续洗澡，嘴角情不自禁地扬了起来。回想起刚刚公孙羽的样子，还是挺可爱的嘛。

公孙羽狼狈地从太史烨府上的长廊上呼啸而过，差点迎面撞上给太史烨送东西的元昊。元昊看到她一副受惊吓的样子，忍不住问道："郡主这是怎么了？何事如此恐慌？"

惊魂未定的公孙羽好不容易停下来喘口气，看到元昊又想起来太史烨刚刚无耻的样子，"刺溜"一下就跑了。

等她真正回过神来的时候，她已经回到了宫里，和慕容月坐在了一起。

慕容月贴心地给她倒了一杯茶，关切地道："阿羽，你先压压惊，怎么了？"

公孙羽对这种事情难以启齿，更何况，也是她先厚着脸皮闯进太史烨的澡堂子的。只是她万万没想到的是，太史烨的脸皮简直厚出天边了。她要是在这个时候把事情给说出来，以慕容月这样的性格，肯定第一个笑死她。然后第二个肯定就是慕容祁了，最后她就会变成全大陈的笑柄，她才没那么傻呢！

于是，斟酌一番以后，公孙羽只说自己刚从大牢里出来，脑子不太正常。

慕容月挑眉看了她一眼，没再追问下去，而是换了个问法道："你不是说要亲自上门去给太史烨道谢的吗，去了没？要是你去了，肯定是他对你做了什么你才会这么惊恐。你快说，你们俩之间发生了什么？"

看着一脸八卦的慕容月，公孙羽简直想打人，推了推慕容月，起身道："我跟他怎么可能发生什么？快走吧，皇兄还等着我们呢。"

慕容祁召见公孙羽是准备例行公事封赏她的，他之前也让公孙羽思考过，如果给她一个恩典，她想要什么。

公孙羽一直以来都希望能跟太史烨解除婚约，只是前一刻她脑子里还有这个想法，后一刻真要说出来时，她却犹豫了，她甚至完全没有想到自己会犹豫。她明明真的很讨厌太史烨啊，他哪里都招人厌，性格也好，说话也好，习惯也好，没有一点讨人喜欢的，反正要是她亲爹还活着，知道太史烨要做他的女婿，一定会说：不准！爹亲不准！

只是……

有时候，就是一瞬间的犹豫会让人对自己所做出的决定有所怀疑，而就是这么一次怀疑，让以后的事态发展又完全不同了。

公孙羽自说了"臣妹想要的恩典是……"这句话以后，就一直保持拱手的姿势没有动过，也没有说自己要什么。慕容祁看着她这样也不着急，很有耐性地等她考虑好。他心里对自己这个义妹的想法清楚得很，要是放在几个月前，她肯定会脱口而出要解除婚约。可现在她犹豫了，那就说明这一次的事情对他们俩的感情还是有点帮助的嘛。

好一会儿过去了，公孙羽终于咬牙说出了自己的请求——卸任禁卫军统领的职位，重新回到边境镇守边关。

慕容月听完，紧张地上前道："阿羽，你怎么又要走啊？你好不容易才回来的。"

公孙羽撇撇嘴道："可能是我在边关生活习惯了，所以还是想回去，更何况，镇守边关也是我爹一生的希望，我要替他完成他的心愿。"

"可是，这样的话，你和太史烨不就要分开了……"慕容月一着急就会说胡话。

确实是这样啊，她一走就和太史烨分开了。可公孙羽要的就是这种结果，如果分开能让感觉淡了，那也未尝不是一件好事。到时候她再提出解除婚约这件事就一定不会像现在这样卡在喉咙里说不出来了。

最后的裁决者慕容祁静观这一切，听完公孙羽在他意料之内的请求以后，说道："嗯，这样也好。"

慕容月急了："皇兄，你怎么能……"

"这样的话，你便正好和太史顺路。朕刚刚下旨让他去边关办些事情，既然你也要去，那就和太史一起办这件事吧。"

奸诈！简直太奸诈了！

公孙羽万万没想到最后还是栽在慕容祁这只狐狸的手上。什么可以给她一个恩典？这厮早就在这里等着她呢！

真是悔不当初啊！早知这样她就该一鼓作气说出要解除婚约的！

看着慕容祁脸上那若有似无的贼笑，她就浑身难受得想要打人。

慕容月冲她那个能干的哥哥扬了扬眉毛，会心地一笑，不动声色地竖了竖拇指。

终究还是到了要离开的时候，公孙羽就是不想和太史烨一起走。晏宁去送她的时候，天才刚蒙蒙亮，她鄙夷地看着公孙羽道："阿祁让你们一起走，你就这么一个人先走了，就不怕他生气？"

公孙羽一脸无所谓地道："生什么气？难不成他还追来边关啊？更何况，不是我不等太史烨，是他的动作真的太慢了，我等不了。谁一大早起来就又是洗澡又是敷脸的？有病吧！"

晏宁也不跟她争辩，说了句"路上小心，一路顺风"的话也就闭了嘴。公孙羽不安好心地笑笑，上马的时候对身旁的晏宁道："阿宁啊，希望我下次回来的时候，你已经是陈王后了啊。"说着就要上马。

晏宁面不改色地朝她挥手，回敬道："嗯，我也希望你下次回来的时候，你和太史的第二个儿子都会打酱油了。"

公孙羽一个趔趄，差点没能上得去马。

而此时还在浴池里泡着的太史烨，脸上贴着面膜，正在舒舒服服地享受着。

元昊站在旁边都快急死："公子，早上微音偷偷来说了，郡主四更天的时候就要出发了，现在算算时间，她应该已经走了，我们再不去可就追不上了！"

太史烨浑身散发着热气，气定神闲地道："急什么？追不上就不要追了。"

元昊快急哭了，为什么他们家公子貌似之前看上去对公孙羽有点感觉了，在现在应该乘胜追击的时候却给他唱了这一出？

这算是哪门子事啊？

好不容易等他家公子"公子出浴"后，元昊忙不迭地把他往马车里一塞，一抽马屁股就开始赶路。

太史烨在马车里被颠得东倒西歪的，语重心长地对元昊说："你赶这么急干吗，投胎去啊？"

元昊恨铁不成钢地拿鞭子抽着马屁股，道："为了公子你的幸福着想，我也是挺拼的！"

太史烨在颠簸的马车里努力让自己坐好，赞同道："确实，你也是挺拼的。"

挺拼的元昊没赶上快马加鞭的公孙羽，却赶上了一场大雨。

虽然太史烨的马车真的很豪华，却也架不住地上有个坑，马车的一个轮子就这么陷了进去。太史烨实在担心自己的衣服被雨水弄湿，且地上全是烂泥，于是死皮赖脸地留在马车里。

元昊使出吃奶的力气也愣是没让陷在坑里的马车车轮出来分毫，实在没力气的他恳求道："公子，我说你就先下来吧，你在里面马车可就重了，我推不动啊！要不你下来跟我一起推？"

太史烨躺在马车里，一脸惊恐地道："要我下马车？不可能！"

最终的结果是——元昊铺了一块布在边上，然后摘了一片大叶子让太史烨当伞撑着站在旁边看，他则使劲推着马车，试图把它推出来。可万万没想到，就在太史烨站在旁边说了句风凉话"连个坑都出不来，你这匹马简直是蠢得让我无法呼吸"之后，那匹马跟听懂了一样前蹄猛地蹬地，惨烈地嘶鸣了一声以后，竟然就这么将马车从坑里给拉了出来。紧接着又嘶鸣了一声，从太史烨和元昊面前呼啸而过，顺带溅了太史烨一身泥水。

元昊惊魂未定地看着前所未有的狼狈的自家公子，看着他逐渐变得苍白的脸色，双目紧闭，雨水顺着他的脸颊滑下。握着树叶的手越来越紧，还隐隐有些颤抖，身上早已被雨水淋得湿透。

元昊深深地记得，那是自己伺候太史烨以来第一次看到他那样失态，惨叫，惊叫，跳脚，疯狂，什么都来了。

他几乎可以想象他家公子伤心的泪水伴着雨水逆流成河。

为了赶紧让他家公子淡定下来，元昊拖着一脸生无可恋的太史烨一路不顾形象地狂奔，试图找到一处躲雨的地方。呃，其实这个时候也不用再谈形象了，太史烨哪还有什么形象可言？

好在"皇天不负湿身人"，在元昊的努力下，他们找着了一间破庙，到了门前，元昊几乎是把太史烨给甩进去的。

太史烨全身湿透，头发上还挂着水珠，一脸颓唐地走进去。元昊也跟着走进去，拍了拍身上的水，赶紧瞅了一眼太史烨，却分明感觉他身边笼起了一股阴冷的气息，让人难以靠近。

元昊咽了一口口水，总觉得太史烨有种想要把这间破庙给拆了的冲动，于是他大着胆子上前去劝阻道："公……公子……你可不能掀这破庙的屋顶啊，不然咱们还得淋雨。"

太史烨阴沉着一张脸不说话，只冷冷地用眼角的余光看着元昊。元昊这回是真被吓傻了，今天会发生这样的意外也不是他能控制的啊，谁知道会下雨啊！

正当元昊觉得自己的生命受到了威胁的时候，一个略带玩味的熟悉的声音悠悠地响起："哟，这不是……太史公子吗？真是百年难得一见的……狼狈啊……"

太史烨猛地往声音传来的方向看过去，声音的主人就这么看着他，带着一脸叵测的笑。

元昊跟抓住了救命稻草一样，连忙扑了过去："郡主！我可算是追上你了！真是踏破铁鞋无觅处，得来全不费工夫啊！公子，缘分，缘分啊！你看，我们在这儿遇上郡主了！"

公孙羽不动声色地往旁边挪了挪，显然也是完全没有想到早出发这么久还是会碰上他们，只是她忍着惊讶没有表露出来。

这是有多大的仇啊？

公孙羽深深地觉得自己一定是上辈子欠了太史烨的，所以这辈子跟他剪不断理还乱。

不过见到他这样难得的狼狈样子，还真是挺好笑的一件事情啊。看他的样子，刚刚一定是发了好大一通火，不然绝不会是这样的一张臭脸。

只是他那样注重自身整洁的人，现在遇上这样的事情，还真是惹不得。要知道，太史烨可是把脸看得比命都重要的人，如果她在这个时候说风凉话刺激他的话，说不定他真的会把这间破庙的屋顶给掀掉的。

公孙羽上下打量了一番太史烨，一身浅蓝色的衣袍上泥迹斑斑，头发凌乱不堪，身上还滴着水，简直有点让人不忍直视。

"阿嚏！"一个喷嚏打破了沉寂。

公孙羽轻叹了一口气，对旁边的微音道："你去生个火。"

柴火噼噼啪啪地烧着，公孙羽握着树枝挑了挑柴火，火光亮得有点刺眼。太史烨自始至终都没有说话，顶着一张生无可恋的脸坐在边上。公孙羽不跟他说话，等着他自己缓过来。

微音凑过去跟元昊耳语道："哎，你怎么知道我们在这里的？"

元昊一脸苦不堪言的表情，道："我也不知道你们在这里啊，我和公子是误打误撞进来的。我们的马车出了点意外，不然我们才不会像现在这样狼狈。"

微音鄙夷道："你们没带伞吗？"

元昊羞愤地低下头："早上出门太急了，忘了带伞。"

微音"哦"了一声，又问道："那你家公子现在这样，你就不打算给他换衣服吗？"

元昊哭丧着脸道："衣服都被马给拐走了……"

微音："……"

半个时辰过去了，公孙羽忍不住轻咳了两声，终于开口说话："等雨小一点了，微音，你去买套衣服回来。"

公孙羽心中简直有一万匹汗血宝马奔腾而过，走得早不如遇得巧。算了，她认命了，遇上就遇上吧，反正到了边关还是要遇上的，倒不如一起去来得自然。

微音看了太史烨一眼，却见他好像一副摇摇欲坠却又极力忍耐的样子，总觉得哪里有些不太对劲。

其实太史烨已经觉得自己有点头昏脑涨了，刚刚淋了雨，现在又没有把湿衣服脱下来，就这么黏在身上，不生病才怪。

公孙羽提议道："太史，你要不要把衣服脱下来？你这样会生病啊。"

太史烨没有说话。

微音跟公孙羽耳语了几句，公孙羽就看着太史烨慢慢开始变苍白的脸，皱眉担忧地道："太史，你是不是身体不舒服啊？"

太史烨依旧不说话。

公孙羽咬了咬牙，心想：这人是有多不识抬举？！

她猛地站起身，却在身体站直的一刹那紧绷神经，腰间的短刀已经握紧，再一次进入备战状态。

细碎的脚步声伴随着雨声接踵而来，公孙羽没有在意外面雨的大小，和微音两个人纵身跃出。

外面树林子地方大些，有发挥的余地。

大雨中，公孙羽短刀挥洒自如，身影穿梭在前来刺杀的刺客中，刀刀不留情。反正杀手是不会留情的，更何况留了活口一样还是问不出个所以然来，那么还不如不留活口，索性杀个干净好了。

连过几招之后，公孙羽发现，这一次来的这一批杀手都不是等闲之辈，根本不是三拳两掌就能打败的。加上大雨打湿了她的衣服，模糊了她的眼睛，让她根本没有办法发挥出平时的水平。于是她开始想对策，可想了很久都没有想出来。

后来，元昊也加入了战局，不过短短一点时间，就已经奋力解决掉一大半的刺客。公孙羽刚刚和那些刺客缠斗太久，消耗了一些体力，现在似乎已经有些体力不支。剩下的五个人都是这一批高手中的高手，那她就一定要全神贯注地去对付。只是，三对五好像有点不公平。

公孙羽分神之时，微音已经中了一掌，元昊将她扶住，直直地往后退去。公孙羽凝神定气，在雨里她没有办法用飞刀来助攻，那么就只能靠蛮力打斗了。思考的那一瞬间，身后的刀已经刺了过来，而她的短刀正挡着面前迎头砍下的大刀。面前之人力大无比，公孙羽心念一紧，若是躲不过去……

"呃……"

千钧一发之际，随着"噗"的一道剑刺入身体的声音之后，便是一声痛苦的闷哼。公孙羽腿上借力打力，一个回身，短刀刀锋一偏，便是一刀封喉。

而在转身的一刹那，她毫不意外地看到了终于愿意出来的太史烨。

第十五回

你总是在这时出现

刚刚，他似乎又救了她一回。

太史烨拔出腰间的软剑进入战局，纵使他衣衫狼狈，纵使他感染了风寒，却依旧要在人前表现出最优雅的身段。剑划过刺客的咽喉，再刮过飘零的绿叶，经过雨水的冲刷，血迹就消失得无影无踪。公孙羽知道太史烨打架有一个习惯，就是剑不染血，在解决掉对手之后，他总有办法让自己的剑恢复到光洁。

有了太史烨的帮忙，公孙羽觉得对付起刺客来都要得心应手许多，不过一瞬间，剩下的五个刺客便都已毙命。

公孙羽动作干净利落地收起短刀，看了一眼横尸满地的树林，转眼又看向太史烨。

刚刚还动作飘逸潇洒，嘴角带着一抹若有似无的微笑的贵公子，现在竟有些摇摇晃晃。他脚步跟跄了两下，用软剑支地，元昊连忙上去扶他："公子，你还好吧？"

公孙羽也急忙过去，看他的样子好像不是装出来的。公孙羽看着他苍白的嘴唇，关切地道："太史，你真的病了，快点，我们先去找大夫。"

太史烨以剑支地，摇摇晃晃了两下，头昏昏沉沉的，精神都有些恍惚了，强撑着道："本公子……狼狈的样子……自然是不能让旁人……看到的……阿羽你说……是不……"

公孙羽只觉身上一重，的的确确是太史烨倒在了她的身上。

"喂，太史烨，你醒醒啊，你……你别就这么晕过去啊……喂……"公孙羽推了推倒在自己怀里的太史烨，用尽全力才没有让他软着腿倒在地上。公孙羽扶着他求助道："元昊、微音，快帮我扶一把。"温热的呼吸吐在她的脖颈间，滚烫的额头贴在她的脸颊，她想躲却没法躲。脸上突然一热，却也不知道是自己脸颊发热还是被太史烨的额头传的。

雨渐渐小了，没多久以后，连太阳都出来了，阳光就这么穿过树叶照射下来。

三个人合力扶起了太史烨，本想着就这么走出去，元昊突然听见一点声音，再仔细一看，惊喜地道："哎！马车自己回来了！"

公孙羽觉得这真是天降的恩典，感动得简直要哭出来，这样的良心马车一定要好好嘉奖。

公孙羽和元昊两个人把太史烨挪上马车，公孙羽坐在马车里喘着气，道："好了，你在这里照顾他，我和微音去驾车。"

元昊立马回绝道："不不不！这怎么可以呢？哪有我们做下人的坐马车的？郡主，还是你留在车里照顾公子吧。"

不啊！本郡主就是不想留在车里照顾你家公子才要去驾车的啊！公孙羽这么想着就准备下车，刚动了一下，却发现自己的衣服好像被什么东西给拽住了，低头一看，才发现太史烨的手就这么拽着她腰间的衣服。她试图将他的手掰开，却怎么也掰不开。可她要是把外衣脱了，就只剩下里衣了……

这……好像……难住她了……

她该如何是好呢？

元昊见状，瞬间心领神会，忙不迭地就往马车外逃。还没等公孙羽反应过来，就已经驾着马车出发了，嘴里还振振有词，说时间来不及了，要是再不找大夫，他家公子就要被烧傻了。

公孙羽还没坐稳当，晃晃悠悠好不容易才坐稳，手却不自觉地搂紧了横卧在她腿上的太史烨。

第二次，这是第二次她离他这么近，上一回跟他凑那么近是因为……

想到那个意外的嘴碰嘴，公孙羽脸上就是一阵燥热。她深吸一口气，嘟囔着埋怨道："就你这种人才会让英雄救美的事情到关键时刻反过来。"

因为高烧不退而脸颊有些绯红的太史烨安静地睡着，公孙羽瞅着他的样子有点出神，好像能让他安静下来也只有敷脸和晕过去这两个时段了。

"脸……脏了啊……"

公孙羽被惊了一下，微微一颤，反应过来一看，却是太史烨烧糊涂了，开始说胡话。

"扑哧——"公孙羽忍不住笑出声，"烧糊涂了都不忘自己的脸……"

不过，好像这样的太史烨，看上去还真有那么点可爱。

马车走了好久，公孙羽搂着太史烨的手有点麻得失去知觉了，人也累得有点昏昏欲睡，也不知太史烨什么时候松开了攥紧她衣服的手。不久以后，元昊停下马车，担忧地道："郡主，这深山老林的，实在是没法找大夫啊。前面倒是有几户人家，像是个村子，我们要不要去问问有没有药呢？"

公孙羽迷迷糊糊醒过来，手抚上太史烨的额头，依旧是滚烫的，丝毫不见起色。再握上他的手，已然是冰冷的，人似乎也在微微颤抖。公孙羽不禁皱了眉，想了想，还是同意地道："那就先在这里问问，或者看看能不能借宿一晚，我们明天再出去找大夫。"

山里的村庄就这一处，仅仅只有十户人家。元昊背着太史烨，微音在后面扶着，公孙羽就上前去打听。

在自家门口奶孩子的大婶也是个热心人，看到这种情形，连忙上前关切地道："哎哟，这是怎么了？"

公孙羽大致说明情况，大婶听完便热心地将他们引进去，道："快快快，快进去！我家相公正好上山去采药了，一会儿就回来，你们先给他用热毛巾敷敷。"

元昊将太史烨背了进去，放倒在床上，盖了被子，公孙羽吩咐微音道："你去借热水和毛巾来。"

热心的大婶已经端来了姜茶进来，道："姑娘，来，先给你夫君喂一点姜茶驱驱寒。"

夫君……公孙羽接姜茶的手一抖，差点摔了碗。微音跨出门的脚冷不防绊了一下，笑着出去。元昊在旁边憋着笑，看着公孙羽脸上那精彩的表情。

公孙羽端着碗转了个身，对元昊道："元昊……"

"是，夫人！小的现在马上去车上把公子换洗的衣服拿下来！"元昊这么说着就一溜烟跑没影了。

公孙羽僵在原地不知该如何是好，身后的大婶捂着嘴笑笑，道："还真都是懂事的随从啊！"

公孙羽尴尬地干笑了两声，笑完就开始咬牙切齿地想：该死的微音！该死的元昊！

想也知道这两个人肯定是故意的，目的就是想要她亲自给太史烨喂药，虽然她的内心真的是千般万般不愿意。她这辈子还没给人喂过药呢，怎么一上来就要给太史烨喂药呢？

但……不给他喂，他的病情是不是就要加重了呢？

公孙羽这么想着，默默地把姜茶端过去，捣鼓了两下勺子，抿了抿嘴，狠一狠心往太史烨床边一坐，顿时觉得自己有点无从下手。

要是放在平时，她大概就粗鲁地掰开他的嘴巴就这么灌下去，可现在人家大婶看着她呢，她又不好意思让人家出去，几番踟蹰之后，依旧没有下手。旁边的大婶也没有嘲笑她，却不禁感慨道："一看姑娘就是大户人家出身，这位公子也是一样，能不拘小节下住我们这样的穷地方也实属不易。看你们郎才女貌的，可真是般配，而且姑娘对自己的夫君也是真的好。"

不啊！你哪里看出本姑娘对夫君好了啊，这不是嫌弃着呢吗？还郎才女貌……想了想，公孙羽干脆放弃了挣扎，又干笑了两声，刚准备心一横给太史烨喂姜茶的时候，微音端着热水回来了。

公孙羽像抓住救命稻草一样赶紧放下姜茶，站起身道："微音你回来了，热水来了？"

微音点了点头。

公孙羽往外探了探头，催促微音道："快去看看元昊怎么还不回来，赶紧让他来给太史换衣服，不然太史就要被冻死了。"

人命关天，微音和元昊也不敢再乱闹，赶紧收拾了东西过来。因着男女授受不亲，加上公孙羽真不是太史烨的夫人，至少现在还不是，元昊只好自己一个人辛苦一点，给太史烨擦擦脸上的雨水，换下他身上那套已经不能看的衣服，再给他喂了姜茶。

快到黄昏时分，大婶的相公采药回来了，听说了公孙羽他们的事情以后也是热心非常，赶紧挑了药去煎，公孙羽干脆也换好了衣服，重新打理了一下自己。

微音轻声提了一句，道："郡主，你说今天的刺客……"

公孙羽一脸见怪不怪地道："十有八九又是温国公的人。既然他们在王都里布局除不掉我们，那就会在路上设埋伏解决我们。这样就算我们死在深山老林，再被发现时，别人也不知道是谁做的了，只认为或许是山贼。"

微音撇撇嘴，一脸的愤恨："温国公真是欺人太甚！我们又没招他惹他，他为什么一定要置郡主你于死地呢？"

公孙羽无奈地叹了一口气，道："这就叫我不犯人，人要犯我。虽然我说我是皇兄身边手握重权的得力助手有点不要脸，但事实确实如此。只要我和太史两个人永远消失，温国公就再没有后顾之忧，那么到时候，整个大陈就会是他的了。"

微音嘟囔道："那既然皇上有需要郡主和太史公子帮助的地方，你们怎么还是走了呢？"

公孙羽最后将自己的腰带束好，上前拍了拍微音的肩膀，道："这你就不懂了，并非一定要我和太史在皇兄身边他才能得到帮助，只要我们做好皇兄交代的事情，无论在哪里，都是一种助力。"

微音似懂非懂地"哦"了一声，公孙羽笑笑，说道："走吧，去看看那个'弱如娇花'的太史烨吧。要是他好了，我们也该出发了。"

"弱如娇花"的太史烨确实醒了，虽还没有完全退烧，不过喝了药以后，倒是清醒过来，只是依旧浑身无力，头重脚轻，元昊在他面前的脸晃成了三张，他弱弱地问了一句："这是……在哪里……"

元昊惊喜地道："醒了，醒了！公子，你总算是醒了！我们这是在一户樵夫家里，他们家有药。公子你发高烧了。"

太史烨连话都说不动了，正好赶上公孙羽进来。公孙羽居高临下地看了一眼躺在床上眼神迷离的太史烨，道："你醒了啊，好点没有？"

"嗯……"太史烨无力地随口"嗯"了一声，微微闭上眼。

公孙羽道："嗯……那我们出发？"

太史烨闭着眼，语气里带着一丝无可奈何："公孙，你这是在谋杀亲夫吗？我都这样了，你还想着要赶路。"

公孙羽抄着手看他，道："太史，我这可是为了你着想啊，要知道这儿可是农户，这是炕，你太史烨细皮嫩肉，身体金贵，能睡在这里吗？"

公孙羽这句话一出口，太史烨就死也不要再留在这里了。可公孙羽刚刚真的只是开了个玩笑啊，即便她也觉得继续留在这里说不定目标会更明显，万一还有别的杀手又该如何是好？

罢了，走就走吧。

等这家的夫妻俩再来的时候，太史烨已经被元昊扶着，吃力地走出来了。公孙羽让元昊赶紧先扶着太史烨上车，自己则向大叔大婶道谢。

可不能让这话多的大婶在太史烨面前提什么"相公"、"娘子"的事情，不然她可是跳到黄河也洗不清了。

公孙羽收下这家人给她的药，说他们因为要赶路所以不能逗留，虽然真正离开的理由是太史烨打死也不肯在这里住下。

真的离开的时候，公孙羽才猛地想起来，刚才大婶说他们是夫妻的时候，她没有反驳。

她什么时候居然连这种话都不反驳了？哦，不，她其实反驳了，但只是在心里默默反驳而已，嘴上愣是没有说出口。

出息啊！公孙羽，你怎么就这点出息呢？！

马车行驶了没多久，没有完全退烧的太史烨又一次昏昏沉沉地睡了过去，公孙羽也撑不住睡了过去。

已是深夜，公孙羽睡得正沉。突然，马车一个急停，公孙羽往前一个趔趄，揉着眼睛醒过来。只见微音开了门探头进来，脸色一僵，默默道："郡主，你看……"

微音的身子让开一点，公孙羽揉着眼睛望出去，暗夜下，马车前不远处有几匹马，马上坐着几个人。公孙羽眯眼借着月光看过去，看了好半天才看清来人是谁，一下子惊得睡意全无。

他……他居然没有回边关？！

公孙羽小心翼翼地将太史烨放倒在马车里，自己下车。结果腿一软就要摔下去，幸好她反应快扶了一把。

原来她这么久都没发现自己的腿已经麻得没有知觉了。

元昊警惕地道："拓跋将军怎会在此？"

山里的月光总是要比外面的透彻，骑在马背上披着厚黑貂裘的男子逆着光，虽然看不清他脸上的表情，但依稀能看到他依旧一如既往的严肃的脸。

拓跋弈律翻身下马，往公孙羽那里走过去。

公孙羽浑身的神经都紧绷了起来，自从几个月前在边关，拓跋弈律向她表白以后，她就总觉得看他不太自然，就好像……就好像隔着一层挥之不去的纱一样，让人觉得又近又远。总之她就是觉得有那么一点尴尬。

而且，自上次劫狱的事情过后，公孙羽好像对拓跋弈律有了那么一丁点戒心，即使自己并不是很想去判定他是不是真的和温国公勾结。

只是他现在出现在这里……

公孙羽眼神一冷，问道："你为什么在这里？你没有回博济？"

拓跋弈律走近一点，看了一眼在马车里昏睡的太史烨，答非所问："他只说我不能留在你们陈王都而已，我不过是在路上慢了点罢了。"

公孙羽就知道拓跋弈律这话说得不老实，于是用鄙夷的眼神看着他。

拓跋弈律被她这么看着倒还是一贯处变不惊，平静地回答："公孙羽，你说你是不是故意的？你其实知道我为什么会出现在这里，却还要问，是欲擒故纵吗？"

不是啊大哥！我怎么知道你为什么会出现在这里啊？你不是说你走得慢吗？

拓跋弈律又一次探头看了一眼马车里的太史烨，关心地道："不可一世的太史公子这是怎么了？"

公孙羽道："路上遇上一场大雨，受了点风寒，发烧了。"

拓跋弈律反问道："这么弱不禁风？"

公孙羽看了一眼太史烨，道："你看他的脸不就知道了吗？"

拓跋弈律"嗯"了一声，对公孙羽的话表示赞同，然后看了一眼站姿有些怪异的公孙羽，道："你腿还好吗？"

公孙羽干笑着打哈哈道："好啊，很好！怎么会不好呢？"

拓跋弈律点了点头，道："那便同我一道骑马吧。"

公孙羽没有多想，脱口而出道："不不不，我还要照顾太史烨，不能骑马。"说完她就后悔了，恨不得狠狠地抽自己几巴掌，自己怎么就说出这种混账话了？

拓跋弈律脸上露出一丝微不可察的惊讶之色。

公孙羽总觉得原本平静的内心泛起了一点点涟漪，让她有种前所未有的紧张感。于是，为了掩盖这种紧张，她开始欲盖弥彰："其实也是因为他救了我啊，他救了我，我就得报恩是吧，得照顾他一下……"

"那时候我也能救你，只是你不愿意跟我走罢了。"

话被无情地打断，公孙羽愣了一下，思考了一番，想来是拓跋弈律误会了她话里的意思，他以为她说的是之前被诬陷下狱的事情，于是她解释道："不不不，那只是他第二次救我，我是说昨天，昨天在路上，他又救了我一次，这才加重风寒的。"

公孙羽很苦恼，她根本不知道自己在说些什么，总觉得越描越黑了。

拓跋弈律转身背对着公孙羽负手而立，脸上严肃的表情被旁边的微音全看在眼里。只听他冷冷地道："那你便照顾他吧，这一路，我来领路。"

公孙羽本来想说"不用"的，但微音挪过来跟她耳语道："郡主，拓跋将军看上去像是要杀人了……"

寡不敌众，好汉不吃眼前亏，公孙羽也不再挣扎，活动了一下已经麻掉的腿就上了车，手也很自然地扶起了太史烨，让他靠在自己的腿上。公孙羽开始想心事，等她反应过来的时候，却发现已经迟了，再要将太史烨从自己腿上推下去已经不可能了，那样简直太残忍了。

太史烨沉沉地睡着，公孙羽却怎么也睡不着了。马车依旧按原来的速度行驶着，可公孙羽坐在马车上竟觉度日如年。

每走一段路，公孙羽都会让拓跋弈律停下来一会儿。元昊负责生火煎药，她就和微音照顾太史烨喝药。太史烨一路上都是昏昏沉沉的，没有一点清醒的时候，甚至连他们现在的"领队"变成了觊觎他媳妇儿的人都不知道。

又走了一段路以后，微音被公孙羽叫进马车里陪她。她觉得如果再没有人跟她说说话，她就要疯掉了。

公孙羽看了一眼太史烨，见他睡得很沉，就放心大胆地说道："你说他们怎么一个两个脑子都有问题啊？"

微音尴尬地苦笑道："太史公子脑子有问题不是众所周知的吗？但拓跋将军的话……虽然他以前脑子没问题，但说不定现在已经被传染了。"

公孙羽撇嘴道："拓跋对我什么态度我怎么会不知道？但是我以为他从来就不把我当女人看啊！你说在边关谁把我当女人看了？本来好好做战友，我还没觉得那么别扭，可现在好了，自从知道他的心思以后，我就觉得浑身不舒坦。"

微音咳嗽了两声，小心翼翼地道："其实郡主啊，要我选呢，还是拓跋将军靠谱一点，至少他比太史公子看上去要正常，不用每天……"

"微音，你开什么玩笑？我是陈国人，拓跋是博济族人，在立场上我们就不可能在一起。"

微音的话被公孙羽无情地打断，看着她一脸严肃的表情，微音不敢说话了，撇撇嘴，小声地嘟囔道："其实我也没有说什么嘛，干吗急着否认……"

公孙羽平心静气地说道："理由我已经说得很清楚了，一是因为种族不同不能相爱，还有嘛……"

"你是怕他真的跟温国公勾结？"

怀里的人突然发出声音，把公孙羽吓得有点手足无措。她的身子下意识猛地一颤，张了张嘴没说出话来。太史烨在刚刚公孙羽大幅度的震动之下被晃了好几下，头隐隐作痛，嘴角却有意无意带着一抹笑，道："公孙，你就不能手脚轻一点吗？有你这么对待病患的吗？"

第十六回

路见不平，拔刀相救

公孙羽念在太史烨是个病患的分儿上没有发作，她也是怕动静闹得太大会被外面的拓跋弈律听到，于是强忍着怒气道："你是不是早就醒了，然后偷听我和微音说话？"

太史烨的话语中带着点病气，道："唉……这怎么能说是偷听呢？是你自己和微音说话太大声了，吵醒我了而已。"

公孙羽正要低头跟他吵架，却正好对上他那双似笑非笑的眼，一时间被他呛得说不出话来，连忙把头偏到一边去，强忍着自己的怒气，略有些结巴地放狠话："我跟你说，你别挑事啊，我看在你是病人的分儿上不跟你计较，你可别得寸进尺啊！"

躺着的人听罢，依旧不知悔改地挑衅道："得寸进尺？你是指哪方面得寸进尺？是我从躺在你腿上到躺在你怀里？"

微音在旁边已经看不下去了，抚着额头默念：太史公子，你能管好你的嘴巴别作死了吗？你这是打算让郡主把这马车给掀了啊……

三人沉默了好一会儿，微音没有等来公孙羽应有的愤怒，却听公孙羽心平气和地说道："太史烨，我不信你一辈子都会这么说话。好吧，可能现在也不是说这些的时候，你知道我现在不发火的原因，所以呢，你千万别惹到我发火的那个点，不然可就不好收场了。"

太史烨顺着他现在这个姿势又往公孙羽的身上靠了靠，头枕在她的腿上，动了动，似乎是在感受什么。不一会儿，他道："公孙，虽然你也是习武之人，但你的肌肉好像也并不是那么硬啊，所以，果然还是因为你是姑娘家。"

公孙羽低头正要发作，马车却骤停，车上的人摇摇晃晃地往前倾了倾，太史烨顺手就抓住公孙羽的肩膀稳了稳身体，公孙羽被他抓得身子往下倒了倒。眼瞧着两人就要脸贴脸，马车又停稳了，门帘被掀开，微音猛地转头一看，正好对上拓跋弈律那张面瘫了很久的脸，莫名尴尬地一笑。

拓跋弈律撩着门帘往里看，只见太史烨悠闲地躺在公孙羽的腿上，依旧保持着手扶在公孙羽肩膀上的姿势，虽然说话有气无力，但仍泰然自若地说道："拓跋将军好，看来拓跋将军的脚程还是太慢了，我们居然都能在路上遇见。"

拓跋弈律扫视了一下车内，目光停留在太史烨扶着公孙羽的手上片刻，面无表情地道："太史公子身体康复了？"

太史烨道："差不多。不过人偶尔感染了伤寒，路上又颠簸，好得慢也是情有可原的。不知拓跋将军这一路与我们同路，是何意图？"

拓跋弈律也面不改色地道："公孙是我的好友，路上相遇，见她需要帮忙，施以援手也是朋友应尽之责不是吗？"

太史烨终于肯放开公孙羽的肩膀，硬撑着自己的身体坐起来，单手扶膝，一只手揉了揉额角，嘴角含笑道："公孙要是这点事情都做不好，还怎么做女将军？你还是把她想得太脆弱了。"

"拓跋，你过来做什么？是来找我们唠嗑的吗？"旁边的公孙羽似乎闻到了一点火药味，忍不住开口，"你们在这里斗嘴有意思吗？"

拓跋弈律冷冷地道："还有三天就到边关了。"

公孙羽接话道："那不错啊，挺快的！你是打算先回你们族里吧？"

"你就这么想赶我走？"

公孙羽抚着额头轻叹："这不是想不想赶你走的问题，而是你跟我们同路真不是什么好事情，你知道你之前……"公孙羽话至此处还是打住了，她知道不能把慕容祁知道拓跋弈律劫狱的事情说出来，万一正如他们所猜想的那样，他和温国公有所勾结，那就不妙了。

拓跋弈律依旧冷眼相对："我只送你们到边关，然后我们就分道扬镳，峦城我都不会进去，你放心。"

公孙羽无力地摆摆手："算了算了，我也不跟你争了，你要怎样就怎样，我们还是快赶路吧。"

拓跋弈律的目光再一次停留在又一次舒舒服服躺在那里的太史烨身上，也不评价，放下门帘就继续出发了。

公孙羽见他离开，用力推了推太史烨，道："喂，兄弟，你可以起来了吧？"

太史烨纹丝不动地躺着，道："头晕，起不来。"

公孙羽咬了咬牙，袖中飞刀已出，握在手中直逼太史烨的喉咙，语气凉凉地道："刚刚不是还能坐着呢吗？你起不起来，不起来我割了你！"

太史烨干脆闭上眼睛，道："割吧。"

公孙羽手一抖，差点就割了上去，却只是在他闭眼的那一瞬间，看他长长的睫毛轻轻颤动了一下，手就软了。

这……这人怎么可以这么不要脸啊！

微音在一旁看得心惊胆战，真怕自家郡主的未婚夫就这么被自家郡主给谋害了，背上一阵阵地冒冷汗，就差没直接冲太史烨说让他别嘴贱了。

公孙羽收起飞刀，人往后一靠，道："随便你，反正我是倒了血霉了。我怎么会遇上你们这样的人？一个个不正常的！"

太史烨最终还是自己坐了起来，靠在一旁，似笑非笑道："当你感觉到身边的人都不是正常人的时候，你就应该思考一下到底不正常的人是谁了。"

公孙羽闭着嘴不说话，不是说不过，是怕自己会被气死。

太史烨的身体在颠簸的路上一直没能痊愈，见他总是一副病恹恹提不起精神的样子，公孙羽虽然心里有点担心，却也没有过多关心。因为她深刻明白，像太史烨这种得了便宜还卖乖的人，她要是给他点颜色，他准能还她一个炫彩的世界。

这三天在荒郊野岭度过，太史烨的病情没有任何好转，他还是昏昏沉沉的。公孙羽让他不要停药，不然就会病死，他漫不经心地喝着药，嘴里说着："我也算是半个大夫，自己的身体自己知道，你不必为我担心。"

公孙羽把药碗堵到他嘴边，难闻的药味引得太史烨皱了皱眉，公孙羽道："你什么时候还会医术了？庸医吧！"

太史烨把药一口喝了，却依旧动作优雅，悠悠地道："人总是要有一点技能的嘛，不然你以为我为什么病了这么久还没死？而且做人啊，一定要有所保留，不能让人知道你会什么，不会什么，要是都说出来，不是露底了？"

公孙羽鄙夷地看着他，道："那你现在都告诉我了，就不怕我掀你老底吗？"

太史烨取出帕子擦去嘴边的药渍，从容不迫地道："愚蠢的人才会做这样的事情。"

公孙羽有些后悔跟他说话了。

拓跋弈律一路上除了给太史烨和公孙羽他们送食物以外，没有说一句多余的话。公孙羽只以为他是在闹别扭，再加上她本来就是一个对感情这种事情比较迟钝的人，自然也不会去关心一个大男人的心情。等到了峦城边境的时候，她还下意识地来了一句："到边关了，我们就在这里各走各的吧。"

于是，拓跋弈律毫不犹豫地掉转马头，带着人马扬长而去，只留下一片灰尘。

太史烨在马车里昏昏欲睡，公孙羽不敢拖延，赶紧驾车回到她的将军府，再以最快的速度请来了大夫看病。

大夫把了脉，捋了捋胡子，道："瑾国公虽然感染风寒许久，不过好在一直没有放弃治疗，加上瑾国公自己的控制，所以病情还不算太严重，再吃几服药，也不要再颠簸，好好休养一阵就能痊愈了。"

公孙羽总算放下心来，看着在床上躺得好好的太史烨，正要转身离去，只见他从床上一个翻身起来，对元昊道："快去准备洗澡水，本公子要洗澡！"

公孙羽立即阻止道："你不要命了啊，伤风还洗澡！"

太史烨这时已经摇摇晃晃地站起来准备去洗澡了，大手一挥，

脸贵如你

道："你在这方面别管我，我走了。"

元昊好意规劝公孙羽："郡主还是别劝了，您是知道我家公子的脾气的，他这么多天都没好好敷脸洗澡，能容忍至此已属不易了，您就让他去吧。"

公孙羽茫然了一阵，后知后觉地发现元昊说的好像也不无道理。这几天，她没有听太史烨提过清洁问题，而是把重点都放在太史烨的身体状况上，好像完全没有想起来这件事。

现在想来，太史烨这样做好像也没有错，让他一个这么爱干净的人忍着脏，论谁都忍不住吧。

她自己不也是个爱干净的人吗？

"那你把水弄热一点啊，不然凉了又会加重风寒了。"公孙羽脱口而出的一句话把自己都给吓到了，自己怎么会说出这句话来？

太史烨斜着眼睛看她，就这么看着她不说话，直到把她看得心烦意乱，白了他一眼走了出去。

元昊有点愣愣的，怔怔地道："公子，我刚刚好像听见郡主关心你了，是我的耳朵不好吗？"

太史烨揉了揉额角，道："是啊，你的耳朵被风沙给堵住了。"

公孙羽面上带着一点慌张地走了出去，微音在后面快步跟上："郡主啊。"

公孙羽突然停下脚步，一脸悔不当初的表情："音子，你说我刚刚为什么嘴贱呢？"

微音皮笑肉不笑地道："郡主，你嘴再贱也没太史公子嘴贱啊。"

公孙羽抬手就要揍人，微音赶紧抱头道："行了，我不说话了。

郡主，我给你准备水洗澡去！"

自家老大回来了，峦城的将士们倒是真高兴，都想着从前跟他们打成一片的公孙羽又回来了。严威老将军行军打仗多年，治军严明，不像公孙羽一样让人亲近，峦城的将士们对此多多少少有点意见，正好原主来了，所以都兴奋不已。

不过才入夜，李炎已经等着洗完澡的公孙羽出来了，久别重逢之后都快哭出来，激动地道："将军可算是回来了，我们在这里可快被折磨死了，严老将军治军跟你完全不同啊！"

公孙羽没好气地看着他这种谄媚的样子，道："是该让你吃点苦头，平日里我就是对你们太好了，我也该像他一样对你们严格一点，不然你们一个个的都没规没矩，就快爬到我头上去了。"

慕容祁的旨意前几日就到了，严威并不会被调走，而是和公孙羽作为平级的镇守将军留在峦城。严威的名号公孙羽不是没有听过，早年间，她父亲也和严威一同带过兵打过仗，两人算是旧交了。公孙羽也知道这一次她来边关的主要任务是要找到那块号称能号令天下的皇极令。

她穿戴整齐以后便先去见过了严威，两人亲切地唠了一会儿嗑后，微音进来告诉公孙羽，说拓跋弈律来了。

公孙羽挑眉表示惊讶，这人不是早上才刚刚离开吗，怎么现在又来了，还是大晚上来的？

"知道了，我马上过去。"公孙羽起身要告辞。

严威问道："丫头，你和这位博济族的将军很熟？"

公孙羽道："我们和博济族关系不错，梁国来犯时，我和他常并肩战斗，便混得熟了。"

严威捋了捋胡子，若有所思了一阵，道："能和臣服我们的博济族和平共处确实不错，不过丫头，这……"

　　公孙羽接口道："伯父请放心，我自有分寸。"

　　微音把公孙羽带到拓跋弈律在的地方之后就神秘消失了。公孙羽想着，这样也好，有话就要说清楚，有微音在，她说不定还不好意思说出口呢。

　　拓跋弈律负手而立，依旧是一身黑，显得那么清冷、冷漠。

　　"公孙。"

　　"拓跋，你来这里肯定是有什么很重要的话要说吧？"公孙羽开门见山地说。

　　拓跋弈律转过身来，用一个微妙的角度从上至下地看着公孙羽，同样开门见山道："你和太史烨，果然还是被你们的皇帝陛下驯服了吗？"

　　这时，旁边的假山后面躲着一个人，这个人刚刚得到元昊的通知匆匆而来，正穿着一身浴袍躲着偷听。

　　元昊收到微音的消息，立马就跑去通知正在洗澡的太史烨了。为了避免自家公子不思进取，他开门见山道："公子，你再不去看着，你媳妇儿就要被一个'拖把'给拖走了！"

　　太史烨一个激灵从浴池里出来，披上浴袍就出去了，头发上还带着刚刚洗浴后的湿气，一路滴着水就出去了。

　　虽然太史烨从来没觉得偷听是一件非常可耻的事情，但此时此刻他躲在假山后面，总感觉心里毛毛的，紧张得不得了。

　　公孙羽站在原地愣了一会儿，被大晚上的"妖风"吹得清醒了些。打了一个寒战以后，她立刻反应过来，抬手一挡，正好挡住拓跋弈律似乎要凑过来抱住她的身体，充满戒心地道："你要干吗？你别动手动脚啊，你就站在那里。"

不过就是这样没有什么大力气的推推搡搡，却让拓跋弈律误以为公孙羽是在欲拒还迎，他便鼓起勇气就想要这么抱上去。手才刚刚触碰到公孙羽的肩膀，太史烨就跟脚底下踩了雷一样从假山后面蹦出来，直愣愣地站在公孙羽和拓跋弈律的旁边，脱口而出："放肆！"

在两个人都被震惊了的时候，公孙羽趁机挣开了拓跋弈律的手，连连后退两步，眼瞧着太史烨这一身浴袍打扮，张了张嘴，愣是没有说出话来。

拓跋弈律微微皱眉道："原来太史公子是这样偷听墙角的人啊。"

太史烨并不气恼，拢了拢浴袍，道："本公子明明听的是假山角，又何来的墙角？"

公孙羽真是受不了他，但在他刚刚出现的那一刻，她不知道从哪里来的一种舒爽感，就好像打了胜仗一样，更有一种似乎就等着太史烨过来搅局的想法闪过脑海。她原本打算干什么来着？好像是要跟拓跋弈律说清楚自己内心的想法吧？那现在这种情形，她好像觉得自己有些说不出来了，太史烨在这里，她该说什么好呢？

拓跋弈律沉着气，淡淡地问："那么敢问太史公子是以什么身份站在这里听我和公孙谈话？这是我与她之间的事情。"

太史烨看了一眼公孙羽，又看了一眼拓跋弈律，心中已经有了想法，笑道："公孙羽的合法未婚夫。"

刚说完这句话，太史烨就两眼一抹黑，人软软地倒了下去。公孙羽本能地上去扶住他，手本能地抚上他的额头，掌心触到滚烫的温度，直接勾起她内心最真实的想法。她急道："喂，太史烨，你这个人怎么这么不知道爱护自己的身体啊？好不容易好了，你又这么糟蹋自己，好玩吗？"

怀里的人还仅存一点意识，听完公孙羽的念叨以后，含含糊糊道："这感觉……有点熟悉……"

公孙羽将昏睡过去的太史烨扶好，埋怨道："怎么每次都是我在做这种英雄救美的事情？"

怀中一轻，公孙羽还没反应过来，就发现拓跋弈律已经扶过太史烨，将他背在身上，冷冷地道："带路，我送这个不省心的回去。"

公孙羽刚想说"不用了"，拓跋弈律作势就要动手，道："犹豫的话，我保不准会把他丢进旁边的河里。"

"不不不！往那边走，那边走！"公孙羽生怕拓跋弈律真的一个手滑把太史烨丢进鱼塘里，所以赶紧指了路走人。

烛光摇曳的房间里弥漫着一股药香，床上的男子盘腿坐着，身上裹着厚厚的被子，手里端着一碗药，有规律地一口接一口地喝着，也不说话。

站在他床前的人面不改色，静静地看着他，也不说话。

房间里的温度好像降到了冰点，气氛诡异得让人觉得呼吸都有些困难。拓跋弈律的眼神就好像一支箭一样恨不得穿透太史烨的身体，而此时被当成人形靶子的太史公子却好像没事人一样淡定得有些可怕，只平静地道："拓跋将军再用这样炽热的眼神看着我，我就要以为将军是不是爱上我了。"

拓跋弈律没说话。

太史烨头也没抬一下，继续说道："虽然本公子自知美貌非常，倾国倾城，可在择偶方面还是没有问题的，我不养男宠。"

拓跋弈律依旧不说话。

太史烨也就接着说下去："虽然本公子不接受拓跋将军的爱慕之情，却也不能阻止拓跋将军的穷追不舍……"

"既然你和公孙相看两相厌，还是趁早解除婚约吧。"

猝不及防的一句话让太史烨正端着碗要往嘴里送药的手一顿，然后他默默地喝下一口药，面无表情地道："阿羽是我的未婚妻。"

"既然她只是你的未婚妻，那你们便能解除婚约。"

太史烨又往嘴里送了一口药，道："阿羽是我太史家的媳妇儿。"

"放她自由。"

太史烨平静地喝下最后一口药，道："天子一言九鼎，公孙羽这辈子都会是我太史烨的妻子。"

剑光一闪，刺得人睁不开眼，快得令人猝不及防的剑已经往太史烨的身上刺过去。剑锋偏过三分便是太史烨的脖颈，原应该在这种情况下惊慌失措的表现却一分一毫都没在太史烨的身上发生，他甚至连看都没看拓跋弈律一眼。

一个是隐忍着长久未爆发的盛怒，一个淡定自如视性命如粪土，最终的结局止于智者。拓跋弈律终究收了剑离去，临走前撂下一句话，他说："太史烨，你嚣张的日子也该到头了。"

公孙羽在房间外吓出一身冷汗，就怕拓跋弈律又会冲动。直到看到他收了剑走出来，才放下那颗悬着的心，默默地跟了出去，下定决心要跟他把话说清楚。

拓跋弈律走出好远一段路后终于停了下来，语气凉凉的："你想说什么？"

第十七回

这或许是命中注定

公孙羽撇撇嘴，开门见山毫不废话："我只是想跟你说清楚，拓跋，我知道你对我是什么感情，以前是我太迟钝、太犹豫，总是念及我们并肩战斗的兄弟情，却没想到这样的犹豫会让你以为是不是还有机会。这么说吧，你以为是我皇兄的一纸婚约限制了我，其实并不是这样，就算没有这个婚约，我也一样不会接受你。我们立场不同，阵营不同，就算博济族臣服于我大陈，我还是不能跟你在一起，道理大家都懂。你大概是个执着的人，不过你得试着放下，没可能的事情就不要多想了，越想只会越难受。"顿了一下，公孙羽还补充了一句，"嗯……也不是说你不好，只是你还没遇上对的人。别吊死在我这一棵树上嘛，还是有很多好姑娘的！"

"那你就甘心跟太史烨在一起？"

这句话直接打翻了公孙羽"煲的那一手好鸡汤"，公孙羽干脆也不否认了，道："好嘛，我就不跟你打哈哈了。其实，如果真的是太史烨我也认了啊，虽然他这个人除了一张脸好看外就没什么别的优点了，可是他人不坏，跟他待久了也就习惯了。可能也是天意，他一次次救我，我又一次次还给他，纵使救命之恩是还不清的。"

拓跋弈律用一种难以置信的眼神看着公孙羽，道："你什么时候变得这么认命了？"

公孙羽认真地仰头看着拓跋弈律，道："不不不，这不是认命，这或许是……"

这或许是……命中注定……

尽管公孙羽没有勇气说出这句话，可她到底还是在心底里默念了一遍。

拓跋弈律看到她的神情，不禁问道："你想说什么？公孙，你想说什么？"

"我……"公孙羽犹豫不决，难以启齿，踌躇了半天到底还是没有说出口。

"公孙，"拓跋弈律看着她，目光深邃得见不到底，让人一眼看不懂他到底是什么意思，他好不容易憋出了"公孙"两个字，却静默了好一会儿才慢悠悠而又不失严肃地说道，"公孙，你该不会是想告诉我，你们之间存在着什么天意不可违背或者天意如此的说法吧？我不信你会信这一套。"

公孙羽尴尬地扯出一个笑来，将头别到一边，又觉得不够，干脆侧过身去站着。她总觉得心里忽地一下升起了一股莫名的邪火，有一种说不清道不明的感觉。是紧张？不是。是害羞？也不是。是被戳中心底那块不可触及的领域？那就更不是了。

她只是觉得，好像被他这么说，也并没有什么错。

公孙羽一直认为自己不是一个很复杂的人，至少她自己是这么认为的。

她觉得自己简单，是因为情绪简单。或许她从来都不觉得自己头脑简单，因为她头脑要是简单，也就坐不上将军的位子守卫边疆了。要知道，带兵打仗也不是全部都靠蛮力来解决的问题啊。

脸贵如你

公孙羽曾说过自己不适合留在皇宫里，甚至都不适合留在王都。那种地方无论空气如何新鲜，却总是弥漫着一股子算计的味道，人心从来都不是清澈的。即便那里的人对你温和，对你笑，可谁也不知道他的内心对你到底是想哭还是想笑。

温国公不就是个很典型的例子吗？

其实公孙羽有时候觉得，人何必活得那么累、那么复杂呢？但这种想法过于幼稚，不管生在乱世还是治世，只要有人在，就会有心思，就有你不知道的事情。

她想，如果有一天自己能活在乡间，该有多好。

她想，如果有一天自己能远离这些是非，该有多好。

她想，如果有一天自己能简简单单地生活，该有多好。

可是……

这……也真的只是想想而已……

慕容祁不会让她这么做，这是第一点；边关将士不会允许她就这么离开，这是第二点；公孙家的列祖列宗不会同意，这是第三点。

公孙羽一个人站在那里想了很久很久，久到都忘了拓跋弈律还站在她的面前。

拓跋弈律见她出了神，轻声唤了她一下，将她从思绪中拉了回来。他拍拍她的肩膀，却惹得她反应极大地跳了一下，也让他震惊了那么一下。

公孙羽一抖肩膀，猛地回过身来，先是"啊"了一声，然后便尴尬地笑笑。

拓跋弈律皱起眉头问她："公孙，你刚刚在想什么？"

她刚刚在想什么？她刚刚想的东西……刚刚她想了很多东西，

想到了很多很远的东西。她想回到原地，却发现原地就是自己，所有的一切都是源于自己的心，源于自己的想法。自己是怎么想的，大概事情的发展就不会太偏离她的想法。

可意外这种东西嘛，总是充斥着整个人生。人人都有一个计划，自己人生的计划，谁都想按照这个计划走，可这是不可能的。谁也不知道将来会发生什么，因为谁都没有预知能力。

公孙羽仰头默默地道："拓跋，你知道，人总是想往自己想发展的方向发展。在我们陈国，男人自从一出生都会想要为国效力，那么为国效力的过程是什么？文者，熟读四书五经，做到满腹经纶，待国家求贤纳士之时，一举夺魁，平步青云；武者，便是同你们博济族一般，凭借功绩、战绩出人头地。谁杀敌多，谁便最英勇。谁排兵布阵的能力强，谁便出挑。可问题是，人人都这么想，可最后能按照自己的想法、自己的计划完成的，又有多少人呢？"

拓跋弈律慢慢地消化着公孙羽这段话，听得似懂非懂，他大概能明白她在说些什么，但是……

"公孙，我知道你的意思，你说得很有道理，然而……这……"拓跋弈律对上公孙羽的眼睛，道，"这和你跟太史烨的事情有什么关系？"

公孙羽突然一阵语塞。

好像确实没有什么关系。

公孙羽有些慌乱地解释："不，我的意思是，我……拓跋，你知道我这个人，我吧……我不善言辞，我说这些……其实我也不知道为什么我要说这些，我只是觉得，就算这些事情和我跟太史烨的事情没有什么实质上的关联，但本质是一样的。其实……其实我就

193

是想说，我，公孙羽，我原本的计划是，替公孙家，为国效力。我的父亲一生为陈国杀敌效力，是一代良臣，我的祖父亦是如此，在外人看来，我公孙家便是陈国的一道边防。我虽是女儿身，可延续我公孙家的宗旨这件事是不会变的，但……就像我刚刚所说的……"话到此处，公孙羽顿了一下，又继续道，"我刚刚说过的，人不会一直按照自己的计划过日子。我从来没有想过我皇兄会给我物色太史烨这样的人做夫君，就像我同样也没有想到，这个看上去跟我八字不合，和我见面说上三句话就要吵起来、打起来的人，最后，我还是愿意接受他一样。"

拓跋弈律看着她，有些不太能接受她现在说的话。

公孙羽继续说道："这就是我计划中的一个意外，这个意外一出现，我的人生整个都变得不同了。即使初衷未曾改变，可是……终究还是有很多事情变得和以前不一样了。"

拓跋弈律微微皱眉眯眼，坦诚道："确实，公孙，你跟以前确实是不一样了。"

公孙羽干脆不挣扎了，把话敞开了说道："所以，拓跋，就如同我方才所说，我对这种意外并不觉得有多么意外，而且我很坦然地接受了这个意外。人，只要初心不变，不管在什么情况下做出什么改变，都是正常现象。"

"可是公孙，我知道你在一定程度上是了解我的。"拓跋弈律背过身去，不再看公孙羽，"我们博济族的男儿可不是轻易会做出改变的人，那么，我也想说，如你所言，人总是对自己的人生有过一个计划，希望自己向着什么样的模式发展。可我，即便是遇上了意外，也会克服意外，让计划重新回归正途。"

说完拓跋弈律便头也不回地走了，留下一个决然的背影，带着不可小觑的肃杀之气。公孙羽望着那个永远一身黑大氅的人，心里突然没由来地一阵颤抖和陌生。

这个人……他说她了解他……

然而……她却觉得……

自己从来都……不曾真正了解过他……

或许她今天说这样一席话，拓跋弈律大概能明白她的意思吧，她都已经说得那么明白了，所以，接下去就等他自己想通了。

公孙羽如是想着，心里也就放轻松了许多。

她觉得，男人嘛，不像女人，有那么多的小心思，也不会跟女人一样别别扭扭，就拿一个很现实的例子来说，便是晏宁。

想到晏宁和慕容祁这一对，公孙羽便下意识地笑了，心情便更加放松了。

等公孙羽走进太史烨房间里的时候，太史烨还是保持着刚刚裹着被子盘腿坐的姿势，好像在发呆。

公孙羽撇撇嘴，想到自己刚刚对拓跋弈律说的话她就觉得羞耻。她居然说得出那种话，而且话里的主角还是太史烨。她摇摇头，假装镇定地走过去，道："你还不快躺下休息！"

太史烨就真的听话地躺下休息了，还自己盖好了被子，只是没有闭上眼睛，躺在那里说道："阿羽，你有没有想过拓跋他这么长时间没有回到他们族里的原因？"

说实话，公孙羽倒是真没有想过这个问题。

"那你认为呢？"既然她没有想过，那干脆听听太史烨是怎么说的。

"从劫狱事件开始说的话，那只是我们猜测，猜测他是不是和温国公勾结，我们没有确切的证据。可他离开王都那么久还能遇到我们，这段时间里，他真的只是走得慢吗？"

公孙羽是没有想到这一点，她觉得最近自己的思维好像迟钝了，要不是太史烨说这些，她压根儿都没往这方面去想。

如果拓跋弈律真是这样的人……她还真没想过会怎样。

大概他们会打一仗，然后老死不相往来？

"公孙，你还记得阿祁这次让我们来干吗的吗？"太史烨岔开了话题，提出一个严肃的问题。

公孙羽道："当然没有忘记，皇极令嘛。可你的身体那么差，我们要怎么出去找？"

太史烨翻了个身，侧身看着公孙羽，嘴角微扬道："三天，给我三天时间，三天后我们出发。"

"你不做任何准备？"

太史烨闭上眼，道："你放心，我不会像无头苍蝇一样的。三天后，你只要穿好厚衣服，披上披风就好了。"

公孙羽更加不明白："理由？"

太史烨的声音中已经带着一点睡意了，道："因为你是我太史家的人啊，我怎么舍得让你劳心劳力呢？"

公孙羽也不打扰他休息了，抬步出门，自言自语道："不让我劳心劳力那就该让我在府上休息才对啊，有这么疼媳妇儿的吗？"她说着脚步微微一顿，这才反应过来自己说了些什么。

她什么时候就这么默认自己是太史家的人了？

公孙羽自嘲地笑笑，可不是吗，她在拓跋弈律面前都这么说了啊。

微音在她眼前晃了晃手，关心地道："郡主，你还好吧？"

公孙羽回过神来，难得没有生气，想了一会儿，道："我挺好啊。微音，你觉得我哪里不好吗？还是，你觉得太史烨不好？"

微音一愣，连忙摆手否认。

公孙羽把手背在身后，走得潇潇洒洒："其实太史烨也不是很不好，对吧？我早就知道你和那个元昊是一丘之貉，就是你们两个人合着伙想撮合我跟太史烨吧？"

微音红了脸，撇撇嘴，不好意思道："也没有合谋啦，就是互相通风报信而已……啊啊啊！郡主，你不会生气吧？"

公孙羽轻轻拍了两下微音的头，道："我不生气。我怎么会生气呢？现在想想，太史烨也不是那么讨人厌。"

微音差点摔倒，吃惊地道："郡主，你该不会是爱上瑾国公了吧？"

公孙羽一巴掌拍在微音的头上，没好气地道："瞎说什么呢！怎么就爱上了？我的意思是，我能跟他一起生活，就跟兄弟一样嘛。"

微音嘟嘟囔囔道："只是兄弟就怪了。"

公孙羽白了微音一眼，没说些什么，迎面对上过来的元昊，微音抢先一步说道："喂，我们郡主有旨意啊，你好好照顾国公，我们三天后要出门。"

元昊道："是是是，郡主的旨意小的一定听从。"

然后微音就被公孙羽踢出去了。

说好的要安排事情，公孙羽却不出意外地发现太史烨一连睡了一天一夜都没醒过来，不过也没有去打扰他。她想着，他旧病复发，

脸贵如你

还是不要太操劳，说不定醒了以后就痊愈了，又活蹦乱跳了。

可万万没有想到的是，太史烨醒来的第一件事是去洗澡敷脸，理由是睡了一整天，身上出了汗，要洗干净，脸上也有汗，要好好保养。

公孙羽差一点又要扛着剑进去了，好在她有这个冲动的时候，太史烨已经披上浴袍出来了。

公孙羽问道："你说好的会做好准备呢，怎么光顾着洗澡了？"

太史烨脸上贴着面膜，悠悠地道："不着急，反正现在还用不着我亲自动手。"

公孙羽没好气地道："那你要等到什么时候？你不准备，那我要准备了，我现在就能派人去雍寒山踩点。"

太史烨用手按了按脸，当成按摩，轻描淡写道："明日这个时候，我就告诉你消息，你且回去等着，等我的消息。"

公孙羽将信将疑地看着他，他就摘下面膜，轻轻松松道："你还不相信我的能力吗？"

是啊，确实不太相信呢……

可不相信也要相信，因为第二天的这个时候，太史烨确实收到消息了。

太史烨身边的探子按照太史烨的指点，找到了雍寒山的隐蔽入口，秦王后的墓穴也在那附近了。公孙羽讶异于太史烨的神通广大，太史烨也讶异于公孙羽居然不相信他这么神通广大。

而这种情绪一直持续到他们一行四个人进入雍寒山的内部，离秦王后的墓穴只差一堵墙壁的时候。

公孙羽摸了摸冰冷的石壁，上面刻画的是始帝时期的社会状态，有农作的场景，有打仗的画面，栩栩如生。

　　昏暗的山体内部潮湿异常，蛇虫鼠蚁层出不穷，太史烨已经隐隐觉得有些恶心了，不禁皱起了眉头。公孙羽一针见血道："打破这堵墙是不可能了，找机关吧。"

　　太史烨站着没动，公孙羽深吸了一口气，瞪了一眼太史烨，道："元昊、微音，跟我找机关。"

　　微音和元昊两个人毕竟不是专业的，东摸摸西碰碰，毫无头绪。公孙羽举着火把照过整块墙壁，也没有什么想法，嘴里喃喃道："总不见得秦王就这么把墓穴给封死了吧？"

　　肩头一重，公孙羽眼瞧着太史烨一只手搭着她的肩膀上，拍了拍，然后从怀中取出一块手帕垫在手中，按向了墙上刻画的那个高帽子人物的帽子上。石块嵌入，霎时，轰隆隆的响声震耳欲聋，山体似乎也在轻微地晃动，头顶上的泥土纷纷扬扬地落下，太史烨袖中折扇轻挥，挡在自己头顶。山体晃动了一会儿之后，再次平静了下来，公孙羽稳了稳身体，诧异地发现石壁已经开了。

　　墓穴并没有想象当中那般辉煌，也没有传说中的那样会有各种机关。四周都刻着篆体的诗文，公孙羽没有仔细去看，扫一眼也大约能读出这是一些思念亡妻的诗词。空气中弥漫着一股发霉的味道，中间只有一口石棺，没有牌位，也没有碑文，两支蜡烛早已烧尽，仅留下两个积满灰尘的烛台。

　　公孙羽拍了拍身上和头上的灰尘，随口问道："太史烨，你会开机关刚刚为什么不一开始就动？"

　　太史烨用折扇轻轻拂去肩上的灰尘，"啪"地收起扇子，道："要是这么早说出来就一点也没有悬念了。"

公孙羽东瞧瞧西看看，却也小心翼翼的，没有动手去动什么，生怕会有什么有毒的东西。

"据说秦王和他的王后恩爱非常啊，不过秦王后的墓穴倒是挺简陋的，连个机关都没有。"微音有一句没一句地说着。

太史烨站在石棺前没有动，观察了一阵，默默地道："这是一口空棺，里面没有人。"

公孙羽听罢，也凑了过来，惊讶道："哎？"

太史烨走上前去，依旧从怀里取出那块帕子，用手探了探，按在石棺突出的牡丹花纹中间，轻轻一按，又是一阵轰隆隆的声音，石棺上的棺材盖缓缓移开。公孙羽惊讶地急步上前往棺木里面看，映入眼帘的果然是标着"皇极"二字的皇极令。公孙羽想也没有多想，就将它从石棺里拿出来。还未及反应，腰已经被一股熟悉的力量搂过，耳边是轻轻一句"小心"。

只见搂着自己的人面不改色，反手一挥，袖中折扇轻盈转出，挡住从石棺里飞出的无数暗器。再转身，便是在千钧一发之际离开危险地带。

"咻咻"的声响过后，是一片死寂。

惊魂未定的公孙羽屏住呼吸，连大气都不敢喘一下，一抬眼，才发现自己又要和太史烨脸贴脸了，扶着他肩膀的手便不自觉地用了一点力。太史烨不禁眉头一皱，抿了抿唇，道："阿羽，你可以下手轻一点的，有点疼……"

公孙羽作势又用了一点力，看到太史烨疼得龇牙咧嘴的样子，竟有那么一丝幸灾乐祸，好像能捉弄太史烨的地方，也只有这些了。

公孙羽捏完太史烨，心满意足地放手，却总觉得手上好像有点湿。将手伸到眼前一看，竟是一手的血。还未及惊讶，已经脱口而出："我……我并没有下手多重啊……"

太史烨刚想说什么，却神思一定，感觉到四周有什么不同寻常的地方，紧接着就是三个黑衣人从外面闯进来，直抢公孙羽手中的皇极令，刚刚才静下心来的公孙羽马上进入备战状态。

纵使情况是四对三，可微音和元昊功夫不到家，太史烨也一副好像使不出全力的样子，这让公孙羽感到十分苦恼。

公孙羽记挂着太史烨肩膀上的伤，而对上太史烨的那个人却像是拼尽了全力要置他于死地。公孙羽一边要保护好皇极令，一边要注意太史烨会不会因为自己不认真打架而身上再次挂彩。

在交战中，公孙羽也全然明白，对方的目标就是皇极令。他们一路上感觉到的平静，其实是暴风雨之前的宁静。

乱世之大，怎么可能只有陈国在找皇极令？

现在他们目标暴露了，那么也就说明陈国在秘密寻找皇极令的事情也暴露了。

公孙羽开始改变战略，原本是想要斩草除根的公孙羽反转姿态，想要生擒一个杀手回去审问，看看到底是哪国的人居然来跟他们抢东西，还知道他们会今天来。

七个人在不大不小的墓室里打得难分难解。公孙羽时刻注意着行动不要太大，有了刚刚暗器的教训，公孙羽就生怕会还有什么别的机关，到时候一行人都命丧于此那就不值当了。

可是，她刻意地收敛动作却引来对方更加猛烈的攻击。

几招之下，公孙羽心里已经有了主意。

袖中飞刀既出，目标是击退人，她再一个眼神给到太史烨，希望他能明白她的意思。不过是短短一瞬的交集，公孙羽认为太史烨应该已经明白了她的意思，便大着胆子将手中的皇极令抛了过去，然后心满意足地看着太史烨伸出手去接。

可事实并不是她想象的那样……

公孙羽是想要尽力挽回这个局面的，然而并没有什么用。

她眼睁睁地看着皇极令在空中画出一道美丽的弧线，略过了太史烨的眼前，不偏不倚地到了与他交手的人手里。

公孙羽的内心几乎是崩溃的。

她冲过去想要抢夺，太史烨却两眼一抹黑，往她身上倒了下来。

一步慢，步步慢，她来得及扶住太史烨，却并不代表她还有时间去追回皇极令。

一个烟幕弹过后，她就再没有机会追上了。

太史烨腿下一软，直接带倒了犹豫着要不要再追出去的公孙羽，两人一起倒在了地上。

"喂，太史烨！你还行不行啊？太史烨！"公孙羽摇晃了两下有点不省人事的太史烨，下意识地去摸他的额头，却是冰凉一片，完全没有发烧的迹象，公孙羽有些怒了，"太史烨，你……你刚刚为什么不抢回皇极令？"

太史烨似乎有些奄奄一息的样子，拉住公孙羽扶在他腰间的手，声音沙哑："我刚刚中了……暗器……暗器上……有毒……"

公孙羽原本要挣脱的手突然一僵，就这么被太史烨握在了手里。

不知道为什么，公孙羽的心没由来地一疼，不知是因为怕失去还是怕死亡。公孙羽只觉得胸口闷，很闷，闷到怎么都说不出话来。

"对不起……阿羽……"怀里的人开了口，说了一句好像她这辈子都不会从他嘴里听到的话。

对不起……这句话好像有千斤重一样。

而她却也好像真的没有办法去怪他。

怀里的人动了动，公孙羽终于回过神来，想将他拉起来，急着想要带他走，她道："走，我带你去找大夫，你不会有事的……你撑着……"

手被抓住，怀里的人动也不动一下，完全没有想要起来的意思。公孙羽终于爆发了出来，眼泪不争气地流下来，只听她吼道："太史烨，你真的够了！任性也有一个度好不好！"

"元昊，去石棺里看，有真的皇极令在里面……"太史烨这么说着，震惊了在场的其他三个人。

元昊小心翼翼地和微音一起过去看，果不其然，在石棺下方的小暗格里看到了一块和之前那块几乎一模一样的皇极令。

元昊将真的皇极令交到公孙羽的手上，公孙羽接过一看，已然说不出话来了，含着泪怔怔地问："这……这是怎么一回事？"

太史烨忍着身上的疼痛，吃力地道："你先将它收起来……"说着，就将皇极令往公孙羽的怀里塞，公孙羽则将它放起来。

"这两日，我的亲信来查探，发现了秦王后的墓穴位置。历史上记载的秦王相里氏善于攻心计，王后的墓室这样简陋，却用了这样坚固的外墙，还有机关，而门口的机关没有暗器，像皇极令这样让天下人为之相杀的东西，怎么可能就这样让人轻易得到手？所以，我在看到石棺被打开的那一刻，就知道了这个机关的设计。"

公孙羽细细地回想，似乎太史烨一路过来都表现出心不在焉的样子，想来也不是故意为之，是自己错怪他了。

她愣愣地道："所以，连有人会跟着我们来抢皇极令你都算到了，就故意让他们抢走皇极令？但是……但是这样不就暴露了沉寂百多年的秘密了？"

太史烨猛地咳嗽了两声，苦笑道："你是怕天下大乱？这天下又何曾平静过？你不用担心，现在手里有皇极令的人也不敢声张，因为他要是张扬出去，立刻就会成为众矢之的，到时候不是号令天下，而是与天下为敌……这天下哪还有什么得皇极令者得天下的说法？那不过是众人的一个执念而已。真正得了天下的人，还需要皇极令吗？只可惜……还不知道刚刚是谁来抢……"

公孙羽听到他咳嗽，这才想起来他已经中毒了，用力想要拖他起来，带着哭腔道："太史，你先别说话了，稳住气息，我带你去找大夫。"

是谁在自己耳边说了一句话，是谁的这句话让她身形一僵不能动弹，是谁说了这句——

阿羽，我是不是第一个让你哭的男人？

自公孙羽眼中落下一滴泪，她背起太史烨，微微有些哽咽："不……第一个是我爹……"

太史烨靠在她的肩膀上，轻笑道："不……你的亲人不算……"

公孙羽已经疾步往外奔出去。在雪地里虽然行动有些迟缓，元昊也有意思要帮忙背，公孙羽却依旧坚持自己来。微音已经先跑回去找大夫了，元昊就在后面小心地保护着。

"阿羽，你跟我说说话，我怕我睡着了……"太史烨的呼吸声忽轻忽重地在她的耳边响起，"你快回答我，我是不是第一个？"

公孙羽忍着心里的酸楚，哑着嗓子道："不是……你是我的未婚夫，也算是我的亲人，所以不是……"

"哈……"不知是自嘲的笑还是苦笑，太史烨嘴角微扬，气息奄奄，"阿羽……虽然我知道你眼光没有那么差，不会看上那个'拖把'，但看到你跟他在一起的时候，不管是不是你在拒绝他，我都有那么一丝害怕，还会忌妒，我忌妒你能跟他和平相处……我以为我这辈子都不会这么在乎一个人、一件事……阿羽……我想我……"

第十八回

→ 我喜欢你，很喜欢你

话到此处停了停，公孙羽突然放慢脚步，心莫名地一沉。刚刚在听太史烨说那些话的时候她就已经忍了很久，她没有考虑过太史烨那时候的心情，又或者说她早就在心里默默地否定了太史烨会对这样的事情上心，所以根本不敢去在意。

"阿羽……我想我……是不是真的中了阿祁的圈套，真的要顺着他的想法去做了……"太史烨握住公孙羽的手，"我喜欢你……阿羽，你……你呢？你会喜欢我吗？"

脚步骤停，公孙羽僵在原地。寒风中，几片晶莹的雪花落下，顺着风落在公孙羽的另一个肩头，落在握着她手的太史烨的手上。

又是一滴泪落下，落在手上的那片雪花上，雪瞬间融入泪中，太史烨轻轻颤抖了一下。

"阿羽，我想我已经知道你的答案了，我是不是很聪明？"背上的人的声音渐渐弱下去，"你会为我哭，我很开心……"

公孙羽忽觉肩头一重，背上的人再无声息……

"太史，我也喜欢你，很喜欢你……"

不知是怀着怎样的心情才能这样哭出来，公孙羽在雪地里抱着太史烨失声痛哭，元昊跪在旁边亦是泪流满面，只能一声声地叫着"公子"。

懂得了，却失去了。

公孙羽只觉得自己已经很久没有感受过失去的痛苦了。上一次失去的是她的父亲，她以为自己多年来驰骋沙场，看尽了生死，对任何人的死都可以坦然接受了。可她终究是个女子，终究是有软肋的，如今挚爱又离去，她怎能接受？

"太史烨……你不是很能说的吗？你让我跟你说话的，我跟你说了，你醒来回答我好吗？你还没有听到我的回答啊……"公孙羽哭得有些无力，只能在太史烨的耳边这样喃喃自语。

可怀里身体有些冰凉的人还是没有丝毫反应。

"我听到了……"

不知过了多久，耳边轻轻的呢喃唤回了公孙羽一点点的神志。她退开一点点距离，脸上残留着泪痕，内心狠狠地被刺激了一下。

"阿羽，我都听到了……"

确定怀里的人真的还有气息，公孙羽有些不敢相信自己的耳朵，甚至不敢相信自己的眼睛。为什么她今天的情绪波动会这么大？

"太史烨！你……"

太史烨在公孙羽怀里吃力地咳嗽了两声，哭笑不得道："阿羽，你不要急着哭，我还没死……"

过了好一会儿，他见公孙羽愣在当场，又勉强扯出一个笑容，道："你不打算救我了吗？我可是病人啊。"

公孙羽抽泣了两声，豪迈地用袖子抹去脸上的眼泪，好像还是没有完全回过神来，有些愣愣的，又有些不悦地道："太史烨，你这样吓人很好玩吗？你是在捉弄我吗？"

想想刚刚自己的真情流露，尤其是在以为太史烨已经去了的时候，自己都不记得自己到底说过些什么，说不定什么都说出来了，公孙羽整个人就不太好了。

太史烨见公孙羽明明是在抹眼泪，眼泪却好像越流越多的样子，顿时有些没辙了，语气放软，道："好阿羽，你先不要哭了，先带我回去好不好？我刚刚真的只是太累了，我真的没有捉弄你。"

公孙羽有些手足无措地扶起太史烨，元昊执意要帮着背他，公孙羽也就不再坚持，在后面扶着。她一边跟着走一边关心地道："那你现在觉得怎么样？你不是说你也会医术吗，这是很厉害的毒吗？"

太史烨面带一丝轻松地道："不是什么很严重的毒，死不了的。"

一路颠簸到了峦城的府上，为了不扰乱军心以及打草惊蛇，公孙羽并未声张太史烨受伤的事情。她将他安顿好睡下以后，赶紧命微音把大夫拉进来。

把过脉，处理过太史烨身上的伤口，大夫皱着眉头捋着胡子深思了一番，沉吟道："此毒……甚奇啊……"

公孙羽急了："奇毒？那怎么治？还有没有办法治？"

大夫拱手道："回公孙将军的话，老夫只能判断这是何种毒，且能保证，这种毒短期内不会要人的命，只是这解法……还得要问下毒之人啊。"

公孙羽在心里谩骂：下毒的人百年前就死了，要是她问得到就真是见鬼了！

公孙羽强忍着怒气问："那你可否告诉我这是什么毒？我好想办法找解药啊。"

大夫道："这是用博济族特有的石阳花做成的毒药，要找解药的话，得问博济族的人。这毒是慢性的，时间越久就越深入内腑，最后会导致中毒之人虚弱而死。"

博济族……

公孙羽傻了，怎么会跟博济族扯上关系的？难道下毒的人不是为了保护皇极令的秦王吗？

不知道是用一种什么心态送走的大夫，公孙羽觉得自己快要崩溃了——为什么今天接二连三发生的事情都能让她惊讶得说不出话来呢？

"博济族……拓跋……"公孙羽好像想到了些什么，猛地抬头，双眼紧紧地盯着太史烨，问道，"你……你是什么时候中毒的？"

听公孙羽这么问，太史烨也知道瞒不住了，垂下眼，坦白道："和黑衣人交手的时候。秦王后石棺里的暗器是没有毒的。"

是他……

真的……是他……

微音在旁边想要说些什么，元昊朝她比了一个噤声的手势，将她悄悄拉出了房间。

公孙羽心里五味杂陈，她有些不明白，质问道："你当时为什么不拆穿他？"一想到拓跋弈律，公孙羽心里就更难受，明明自己还觉得他是个值得信任的人，明明自己还以为他是个正人君子。

纵使她心里早就做好了他可能是自己对立面的人的准备，可冲击来得太快，她还没做好接受的准备。

太史烨向她招招手，她听话地过去，坐在了他的床边。太史烨坐起来，往公孙羽身边靠了靠，轻声道："不能打草惊蛇啊。若是我当时就拆穿他，他就该回去禀告博济王了，到时候他们究竟是和谁勾结的，我们也就无法查证了。"

公孙羽身为武将，对这方面的分析自然没有太史烨清楚，只能跟在后面问："那……那我们现在该怎么办？"

太史烨苍白的脸上扯出一个笑，道："既然阿祁这么信任我们，那我们也不能让他失望，对不对？"

公孙羽愣愣地点点头，完全没有注意太史烨越来越靠近的身体，直到他的额头抵着她的额头，气息近在咫尺："那……我们……"

"太……"

话还未出口，唇已经被身前人轻轻覆上，腰也被他的手搂住。公孙羽瞪大眼睛看着太史烨，面对这突如其来的动作，一时间有些不知所措。本能地挣扎了一下，却只惹来他加重力道。

公孙羽到底在这方面没什么经验，片刻后就缴械投降了，让太史烨爱怎么样就怎么样了。直到他离开她的唇，她才感觉到自己的脸已经热得不行。太史烨顺势往下，将头埋在公孙羽的颈间，轻轻闭上眼。公孙羽看他好像有些虚弱的样子，想扶着他躺下休息，却听见他轻声道："别动，就这样。"

公孙羽就不动了，干脆往后移了移，靠在床沿，任由太史烨这么靠着。她抿了抿唇，不知该说什么，反而是太史烨安静了一会儿以后，又开口道："我们先不着急回朝，将边关这件事处理好了，我们再一起回去，嗯？"

好是好啊，可是……

"那你身上的毒……"公孙羽终究还是提了这最重要的一件事。

"先考虑阿祁该担心的事情。"太史烨直截了当地打断道。

公孙羽拿太史烨没有办法，只好硬着头皮说道："可我们现在不知道拓跋他们的王到底要干吗啊。"

太史烨分析道："现在有两种可能，一是博济族和温国公勾结，第二种嘛，你想想我们现在是在哪个边境？"

公孙羽一下子反应过来，大惊道："你说梁国？！"

这就太严重了！如果博济族是和梁国勾结的话，他们就是腹背受敌。公孙羽只觉得自己现在好像被坑了一样，整个人都陷入了一个大的圈套里。

"可我觉得我现在比较关心的是你身上的毒，没有博济族的人来解毒，你必死无疑啊太史！"公孙羽说着说着情绪就激动起来。

太史烨抬手道："阿羽，你就这么担心我会死吗？"

公孙羽语塞，"我"了一声后就说不下去了。

"阿羽，你这样担心我，我是该高兴还是不高兴呢？"太史烨握着她的手，干脆闭上了眼。

公孙羽别过头去，不看太史烨，说话别别扭扭的："不是……"

太史烨的额头抵着公孙羽的下巴："不是什么？"

公孙羽快要忍不下去了。

幸好在她忍不下去之前，李炎匆匆来报，说梁国进犯，又一次打到城楼下了。

公孙羽情急之下忘了太史烨还靠在自己身上，猛地站起来，大惊失色道："你说什么？"

太史烨肩膀上的伤口被拉扯到，有些吃痛地叫了一声。公孙羽手忙脚乱地又要去扶太史烨，太史烨干脆从床上下来。公孙羽要开口拦他，太史烨朝她看了一眼，她也就理解了，闭上嘴没再说话，但行动上依旧好像准备阻止太史烨。

李炎看了一眼太史烨这副娇弱的样子，心生不满，撇嘴道："瑾国公还是安心在这里养伤吧，外面兵荒马乱的，您就别再跟着去添乱了。"

太史烨站直身体，虽然没有一步三晃那么严重，但还是晃了那么一两下。公孙羽在旁边有些担忧，太史烨一个眼神过去，公孙羽依旧不敢说话。太史烨看着李炎这个样子，也不气恼，说道："我不过是发热，又不是得了什么大病。皇上有旨，命本公子与朗月郡主一同来料理边关事务，本公子难道不该去看看？"

没人讲得过太史烨，所以也就没人再去讲他。公孙羽则披上战衣就出去迎战了。

太史烨披着一件披风迎风站在城墙上，空气中弥漫着风沙和雪花，雪白的雪花沾染上鲜血和尘埃，带着莫名的恐怖。

由于公孙羽吩咐了知情的几个人不要声张太史烨中毒的事情，所以所有人都以为太史烨得的只是伤寒，并不是什么大病。

城下厮杀一片，对方打头阵的依旧是梁国的"大锤子"王奎。

严威老将军调兵遣将，公孙羽亲自上阵。有了太史烨上一次和王奎对战的经验，加上刚刚在来的路上太史烨的提点，公孙羽掌握了诀窍——借力打力。虽然地上湿滑，雪地难行，公孙羽却正好利用了这一点，出剑收剑，王奎讶异间，已然负伤。

然而这样五大三粗的糙汉子从来都是傲气纵横，不甘心屈于人后的，曾经叫骂着公孙羽是无能的女人，现在却败在她的手下，这让他如何能忍？

王奎一抡锤子，怒气冲天，咆哮了一声就朝着公孙羽冲了过来。公孙羽翻身落地，还未从前一场剧烈的战斗中恢复过来，王奎的锤子已经抡到了她的眼前。她一个闪身，脚底一滑，纵身一跃，稳稳地踏上了王奎的大锤。再足尖一点，反身出剑，割下了王奎的一只耳朵。

这一仗，梁国是有备而来，也让公孙羽和太史烨心里有了判断。

这绝不是偶然。

虽然在行军打仗中，偷袭不是什么值得大惊小怪的事情，对于梁国三天两头的挑衅，陈国也是早有戒备的。只是这次梁国来势汹汹，峦城是最重要的一道防线。若是被攻破，陈国四分之一的城池就会接连失守。

公孙羽就算拼了性命也要保下峦城。

激战中，元昊担心太史烨的身体，看着他越渐苍白的脸，犹豫着要不要劝他回去休息。严威指挥期间也有意无意看了太史烨几眼，后来干脆站在他身边，带着一贯的威严，问道："世侄身体欠佳，要不要回去休养？这里有我和丫头就好了。"

太史烨在城楼上负手而立，故作轻松地道："多谢世伯关心，太史无事。"随即便扯开话题，"今日梁国来犯看似突然，却是有所图谋的，不知世伯怎么看？"

严威捋了捋胡子，分析道："我听说今日天未亮，你便同丫头出去过了，不知道是他们觉得你们两个人不在，所以觉得可以来偷袭，还是早有预谋的。"

太史烨眯着眼看城下，只见公孙羽游刃有余地跟被割了一只耳朵的王奎激战。雪越下越大，太史烨的白色披风上落了一大片雪，他却没有在意。

"峦城虽然易守难攻，但地理位置不够好，梁国打过来便是城门，所以我们还是不能掉以轻心。他们轻易攻不进来，我们却只能依靠武力和高度的优势进行防守，可现在两军交战，我们又不能放出弓箭手，这样的话，我军同样会有人员伤亡。"太史烨这么说着，手已扶上了城墙。

严威看了他一眼，问道："虽然不知道这样问是否冒昧，但老夫依旧想问问，不知今日世侄和丫头究竟是去了哪里？"

太史烨回话回得不疾不徐："情人之间的事情，师伯还是不要问得那么详细比较好。"

严威也就不再问下去，表面上看不出是相信还是不相信，倒也继续去指挥了。

"将军！援军到了！"

严威疑惑地道："援军？何来的援军？"

匆匆来报的小兵指着城下道："博济族的骑兵来了。"

太史烨微微挑眉："这么快？"

严威也察觉到了哪里不太对劲，然而传话的小兵不止他身边这一个，在城楼下激战的士兵中，也有人高喊："救兵来了！救兵来了！"

听到盟军到达，陈国的将士们都松了一口气，士气高涨，以为可以和上次一样一举击退梁国的入侵者。

然而这么多人里只有公孙羽心如明镜，这根本不能算是援军！这简直就是背后来插刀的啊！

可是现在陈军腹背受敌，又没有博济族倒戈的前兆，若是现在贸然喊出"博济族是乱党"这样的话，一定会惹得军心大乱。公孙羽陷入了沉思，可就是这一瞬间的晃神，王奎的大锤已经到了她身前。王奎力大无穷，公孙羽没有尽全力接招，这一下之后，被震开了一段距离，等回身站稳时，博济族的骑兵已经进入了战圈。

公孙羽在漫天风沙和风雪中寻找拓跋弈律的身影，他依旧一身黑色大氅，英姿勃发地坐于马背上。就算离得很远，公孙羽也几乎能看到他的眼神，果毅而坚定。

就在这一瞬间，公孙羽已经完全明白了，挥剑高喊："撤退！大家赶紧撤退！关城门！"

而众将士还沉浸在他们有可能翻盘的喜悦中，根本不能理解公孙羽这句话里的意思，难道将军要他们不要再战下去？

公孙羽命李炎率众将士撤退，李炎虽然同样不明就里，但既然公孙羽开了口，那他就只能听着。公孙羽和李炎带着兵且战且退，而就在他们即将退进城门里的时候，公孙羽最害怕的事情发生了——

博济族在这个时候倒戈了。

这样始料未及的事情突然出现在陈国士兵的面前，简直像晴天霹雳一样，还没来得及退回来的一支小分队陷入了死亡的恐惧中，几乎还未及反应便被杀害了。

城下的将士们也都陷入了一阵短暂的恐慌之中，公孙羽惊讶地看着毫不留情的拓跋弈律，心念一紧，决定护卫剩下的人杀出重围。

"博济族倒戈了！将士们快撤退！不可恋战！快退！快退！"

严威在城楼上亦是满脸惊讶之色，好在他经验丰富，马上就调整好心态重新指挥战事。

王奎挥舞着大锤冲在最前面，喊道："援军？看你们还有什么援军！哈哈哈——臭娘儿们！受死吧！"

公孙羽很清楚地知道，就算博济族倒戈，在现在这个不大不小的战场上，拓跋弈律也是不会对她下杀手的，所以她很大胆地做了殿后的工作。

而战局持续了这么久，太史烨站在城楼上，却是一句话也没有说。

公孙羽心中闪过一个念头，已经有了抉择。危难间，她剑走偏锋，转身反击，目标是——拓跋弈律。

拓跋弈律稳坐马背，公孙羽一个灵巧的空中转身，剑已然到了拓跋弈律的面前。简单交手过后，公孙羽已经能完全感受到拓跋弈律是抱着什么样的心态了。纵使他现在眼神坚毅，纵使他选择了不让人插手跟她单打独斗，纵使他现在出手似乎毫不留情，可三招过后，他并没有击退她，那么……

公孙羽得到了答案，沉声问道："之前是你给太史下的毒吧？"

拓跋弈律看上去并不觉得意外，一边应对自如，一边沉声道："看来总算还是在太史烨的身上造成伤害了。公孙，弃城投降吧，你们已经没有胜算了。"

公孙羽一双好看的眸子对上拓跋弈律，袖中的飞刀射出，划过拓跋弈律的黑大氅，留下一道明显的痕迹，语气坚定地道："休想！"

果然是他吗？可笑吗？她相信了这么久的兄弟，她总是抱着最后一丝希望想要证明他不是那样的人，可结果是什么？

公孙羽想过一个问题——这算不算背叛？可到最后她还是自己打醒了自己——"背叛"这样的词能用在她的身上吗？拓跋弈律原本就没有义务要对自己忠诚不是吗？

只是他那样的人……不是信誓旦旦地说喜欢自己、爱自己吗？他这样的话，不是自己打脸吗？

一击即中，公孙羽飞身后退，战靴踏雪，稳稳落地，长剑直指拓跋弈律："拓跋，今日不过是梁国小兵前来挑衅，你博济族就暴露了野心。这小小的进犯竟然就想让我们投降，未免也太狂妄自大了！"

拓跋弈律亦面不改色地道："公孙将军、朗月郡主，这场战争已经不是你想象中那么简单了。半个月，只需半个月，峦城将是博济族囊中之物。"

第十九回

临阵倒戈，四面楚歌

公孙羽凝神细细思考拓跋弈律话中之意，总隐隐觉得哪里有些不对劲，可又想不出到底是哪里不对劲。片刻间，梁国人和博济族人好像约定好了一样，一起停手了。王奎好像完全没有受到被公孙羽卸耳的影响似的，头上虽流着血，却仍耀武扬威地站在原地。

峦城的城门已经打开，李炎掩护陈国的伤兵残将进城，见公孙羽依旧站在原地，丝毫没有要回来的意思，便急急地呼唤："将军快回来！"

"公孙羽！本帅命你即刻回城驻守！"

严威的声音沉稳有力，公孙羽仰头看着城楼上，娟秀的脸上还留有厮杀中留下的血迹，抬眼便是太史烨迎风站在城楼边，目光是那样温和。

有一片雪落在公孙羽的睫毛上，她眯起眼看着太史烨，发现他的面色比刚刚更差了。

从这个角度望下去，好像也是个不错的选择。就算是一身战袍，身上血迹斑驳，太史烨依旧觉得现在的公孙羽就这么将他看着，倒是鲜有的恬静。

直到一个声音打破了这短短的沉寂——

"陈国的人，你们可知你们爱戴的将军并没有告诉你们，她的郡马爷已经身中剧毒，而解药只有我博济族人才有？"

公孙羽猛地回头看着拓跋弈律，眼神中透着杀气。

太史烨嘴角微微一勾。

原来是这样。

公孙羽回答道："危言耸听！你以为用这种方式就能扰乱我方军心吗？"

或许对现在的陈国士兵来说，这个消息真的并没有什么效果，他们现在每个人都沉浸在博济族突然反叛的愤怒之中，听到太史烨中毒的消息，只是跟着公孙羽一起气愤而已。

公孙羽拂袖回城，大喝道："关城门！"

峦城城门再次紧闭，公孙羽赶紧上了城楼，同太史烨并肩而立。只是在上来的过程中，内心早已纠结得不成样子。

拓跋弈律早就做好了一切打算，他今日前来宣布倒戈甚至挑衅，便已做好了完美的打算要给她公孙羽施压，要她尽快抉择。

当她站到太史烨身边的时候，脸上的表情已经展露出她内心最真实的情绪。

太史烨一派自然地提醒道："阿羽，你是一军之将，沉稳和严肃才应该是你的表情。"

公孙羽收拾了复杂的心情，换上一个庄严肃穆的表情，尽量让自己不要分心去想别的事情，先弄清拓跋弈律今天过来的最终目的再说。

她听着梁国人在王奎的带领下在城下叫骂，什么难听的话都出来了。陈国的士兵早在公孙羽的训练下对这样的粗俗语句百毒不侵，根本没什么反应。李炎"呸"了一声，道："老这么喊，累不累啊？！"

旁人跟着笑笑："大概是天太冷了,这么叫叫可以暖暖身子。"

这么一番对话引得下面的陈国士兵一阵哄笑。

太史烨上前一步,扬声道："看来是梁国人书念得不够,才会'出口成脏',有修养的人是不会这样骂人的。"

王奎自然不甘示弱,骂骂咧咧道："什么修养!能做掉你们的又不是什么狗屁修养!"

太史烨问道："王将军这么说,是一竿子打死了你们整个梁国的人啊!没有修养的人可包括了你们梁国的君主?将军如此果断,贵主知道吗?"

就因为王奎是个武夫,所以才经不起这样的挑衅,抢着锤子就要冲上去,却被拓跋弈律的人给拦了下来。

严威在旁边静静地观察许久,依旧不说话,任由太史烨继续说道："既然拓跋将军一口咬定太史身中剧毒,那么事出总会有因,拓跋将军为何不告诉大家,你究竟是如何得知我已然中毒,又因何中毒的呢?"

拓跋弈律再怎么能征善战,嘴皮子功夫总是不如太史烨的。要知道,太史烨可就是靠嘴皮子拉仇恨的。

或许拓跋弈律的想法是扰乱军心,给公孙羽施加压力,但是被太史烨这样反问,倒也让他不好回答了。

他该当众承认吗?

三两句之间,拓跋弈律眉目清冷,冷静地应对道："自然是本将军下的毒了。那么瑾国公为何不向大家解释一下为何你自己会中毒呢?"

公孙羽有点沉不住气,想要开口辩解,垂眼便看到太史烨的手微不可察地动了动，示意她后退，不要说话，也不要插嘴。她张了张嘴，没有说话，严威轻声说道："丫头，退下。"

太史烨看着拓跋弈律沉静的脸色，心里已然做好了打算，扬声道："拓跋将军，若是我并未中毒，你又该对自己的说辞如何解释呢？"

旁边似乎有人起哄，七嘴八舌地说着他们瑾国公怎么会中毒云云。还有人则是抱着相信的态度，说瑾国公这样看着成事不足败事有余的样子，会中毒也不是什么让人奇怪的事情。

太史烨并不慌乱，直白地问道："那么今日拓跋将军和王将军来此挑衅，究竟是何用意？"

拓跋弈律弯刀一挥，直指公孙羽，沉着冷静地道："今日我不是来找国公的，而是来通知公孙将军，若是想要救瑾国公的性命，拿峦城来换。"

公孙羽听到此处气急了要冲上去，严威死死地盯着她，她便强忍着怒气没有出去。太史烨脸上却平静得没有一丝波澜："拓跋将军是从哪里来的信心认为太史竟能值一个峦城？"

拓跋弈律掉转马头，一副好像要离开的样子，说道："不是我有信心这么认为，而是对于公孙将军来说，她一定这么认为。"

梁国人先行离开了，留下的是王奎的叫嚣声。博济族人后离开，留下的是一个让人无法抉择的选择题。

见敌军撤退，陈国的将士们这才稍稍放松了警惕，开始整顿伤兵残将，却也少不了要议论几句。严威、公孙羽还有太史烨都是听在耳朵里的。

公孙羽今天是最沉不住气的，愤怒地一拳捶在了城墙上，雪飞溅出来，她咬牙切齿道："简直太可恶了！"

她原本就冰冷的手此刻却被一只更加冰冷的手握住，对方声音中带着一贯的甜润："阿羽，动作轻一点，手会疼的。"

严威临危不乱，先是稳定了一下军心，随后立刻派遣探子将刚刚写好的文书快马加鞭送回王都给慕容祁。紧接着，他又让李炎安顿好剩下的人，再布好兵力，这才叫了那一边手握着手，像是这冰天雪地中唯一尚存一丝温暖的两人到府上去谈话。

公孙羽一边跟着严威走，一边看了一眼身边的太史烨。光从他刚刚手上的温度来看，他的身体状况真的很不乐观。公孙羽向太史烨投去一个关心的眼神，太史烨笑了笑，回了她一个眼神，示意她自己没事，还能撑得住。

严威到了书房，屏退左右，直入正题："丫头，你说，太史是不是中毒了？"

太史烨挑挑眉，道："世伯何不来问我本人？"

严威斜着眼睛看他，道："问你？说得好像你会说实话一样。"

太史烨笑笑，道："确实，我不会说实话。"

公孙羽面对不像逼问的逼问，抿紧嘴唇，沉默了。

严威气急拍案，冷哼了一声，愤怒地道："你们太乱来了！太史为何会中毒，因何中毒，你们要怎么解毒，都有头绪了吗？竟然让梁国和博济族抓住把柄，你们真是挺可以的！"

公孙羽无言以对，严威再次逼问："那么，你们能说了吗？这到底是怎么一回事？"

太史烨看了一眼公孙羽，抢先开口。虽然看着急，说话却还是不疾不徐："皇极令，不过是为了一块不知真假的牌子。至于中毒……这不是重点，根本无关紧要。太史可以保证身上的毒不会成为博济族和梁国要挟我们陈国的筹码。"

严威带着严厉的视线扫过太史烨，最后定格在公孙羽的身上。他一直看着公孙羽，把她看得有点心虚地别过头去依旧没有放过她，他就那么盯着她，似是警告，又像是训示。

公孙羽的手紧握成拳，像是下了莫大的决心一样，咬了咬牙，道："世伯，身为峦城守将，我确实不应该因为一己私欲就罔顾国家大事，但如果要我就此放弃不管太史了，我也做不到。"

严威语气中的严厉丝毫未减："所以呢？你要弃城？然后任凭梁国取下我陈国多个城池？"

公孙羽忙争辩："总会有两全其美的解决办法的。"

"并没有。"太史烨无情地打断她的话。

公孙羽用一种难以置信的眼神看着太史烨，太史烨继续说道："拓跋弈律不是武夫，既然他会做这样的决定、说这样的话，那就证明他已经有了自己的打算。所以无论我们再怎么挣扎，他都不会改变自己的决定。"

公孙羽沉默了。

太史烨缓步走过去，手拍在公孙羽的肩膀上，像是安慰又像是鼓励，道："阿羽，打起精神来，我没事的，至少暂时不会有事。你是一军主帅，这也是你自己说的，所以不要分心，去做你该做的事情。我自己的事情，自己能处理好的。"

公孙羽紧握的双拳并没有因为太史烨的话而松开，却是在他的手轻轻握住她的手的那一瞬间再也坚持不下去，整个松开。就好像她原本内心的坚持一样，被冲击得溃不成军。

严威撂下一句"你们好自为之"后便拂袖离去。

公孙羽咬着下唇垂着头，眼眶红了，但到底没哭出来。猝不及防被带进一个熟悉的怀抱，她的手攥紧了太史烨肩上的衣料，头埋在他的肩头。他用手抚了抚公孙羽的背，像在安抚一个孩子。

"阿羽，我答应你，只要你不准，我就好好活着，好吗？"

太史烨犹记得那日公孙羽的回答让他既好气又好笑，明明他难得那样深情地说了那样的话，公孙羽却不解风情咬牙切齿地回答："你若是敢不经过我同意就死，我公孙羽发誓，必会把你的尸首挖出来鞭尸！"

果然还是这样的性情，不过想来，这才是真正的公孙羽，也只有她才说得出这样的话。

在这一场战役之后，接连三日，边关没有任何风吹草动，就好像之前那场小动乱根本没有发生过一样，静得让人感觉可怕。严威每日都恪尽职守调兵遣将，预防偷袭，公孙羽则从旁协助。虽然偶尔会心不在焉，不过总是及时地回过神来。

直到第四日清晨，公孙羽收到拓跋弈律的来信，说是要见她云云，而地点却是在峦城内的湖边小亭。

看拓跋弈律信上的意思是他不会带多少随身护卫过来，而公孙羽大可以选择带着千军万马将他包围并拿下，但这样做的后果她自己心里清楚，所以怎么做就看她的选择了。

这封信公孙羽看得心里十分不爽，她直接将信揉成一团扔在地上，差点就要掀桌子发火。太史烨一派悠闲地坐在旁边喝茶，看到公孙羽扔信的姿势后瞥了一眼被扔在地上的纸团，兀自喝了口茶，然后"啪"的一声把茶杯放在桌案上，换了个更加舒服的坐姿，慢吞吞地道："确实是挑衅多了点，不过他也没说错，你不能把他怎么样。他们博济族便是这样的规矩，才不会为了谁而跟人谈条件呢。所以你就算抓了他去要挟，他也是不会拿出解药给你的，而你也不会杀了拓跋，是吧？"

公孙羽狡辩道："他对你下毒，若是他不救你，我肯定杀了他！"

太史烨两手一摊道："可这样我不是更没有解药了？"

公孙羽冷哼一声，不服气地偏过头去。

这时候微音过来敲门："郡主、国公，城外拓跋将军来了，严老将军已经放行，我们是不是该……"

太史烨站起身，道："阿羽，你去吧。"

公孙羽不解地道："你不去吗？"

太史烨此时已经迈出去好几步，道："我当然不去了，我要去敷脸了。"

公孙羽大概能听懂太史烨的意思，急急忙忙就要出去。刚走出去没两步又退了回来，将自己的佩剑取了一起带走。

公孙羽和微音等人到达小亭的时候，拓跋弈律已经背对着她们站着了。果然如他所说，他不过是带了四个护卫站在小亭外围，而公孙羽也确实带了一大队人马过去，让他们在不远处待命，自己则径直走进了小亭。

微音看着她这杀气腾腾的样子不禁倒吸一口凉气，生怕她一个冲动就砍了拓跋弈律。

再相见，就是仇人。

公孙羽记得三天前她是这样在内心做的决定。

"说吧，你今日前来，是要跟我谈什么条件？"公孙羽连招呼都不想跟他打，也没有客套的心情，直入主题。

拓跋弈律并不在意这些，他很能体会公孙羽现在的心情。纵使心里不舒坦，但他还是在极力忍耐，脸上表现得一派平静："这样直接也好，那么我也就直截了当地跟你说，我就是要拿太史烨身上的毒来跟你做交易。"

长剑出鞘，毫不犹豫地架到拓跋弈律的肩上，公孙羽道："拓跋，我再说一次，你休想威胁我！"

拓跋弈律垂眼看了看架在自己脖子上的利剑，并不惊讶，反而更加沉着："这不是威胁。"随后淡定地将公孙羽的剑推开，又继续道，"这是告知。"

微音记得很清楚，那天她们家郡主是气势汹汹地去，心情沉重地回来的，小亭里的对话没人听见，只有拓跋弈律和公孙羽两个人知道具体内容。而后回到府上，微音看着面色沉重的公孙羽，问道："郡主，我们现在是不是要去看国公？"

而公孙羽好像进入了自己的世界一样，只是抬手摆了摆，示意微音不要说话，之后说道："你别跟着我，我想静静。"

微音听得似懂非懂，虽然很想知道公孙羽到底怎么了，但也知道她的脾气，所以并没有跟过去，任由她一个人坐在长廊上沉思。

"你已经动摇了，你的犹豫暴露了一切。

"不用想太多，你早就没有选择了。

"我可以给你七日的时间考虑，你不用今日便急着回答我。第七日，用你的行动来给我答案就好。"

……

拓跋弈律的话似乎还在公孙羽的耳边回响，公孙羽深吸一口气，闭上眼睛，不知道自己该怎么决断。确实，她不能否认自己现在的想法，她的的确确是想救太史烨的，可是职责在身，她身为守将，怎能为了一己私欲弃责任于不顾？

公孙羽这时才知道何为自嘲，是谁说的，很多女人成不了大事就是因为太感情用事，果然没错！要是谁都有女王的霸气，还会被这样的事情所牵绊吗？简直可笑至极！

至少在和太史烨敞开心扉说出实话之前，公孙羽是自信的，她坚信自己不会因为这样的事情而苦恼，然而这并没有什么用。当事情真的发生了，她才后知后觉地发现，自己和普通人并没有什么两样，自己并没有什么魄力，也没有那么狠心。

原来自己这么没用。公孙羽这么想着，也没有否认。

事后，公孙羽去了严威的书房一次，半遮半掩连蒙带骗地把今天和拓跋弈律的对话给说了出来。严威坐在远处没有发表什么意见，公孙羽临走时，严威问道："只是这样？"

公孙羽腿刚迈出门一步，就被严威的这句话吓得不由自主地一顿，淡然回答道："是的，只是这样。"

关门离开的那一瞬，公孙羽才知道自己刚刚有多紧张，手心全是冷汗。想想自己驰骋沙场这几年，何曾有一刻像如今这般狼狈？

"嗬，自作孽啊……"无奈地自嘲一声后，公孙羽打起精神，快步往太史烨的房间走过去。

还有七天不是吗？只要还有时间，就总有办法的。

"我们的交换筹码是——用公孙羽换太史烨。"

"没错，公孙，王改变主意了，他要你倒戈，他认为你比峦城的利用价值更高。"

"我说了，你不要现在就给我答案，七日之后，用你的行动告诉我答案。"

拓跋弈律的声音又在耳畔响起，公孙羽要推开门的手停在半空中。她没有足够的勇气推开门，犹豫不决，踌躇不定，明明自己应该是个很果决的人……

"哎？郡主怎么站在门口不进去？"

元昊端着午饭回来正好看到这一幕，随即就开口问，倒是把公孙羽吓得不轻。

公孙羽摇了摇头，元昊忙着开门，热情地道："郡主回来了公子就会开心了，快进去吧，正好用午膳了。"

"不……"公孙羽原本想婉拒的，因为她还没想好怎么跟太史烨开口，她怕一见到太史烨就会露馅儿。

然而这并没有什么用，元昊已经推推搡搡地把公孙羽推进去了。房间里的人其实早就听到动静了，却仍倚在床榻上安静地看他的书。见公孙羽跟跟跄跄地进来，便移开面前的书看了她一眼，看她脸红的样子不禁觉得有些好笑，便放下书，整理了衣摆，站起，说道："回来得真快，正好赶上吃饭。"

元昊识相地放下午膳就出去了，顺便关上了门。

公孙羽垂着头站在原地没说话，太史烨盯着桌上的饭菜不禁夸赞道："一看就是微音的手艺，看来我的运气不错，还算有口福。"

听到话题被扯远，公孙羽也就放心地坐下跟他一起扯："我可是听说你的口味很刁啊，养的厨子个个都是精挑细选的，你居然看得上微音做的大锅饭！"

说着，两个人一人一边坐下准备吃饭。公孙羽心里暗自庆幸以为太史烨没有看出什么，可对方冷不防一拍大腿，来了一句："阿羽，你知道我今天，就在刚刚，发现了一件什么事吗？"

公孙羽刚刚夹起的一根青菜滑落下去，重新回到了盘子里。她有点心虚，哆哆嗦嗦地放下筷子，没敢抬头看太史烨。

他是……发现了吗？

第二十回

你不同意，我便不死

公孙羽越来越紧张，手紧紧地抓着自己的衣裙。她发誓，她从来没有哪一天像今天这样尝遍人生百味，如果不是有多年的征战经验，她只怕早就晕过去了。

她在等，等太史烨说出他刚刚发现的事情，如果他真的知道了，那她能做的，也只有摊牌了。

又过了好久，久到公孙羽背后发虚，冷汗直冒，差一点就要缴械投降说出实话了，太史烨才慢吞吞地说道："我发现，阿祁没有把我的免死金牌还给我。"

公孙羽愣了一下，然后松了一口气，庆幸他不是在说她的事情。只是他这一惊一乍的，着实让公孙羽有点撑不下去。于是她站起身，讷讷地道："我刚刚想起城门那里的守卫还有点松，我去安排一下，你先吃，我一会儿就来。"说着就出了门。

太史烨目送她出去，不自觉地自言自语："阿羽啊阿羽，你真是一点都不让人省心啊。这么些时候，你都没有发现我没有问你今天和拓跋弈律的谈话，所以，是正如我所想吗……"

脚步有些虚浮，公孙羽几乎都不知道自己是怎么走出的房门，手捶上墙壁："可恶，都不知道自己在干吗了……"嘴里愤愤地骂着，公孙羽就往城楼上走去。

李炎看到老大来了，丢了瓜子凑上去，结果正对上神色凝重的公孙羽。他本想说点什么转移一下公孙羽的注意力，偏挑了个最不该被提及的话题："将军，今天那个'拖把'跟你说什么了？"

公孙羽瞥了他一眼，没好气地道："这么快就改口了？"

李炎气得脸都快扭曲了，愤愤地道："那又怎么样？当初是他们博济族说好的忠诚！真是要'呵呵'了，说倒戈就倒戈，你都不知道将士们这几天都是怎么说的！"

公孙羽巡视了一圈城外，随口问道："都怎么说的？"

李炎嘴巴大，全都说了出来。他说大家都在谴责博济族的不忠不义，又谴责了梁国的乘人之危和卑鄙无耻，还扬言说要先灭了博济族泄恨。而最重要的一点也被李炎轻描淡写地一块抖搂出来，无非就是极少部分将士在议论公孙羽和太史烨的事情。

公孙羽对别的话都是左耳进右耳出，却是把这些话听了个一干二净。

原来自己的手下已经这么想了？

他们居然觉得自己会用峦城去换太史烨的解药，只因为当时她犹豫了。

公孙羽原本有些气不过，自己带了这么久的将士们，竟然会因为这样一句话而怀疑她的态度，虽然她内心真的这样挣扎过，但听到别人这么说自己，心里难免有些着急和难受。

看到公孙羽的脸色有点差，李炎这才发现自己说错话了，连忙捂住嘴不说话，愣愣地看着公孙羽。

"阿羽，你在想什么？"

是他来了……

太史烨用眼神示意李炎退下，然后走到公孙羽身边，跟她一起眺望远方。

城墙上风很大，夹杂着尘沙，公孙羽眯了眯眼，没有看太史烨，开口问："你怎么来了？这里风大，你身体不好，快回去。"

太史烨怎么会肯回去，说道："你不用担心我的身体，我说过我是半个大夫，而且我答应过你，你不同意，我不会死。"

公孙羽有点难过："太史，我早就问过了，你身上的毒，只有博济族的王室有办法。"

太史烨淡淡地"嗯"了一声，开始扯开话题，修长的手指遥遥一指远方。城楼上的视角很好，站在这儿大有一览众山小的感觉，从这里看下去，是辽阔的疆土。

"阿羽，你看，这天下也不过就这么大，阿祁总有一天会全都拿下的，是不是？"

公孙羽摸了摸揣在怀里的皇极令，声音却是说不出的沉闷："是啊，有了这块牌子，确实，天下早就是阿祁的囊中之物了。"

太史烨的动作一派行云流水，自然而然地拉上了公孙羽的手，触手依旧那么冰凉："公孙，任何时候都不要让自己有太大的压力，好吗？你看，我不是在你身边陪着你吗？你看我当年也是个调兵遣将的，战绩也不比你差。"

听到这里，公孙羽"扑哧"一下笑出声："你还好意思说呢，那时候，是谁两次被降职的？"

饶是如此，两个人的心里也各自有着不同的盘算。公孙羽渐渐习惯了这样绕弯子讲话的套路，她觉得自己大概能瞒得住太史烨。

当然，真的只是大概。

公孙羽离开的那天晚上，太史烨便是站在这个位置目送她离开的。

晚上的风吹得比白日里更加肆虐，太史烨不由得紧了紧身上的厚披风。

风刮过脸颊，有微微的刺痛，可这种痛怎么也比不过内心的痛。

想想刚刚她给自己倒下了迷药的酒，又一杯杯想要灌他喝下去的样子，太史烨都不禁觉得有些好笑。

她应该从来没做过这样的事情吧？

手指抚上嘴唇，太史烨嘴角微微上扬，心想：好在她还算是解风情，知道在走之前吻一吻睡过去的自家未婚夫。

望着绝尘而去的快马，上面那个单薄的身影也渐行渐远，太史烨脸上的笑容转瞬即逝，随即换上一副从未有过的严肃表情，面色冷得可怕。

到底还是为了他，她竟要背负上这样的罪名。

是自己对不起她，是自己连累了她。

"这丫头，大概真的不知道自己到底在做什么。"

严威带着苛责的声音出现在太史烨的身后，却是那样无奈。

"她大概以为这七日自己掩饰得很好。"太史烨转过身来，看着严威。

严威铁青着脸道："我以为她会比你可靠，可没想到，我最信任的小辈，全大陈最信任的女将军，还是让所有人失望了。"

"都是我的错。"

严威怔了怔，有些惊讶地看着太史烨。

"都是我的错。"

233

脸贵
如你

确定是眼前人嘴里说出来的话后，严威竟挑了挑眉，忍不住说道："老夫向来听说师侄脾气怪，认错这种话绝不可能从你嘴里说出来，看来是虚传了。"

太史烨扯了扯嘴角，步入正题："我们言归正传，现在不能告诉任何人阿羽的决定，这对她，对军心，对大陈，没有半点好处。"

"可是纸终究包不住火，她身在敌营，我们不能保证博济族不把真相说出来。"

"但那只是他们这样认为。"

"有他们认为还不够？一旦丫头被发现，她就真保不住了。到时我方军心大乱，于我们而言都是不利的。"

"那如果这只是我们的一个计策呢？"话的尾音融在风里，四周是一阵死寂。

太史烨侧眸看着严威，郑重地道："背叛，被反背叛，世伯觉得，可行得通？"

严威和太史烨寥寥几句交谈间，公孙羽已经头脑一片空白地出了城。到了博济族境内，一路畅通无阻，她不难感觉到自己全身都发麻，甚至拉着缰绳的手还在发抖。

盘算了那么多天，她终究还是下定决心。她从未想过通敌叛国，因为她最容不得这样的事情，她公孙家的祖训里便有一条叫忠诚，可现在……

泪无声地落下。

对不住，是公孙羽给公孙家族……抹黑了……

她做过决定，就算她到了博济族，也只是到了而已，想让她全身心地忠诚于博济族并且献计攻打陈国，那是不可能的。

既然博济族的王觉得她有利用价值，便不会轻易杀了她，那她也就有可以用来谈条件的筹码。

总之，她的目标只有一个——拿到太史烨的解药。

想到这里，公孙羽快马加鞭，直入博济族的军营。

月黑风高，可公孙羽的眼力好，老远就看到了站在军营门口的拓跋弈律，那一身黑简直像是要和黑夜融为一体。

公孙羽骑着马加速冲过去，本想吓吓拓跋弈律，给他一个下马威的，却发现他在看到自己并未有减速的意图反而加速冲过去的时候完全没有要躲的意思。她在千钧一发之际紧拉了缰绳，马儿长嘶一声，前足重重落地，扬起一片灰尘。

"你怎么拉缰绳了？"分明是挑衅的语气！

公孙羽淡定地下马，冷眼看他，道："因为我想到，若是在这儿将你给撞死了，我必然逃不掉，然而我并没有打算跟你死在一处。"

拓跋弈律脸上带着一抹叵测的笑："可你终究还是来了。"

公孙羽冷笑一声："你不用算计太多，你以为我来了便是你的胜利那么你就错了。"

拓跋弈律带着公孙羽往军营里走，一路未言。

公孙羽不是第一次来博济族军营了，可她没想到的是，这次连带着他们的王也在。

公孙羽定了定神，给拓跋弈律投去一个眼神，带着一点愤怒。

博济族的军营还是一如既往守卫森严、一丝不苟，扫纣王坐在主帐里，手里握着酒杯，转了转，又转了转。

公孙羽这是第二次见到扫纣王，上一回见到他已然是多年以前。

公孙羽瞅着扫纣王好一会儿，才在内心感慨了一番：从前是真没发现，原来他眉眼中满是算计之色。

"公孙将军好久不见了啊。"雄厚的声音，带着点盛气凌人。

"王以为公孙羽来了，便是你们的人了？"

扫纣王倚在椅背上，懒洋洋地道："难道将军还有别的选择？"

公孙羽并未退缩，镇定自若地谈条件："我要的，是我未婚夫的解药，你们要的，无非是峦城的攻克方式。从前，就算我们与你们是宗属国关系，我也还是没有将情报透露给你们过。现在想来，倒也不失为一个明智的选择。"

扫纣王将酒杯里的酒一饮而尽，起身道："不过将军选择来到这里，也是个明智的选择。"

公孙羽不卑不亢地对上扫纣王犀利的眼神，一字一句道："我现在只要王的一句话，解药给还是不给？若是给，一切都好商量；若是不给，那就请王另寻高明吧。公孙这条命，就交代在这里了。"

主帐里剑拔弩张的气氛渐渐热烈起来，博济族与陈国关系密切，博济族人对公孙羽的脾气自然早有所耳闻，只是今日真正见识到这位女将军的脾气，果然有名不虚传的魄力。

扫纣王看了一眼公孙羽，又看一眼拓跋弈律，眉眼中全是笑意，而后道："拓跋将军，你的眼光不错，这样的女子，倒是真适合做我们博济族人。"

公孙羽冷笑道："跟你们一样背信弃义吗？恭喜你们，确实，你们将我逼成了一个背信弃义、背离自己国家的人。"

扫纣王比了个噤声的手势，道："话也不是这么说的，良禽择木而栖，公孙将军不过是找到了一个更好的发展之处而已。现在孤王已经拿到皇极令了，这天下还有谁能阻挡我吗？"

公孙羽冷眼看他，内心却默默想着，历史上，所有说出这样的话的人，往往都落得千夫所指的下场。又有谁真的像自己口中说的那样，没有被任何人阻止呢？

更何况……更何况他手上那块皇极令还是假的……

公孙羽想到这一点，也就释怀了，连嘴角都不自觉地扬起来。

扫纣王看着公孙羽依旧一副桀骜不肯屈服的样子也不着急，扬手道："公孙将军一路过来想来定劳累了，今日已经夜深，将军可以先去休息。至于别的事情，我们来日方长，可以慢慢商量。将军今夜大可好好思考一下，说不定明日就有别的答案要告诉孤王了。"

公孙羽没有急着拒绝，不过她确实需要时间来考虑该怎样谈条件，于是就出去了。

拓跋弈律带公孙羽去休息的营帐的时候，一路上一言未发。直到将她带进去后，他才屏退左右，和她单独相处。

公孙羽手背在身后，漫无目地在营帐里左看右看，随意说道："你有话要跟我说？可是我并没有话要跟你说怎么办？要说也只有一句话，将太史的解药拿出来。否则，无话可说。"

过了好一会儿，身后的人也没有动，只听声音沉沉："公孙，你恨我？"

公孙羽听到这句话，身子微不可察地一顿，诧异地道："恨？有必要吗？你们倒戈与我们作对，是国仇；你伤我未婚夫，是家恨。可这两项加起来，我觉得可以抵消了。要是我将每个敌人都恨一次，时间够吗？于我而言，你现在不过和我的其他敌人一样，没有差别。"

又是过了好一会儿，拓跋弈律苦笑出声，没再说话。

脸贵如你

公孙羽的情绪稍稍平静了一点，在身边的椅子上坐下，问了个她一直想知道答案的问题。

"你们是从什么时候开始和梁国勾结的，又或者说，你们有了这么大的野心？想来梁国也不过是你们的一块踏板吧？"

拓跋弈律没有丝毫隐瞒和犹豫，回答道："早在上一次梁国进攻的时候，我们就计划好了。"

公孙羽又继续问："那么温国公呢？你会来救我，是因为他吧？"

拓跋弈律皱了皱眉："温国公？跟他有什么关系？我是得到王的授意才去救你的。"

公孙羽的脑子有点乱，她恨不得把知道的所有事情都立马告诉太史烨。

可惜她走不了，也传不出去消息。

既然不是温国公，那么……

不行不行，她真的想不通。

"既然如此，我是真的对你无话可说了。你们博济族的本性便是如此，我算是看清了。现在你可以出去了，你们的王让我好好休息不是吗？"公孙羽看着拓跋弈律，开始赶人了。

离开前，他带着沙哑的嗓音如是说道："王早有计划，等你来这里后发动的第一战，便由你当主将。"

公孙羽如遭重击，好一个扫纣王，竟能做得这么狠，是打算逼死她吗？

而另一边，太史烨已经和严威商量过了，先不声张公孙羽离开的事情，一是为了防止事情有变故，再就是为了保住公孙羽能有一天是一天的名誉。

回到房间里，闻着空气中残留的酒香，太史烨走向自己的床榻，手探到枕头底下，摸出了那块皇极令。

令牌表面凹凸不平，烫金的"皇极令"三个字微微凸起。太史烨的手指细细地摩挲着，良久，将它放进自己怀中，口中喃喃道："阿羽，公孙羽……你真是……任性啊……"

第二十一回

我在这里，你不用怕

陈国与梁国、博济族开战的那一日，太史烨亲身上阵，带领陈国士兵上阵杀敌，战争正式开始。

微音被太史烨禁足了，不许参与战争，微音也没有反抗。

扫纣王果然如拓跋弈律所说，派公孙羽作为主将出战。

陈国将士不出意外地集体惊讶——瑾国公不是说他们的公孙将军得了风寒在养病吗？怎么养病养到敌对阵营去了，还做了人家的主将？

李炎差点从马背上翻下来，揉了揉眼睛，惊讶地道："是我没睡醒还是我瞎了？"

陈国这边炸开了锅，所有人的关注点都在公孙羽的身上，根本没人愿意相信在离他们不远处那个在马背上坐着的是他们最亲最爱的朗月郡主，他们最信任的将军。

第一战，三鼓而止，完全没有打起来。

太史烨回到营帐里，一言不发，李炎掀了帘子冲进来，不顾元昊的阻拦，直接吼道："瑾国公！太史烨！瑾国公太史烨！"

李炎的手都快指到太史烨的脸上了。

"放肆！"

要说人在什么样的情况下最可怕，那就是看似温顺没脾气的人爆发时最可怕。

本来还在研究地形图的太史烨见到李炎这样，未免也要"失态"一下。

想来李炎也是觉得太史烨脾气好，不会发火，才敢这样造次，如今老虎发了威，倒是真把李炎吓得愣在当场。

身披一身战甲的太史烨脸上是多少年没有出现过的果毅。

"大约是公孙将你们给宠坏了，所以你们竟可以这样擅自闯帐？也是，你们经过严将军的调教是一回事，可知不知道我太史烨当年带兵的习惯便是另一回事了。"太史烨负手而立，目光凌厉得有些可怕，"来人哪，参将李炎目无军法，擅自闯帐，罚二十军棍，即刻执行！"

被传唤进来的副将见到这个阵仗，略微有些尴尬，试图打圆场："国公……国公请三思，李参将是主将之一，现在实施处罚，二十军棍下必受重伤，只怕会影响接下来的战役啊。"

李炎自然也是不服地道："瑾国公非我峦城守将，我李炎也不是你的手下，何故要受你的处罚？"

太史烨背过身去，冷冷地道："以下犯上，罪加一等，再加十军棍，还有谁提出异议，便与李炎同罪！"

此话一出，再无人敢为李炎求情。副将同情地看了一眼李炎，轻道一声"得罪了"，便差人将李炎绑了出去。

营帐外除了李炎的谩骂声，还是李炎的谩骂声，到底还是把严威给引来了。

严威屏退左右，皱眉道："老夫懂你的意思，李炎做事冲动，你将他打伤，也是怕他再上战场惹来不必要的麻烦，可李炎在军中威信不小，你就不怕军心更加不稳？今日博济族让丫头打头阵，目的就是想扰乱我们的军心，不是吗？"

太史烨低头继续看地形图，看似无意却还是认真地回答："为了控制住这不必要的麻烦，我也只能这样做了。"说着，太史烨抬起头，继续道，"可世伯是否也发现了公孙她并不是真的要帮博济族？都说打仗靠一鼓作气，第一鼓下，她未发令；第二鼓下，她依旧无动于衷；第三鼓后，她竟下令撤退了。"

严威疑惑道："这或许是她的战术呢？"

太史烨笑笑，道："要说是战术也可以，但绝不是对付我们的战术，而是对付他们的。"

严威看样子像是明白了些什么。

而同样回到军营的公孙羽却是意料之中的有点失神。

扫纣王一脸喜闻乐见的表情，又转动酒杯像是挑衅道："公孙将军今日想来是大有收获了，不过孤王不知将军是故意不出兵，还是另有什么战术。"

公孙羽冷笑道："承蒙王的抬爱，对公孙委以重任，公孙出师不利，王可以降罪了。"

扫纣王却并不生气，而是倒了一杯酒递到公孙羽的面前。公孙羽并不领情，道了声"武将不该喝酒"。扫纣王便将酒杯重新放好，然后转动自己的酒杯，悠悠地道："孤王不会降罪于你，只是……看将军的意思，好像是不想要心上人的解药了？"

公孙羽脸上一片淡漠："谢王的美意，公孙自打离开峦城以后，这条命便是打算交代在这里了。至于太史烨的命，哈，都说愿意为对方殉情的情人才算得上是真爱，公孙活了近二十年，也算是矫情一回了。为挚爱死，也不算亏。"

一旁听到这话的拓跋弈律脸色微变，就算只是昙花一现，也被扫纣王尽收眼底，他仍笑道："看来公孙将军是誓要做烈女子了，嗯，孤王很欣赏你。"

扫纣王点点头，认真地道："那么孤王就要改变一下计划了。"说完便扬手吩咐："将解药拿来交予公孙将军。"

公孙羽不明所以地接下了所谓的解药，有些将信将疑。

"公孙将军不用怀疑，这是真的解药。"扫纣王宽慰她道，"孤王将解药给你，可要求并不这么容易，你若是有能力回去，这解药便是你的。"

公孙羽闭上眼睛。

扫纣王叵测地一笑，说道："从此往后，再不劳公孙将军出战了，公孙将军只安静地留在营地便好。"

公孙羽依旧闭着眼睛，心中盘算起该怎样逃离这里。

然而这并没有什么用，王既然能说出这样的话，那说明他早就做好了准备，又怎么可能让她就这样轻易离开呢？

离开营帐后，公孙羽整个人才惊慌起来，她几乎不知道今天一天自己是怎么过来的。从早上穿上战甲上马开始，公孙羽就觉得自己的身体早就不是自己的了，她清楚地看到了自己的将士们在见到自己的那一刻脸上露出惊讶的表情，好像在看什么魔物一般。

他们一定很惊讶吧，一定对她很失望吧，内心一定难以置信吧，他们最信赖的长官竟然……

公孙羽觉得自己的内心好像在接受一场残酷的煎熬。

从她离开的那天开始，她就已经不知道自己在做什么了。

自始至终，她都不敢看那边的主将太史烨一眼，却也能知道他如同往常一般淡定自若。

嗬，公孙羽在心中苦笑，自己怎么会这么自信呢？像太史烨那样的人，又怎会不知道她在做什么？

她的手不自觉地握紧，将那个装着解药的小瓷瓶越捏越紧。

"再捏瓶子就要碎了，那你的挚爱可就没有解药了。"

公孙羽渐渐将手放松，将瓷瓶收进自己怀里，转身看着拓跋弈律，依旧冷淡地道："你们的王真是让人意想不到的花样百出啊，我感到惭愧，真是太轻敌了。"

"你现在心里一定很不好受吧？"拓跋弈律的语气让人分不清是种什么感觉，却听得出有那么一丝丝犹豫。

公孙羽抬眼看他，看到他丰毅俊朗的脸上连胡碴都长出来了，看到他脸上的表情起了变化。

"我确实不怎么好受，可我心里知道，这是我自己的选择，所以再怎么难受也要压制下去。拓跋，我现在不知道自己在做什么，却知道自己没有选择，只能这样坚持下去，而我的结局亦是注定的。"

拓跋弈律皱起了眉，听着她这么说下去，说出那个结局。纵使心里早已有了答案，却总是否定自己，不愿相信这是真的。

公孙羽手捂住自己的胸口，一字一句道："我会等，等也许会出现的那个机会……可我自己，再也回不去了……"她的眼睛对上拓跋弈律那双异族人才有的瞳仁，露出这些日子鲜有的诚意，道，"是我自己，也是你，更是执念，将公孙羽逼到了这样的结局。"

陈、梁两国交战一月有余，公孙羽便在军营里待了一个月，好像始终一副事不关己的样子。她的淡定让拓跋弈律都有些着急，似乎被"滞留"的不是那个其实还算冲动的公孙羽一样。他好几次都想跟她谈谈，却都忍住了。

而另一边，太史烨似乎看出了什么端倪，早就利用这段时间为公孙羽做了最好的安排，说公孙羽是被派去对方阵营的卧底。

太史烨将所有责任揽在自己身上，说这只是一个计策，公孙羽是以此举换取博济族的信任，而非投入对方阵营。

那么必定会有人质疑——为什么非要投奔敌对阵营，还是公孙羽亲自去，第一战还是她代领呢？这些都是疑点，不能单凭他太史烨一句话就让他们相信。

太史烨在面对质问代表的时候，依然慢条斯理地道："第一战三鼓而止难道还不够明显？这是我跟她的约定，我们只是在等一个契机，一个赢的契机。"

有人质疑太史烨，也有人不满太史烨，但有严威的威信摆在那儿，又没人敢去反抗。将军令一下，众人必须服从。

而在这一个月时间里，太史烨的身体究竟如何，就真的只有他自己知道了。微音和元昊负责照顾太史烨，却从来不见太史烨在人前表露过什么。偶尔有人问起太史烨是不是真的中了毒，太史烨便是轻描淡写的一句话："流言蜚语岂可当真？茶余饭后也不过个笑话。"元昊和微音急在心里，太史烨却总是漫不经心地用一句话回答："我是这么容易死的吗？只是做戏而已。"

而他心里却是自嘲地一笑：阿羽，没有你的允许，太史又怎敢先走一步？

又是接连十日的休战，博济族终于到了缺粮的时候。博济族乃游牧民族，食物原本就来源于狩猎。他们大碗喝酒，大口吃肉，虽骁勇善战，可是没有吸取教训，当年就是败在没有足够的粮食储备上。

这一次，博济族依旧没有足够的粮食，不过他们已和梁国达成了协议，这一次的粮食由梁国出，但要博济族的人亲自押送。

博济族的人认为，不管按不按常理出牌，陈国都该去截一截这批粮草才对。

对于现况，严威是这么说的："如今四国各据一方，各自休养生息。陈梁交战，对其余两国来说，算是好事，却也是坏事。"

太史烨轻笼袖子——这两天，他难得脱下战甲，换了一身常服，道："帮谁？灭谁？谁和谁联手？他们不敢冒这个险，即便有一方战败，他们也不敢轻举妄动。"

元昊追问道："那梁国的那批粮草……"

太史烨一本正经地道："截啊！为什么不截？他们不是觉得我们会截吗？那我们就去截好了。"

严威在一旁喝了一口茶，看了一眼太史烨，道："嗯，有计划是好事，但千万别抱着游戏的态度。现在军心不稳，我们还是需要树立威信的。"

这话中所指，多半就是公孙羽的事情了。对公孙羽的态度，博济族没有给出明确的答复，只有太史烨在陈国将士面前的解释而已，而有力的压制也只是一时的。在公孙羽没有做出明确的答复，或者没有给出一个合理有效的解释之前，军心只会更加不稳。

李炎那日受了三十军棍，现在还在床上趴着。太史烨信步走进去，原本李炎还在哼哼，一偏头，出现在他视野里的是太史烨那身熟悉的绣荷花的衣角，整个人一怔，乱了呼吸。人往床榻里缩了缩，好像一副怕太史烨砍了他的样子。

太史烨好笑地看他一眼，道："身为主将之一，你在这里趴着这么长时间已是过分，这见到我跟见到仇人一样又是怎么一回事？"

李炎咬牙道："末将不敢……"

太史烨一收刚刚脸上的笑容，换上一脸严肃的表情："我只能这么跟你说，公孙羽的事情我届时自会给出一个答复，无须你们操心。你身为公孙羽麾下的得力干将，要做的是为你的上司做个好下属，为她把流言蜚语给挡住。"

李炎勉强从榻上爬起来，嘟囔了一句："你还是她的未婚夫呢，怎么不自己来？"

太史烨深吸一口气，居高临下地盯着他："我拼尽全力为她正名的时候，不是你们在拆我的台吗？你们就是这样做下属的？"

这一眼，看得李炎心虚不已。确实，不是他不能，而是他不为，不为之事又怎会成功？

太史烨临走前拍了拍李炎的肩膀，语重心长地道："别趴了，准备出任务吧，拿出你的实际行动来证明你所谓的忠诚和信任吧。"

太史烨一声令下，三路人马各自出发。

第一路由李炎带队截粮草，第二路由张副将进行反埋伏，而第三路，却是去偷袭博济族的军营，剩下的人由严威带着守城。

梁国和博济族各自准备，而博济族现今的主要兵力——据太史烨所知——已倾巢而出。

所谓的一场小小的截粮草的行动，不如说是另一种形式的一场大战。

太史烨亲自带人准备端了博济族的大营。

元昊戒备地道："公子，你能想到的，博济族怎会想不到？现下我们的兵力被一分为四，若是他们一鼓作气打过来，我们不是……"

太史烨眯起眼睛观望不远处的博济族的军营，道："正是因为他们也许想得到，所以才会特地'不小心'放出消息来说要押运粮草。而我能猜到的是，他们那两方的兵力不是主力，可即便如此，今日的偷袭仍能让他们措手不及。"

元昊无言以对，只好换种说法道："可方才也有人说公子你是为了郡主来的，根本就不是将打败梁国和博济族放在首要位置。"

太史烨听到这种说法并不感觉意外，只淡淡地吩咐："传令下去，对今天的行动有异议的人可以回去睡觉了。至于后果是什么，自己考虑清楚。他们的疑惑我懂，可既然要解释，难道不需要当事人自己来解释吗？"

一炷香的时间过去后，元昊表示没人临阵退缩。

恰逢探子打探完情况回来，说现下对方守在大营里的兵力两千人都不到。

太史烨一声令下，将士们立刻出击。

不知道是不是这段时间积压的情绪太多，陈国的将士们好像都一副卯足了劲准备大干一场的样子。大军势如破竹，转眼已杀到了大营门口。

太史烨一声令下，队伍散开，将大营团团围住。

博济族守将乃拓跋弈律。

太史烨不由分说地拔剑冲了上去，拓跋弈律并没有完全准备好，勉强接下几招后退开些许距离，冷声道："国公大人不怕我拿公孙将军来威胁你吗？"

"你没有在第一时间将她拿来威胁我，足已证明你并未有此想法。"

太史烨一语中的，拓跋弈律一笑置之，道："国公好手段，挑了今天这样的日子来偷袭。"

太史烨从怀中取出手帕擦拭了一下自己的佩剑，随口说道："天时，地利，人和。"

拓跋弈律道："能有办法让王不得不回都城，又是趁现在这个时候，想来都城里的动乱也是国公的手笔吧？"

太史烨随手将手帕丢给元昊，道："好说好说，雕虫小技而已。你们的王不在，那我们可以进攻了吗？"

战鼓齐鸣，太史烨带兵一路冲杀。博济族人虽寡不敌众，但骨子里不服输的血统告诉他们，不能在这里投降，不能在这里服输，倒也让太史烨不能一下子攻破大营。

在营帐里早就听到动静的公孙羽先是愣了一下，而后起身伺机而动。可正打算掀开门帘时，却堪堪退缩了。

该出去吗……该怎么出去……出去了又该怎么说……

拓跋弈律不是没有告诉过她太史烨是怎么向陈国人解释她的背叛举动，只是她没法原谅自己的荒唐行为罢了。

她自己都不知道自己该怎样面对大家，这种事情，她从没想过自己会做，简直可笑到了极点。

公孙羽攥紧了手里的小瓷瓶，竟然真的苦笑出声。就为了这颗小药丸，她几乎放弃了之前的一切，甚至都不带考虑的。

女人啊……

从出城的那一刻开始，公孙羽就知道自己只会有一个结局，只是她没想过这个结局会来得这么快。

看来……是时候了……

第二十二回

梦里寻她乃千百度

心里默念了一个多月的那个名字，多少次出现在自己梦里的那个人，今日……

是谁拔剑冲杀？是谁呐喊着那个名字？是谁告诉他自己就在这里……

等再见到那人时，她未曾想过会是现在这样的局面。

冲杀在最前方的那人嘴角始终微微扬起，溅起的鲜血不曾有一滴触碰到他的身体，他的身姿依旧那么优雅。

"阿羽，我来接你了！"

飞刀自袖中飞出，自离太史烨脸颊一寸处划过，刺入他身后准备偷袭他的那人颈中，好一个稳、准、狠。太史烨偏过头去躲溅出的鲜血，公孙羽给了他一个得意的笑容。

"太史，我在这里。"

她声声呼唤，太史烨飞身跃起，转眼已到她的身边。

战场上，不能有儿女私情，不能有久别重逢的相拥，更不能有一丝懈怠。

太史烨懂这个道理，一只手搂着她的腰，道："朗月郡主下次再不准乱跑了，本公子这样劳师动众地来抓人未免太过奢侈。"谈笑间，他正准备带她离开，衣袖却被拉住。他转头对上她有些泛红的双眼，太史烨一时间有点反应不过来，心想：难道自己过来救她这件事很让人感动？

太史烨未及反应，公孙羽已然双手环上他的脖子将他扯了过去，唇与唇相触，是彼此熟悉的味道。感受到她唇齿微动，纵然动作略显青涩，倒也顺利地将东西送入他的口中。太史烨瞪大眼睛看着她。

她的唇停在他的嘴边，声音中带着苦涩："太史，我很高兴你会来，但……但是对不住，我想我不能跟你回去了……"

太史烨眼中露出难得的惊讶之色，踌躇间，肩上已多了一把剑。

"她说得没错，她不能跟你回去了。"

公孙羽紧张地拔剑指着拓跋弈律："拓跋，你若是敢伤他，我必不会放过你！"

拓跋弈律闻言，并未将剑放下，只平静地道："我还能伤他吗？你已然将解药给了他，我还能怎么伤他？"

太史烨恢复了淡定自若的样子，不动声色地咽下解药。因着拓跋弈律的剑架在他的脖子上，他只好背对着他说话，却又觉得不太好，于是说道："我这样背对着将军说话实在不太礼貌，容我转个身如何？"

拓跋弈律看着就不像是要立马置太史烨于死地的样子，由着他转过身来。

四目相对，心下已经了然，太史烨和拓跋弈律几乎同时下令让手下的人住手。

虽说一方的主将被挟持，但按现在场面上的情况来看，并没有什么用。拓跋弈律就算现在动手杀了太史烨也无济于事，再战久一点，博济族依然必输无疑。

太史烨将公孙羽的手牢牢地抓住藏于袖中，脸上是一派淡然的神色："将军想来已经清楚目前的情况，还要再战下去吗？"

见拓跋弈律眼中流露出微不可察的犹豫之色，太史烨乘胜追击："还有半个时辰，将军可以选择在这半个时辰内被我们击败。当然，你也可以选择过半个时辰再被我们击败。而区别只在于，你们是不是会死得更难看。"

在这种时候，太史烨总还是不忘在言语上激怒对方。

拓跋弈律面上闪过一抹苦笑："打从一开始，这一仗我们就必输无疑，国公好手笔，竟能做出这样的安排。即便我们有所察觉，却也早已于事无补。"

太史烨对他的这番话不以为意，道："将军还没做出选择，可若是再不选择，只怕会得不偿失了。"

公孙羽听得云里雾里，不可置信地道："拓跋，你不是这样会放弃的人，你难道不想反败为胜吗？你就想这样放弃了？"

曾经那么骄傲的人，现如今却只有一脸的颓然，从未有过的颓然。

那人如是说道："因为你身前的这个男人让我觉得可怕。我终于懂为什么他当年能那么快就打胜仗了。并非是我要放弃，而是再这样挣扎下去，只有败亡，博济族会毁在我的手中。"

"是你不愿牺牲你的族人，还是你不希望连着公孙一起牺牲？"太史烨问出一个致命的问题。

拓跋弈律收起剑，背过身去，尘土漫天飞扬，夹杂在凛冽的风中刮过他的脸颊，他却早已麻木得感受不到一点疼痛。他说："都说战场上是无情的，然而我和公孙都犯了大忌。"他回转过身，面对太史烨，眼神变得有点深沉，"太史烨，你自己也不例外。"

253

当公孙羽问太史烨拓跋弈律为什么会放弃得那么快的时候，她还没回过神来。她不敢相信自己就这么回去了，只觉得这一切来得有点突然，太过简单了。

她甚至都没有想到拓跋弈律会用这样的方式让他们离开——博济族人且战且退，早就差溃不成军。其实并非是他们弃战，而是今日再战的，就是莽夫。

公孙羽记得拓跋弈律那时说："你们走吧，今日我们败亡已是定局，但你们也必然是无法将我们灭族的，这一点你们心里清楚。"

然而太史烨也似乎想就此打住："拓跋将军的意思太史明白，只是今日之后，博济族也无法与梁国再合作下去了，望善自珍重。且另外有件事，希望将军能转告贵主。"

公孙羽从来都知道太史烨有点手段，却从未发现他的手段高超到自己已经跟不上他的想法了。

见公孙羽一副心事重重的模样，太史烨骑在马上，慢条斯理地道："博济族的王都发生动乱，权臣谋反，他们的王必定要亲自回去平乱。梁国国君善猜忌，本就没有完全信任扫纣王，如今扫纣王这样匆忙回去，想来梁国国君必会怀疑。今日这一仗，梁国必定不会倾尽全力帮助博济族。他们故意放出押运粮草的消息，只是为了引诱我们去截粮草，然后埋伏，所以我便想到在他们埋伏的后面进行反埋伏。而此时博济族大营的兵力减弱，正是偷袭的好时机。可我们也不能掉以轻心，如果计划被识破，他们便会转道攻城，这时候世伯守城将是很好的后防。"

公孙羽仔细想来，这几日扫纣王确实有些焦躁，让她有点不太敢招惹。只是……自己竟然是这场战役唯一的后腿。

"温国公确实与博济族勾结在了一起，只是拓跋弈律不知道。这件事唯有扫纣王知道，扫纣王也怕有人将此事传出去，就故意没说出来。我让拓跋弈律带话回去，便是为了那块所谓的皇极令。拓跋弈律这个人很狡猾，也很自负，皇极令的事情必定是温国公向扫纣王提出的。如今拓跋弈律这个自己人向他们的王坦白了这件事，扫纣王对温国公这个外来的合作者必会起疑。阿羽，你说接下来会如何？"

公孙羽顺着这个思路接着说下去："就算扫纣王不是全然相信你让拓跋弈律带回去的话，或者拓跋弈律自己也不会全信，但就是这样的不信任才会导致他对扫纣王说的任何话都会变得可信，他们对温国公的怀疑只会越来越重，所以……所以你是要借博济族的手除掉温国公？"

太史烨面露一丝叵测的笑，道："然也！那么现在，我们是时候回王都处理一下这件事了。"

说到这里，公孙羽默默地拉住缰绳，让马停了下来。

太史烨回头看着她，也拉住了缰绳，再看一眼跟在身后的大军，吩咐元昊道："先带兵回去，我跟公孙很快就跟上来。"

空旷的平原上，刺骨的寒风刮起阵阵沙尘，公孙羽咬着下唇低着头，内心早就不是用五味杂陈可以形容的了。

"太史，我觉得现在的我……像是已经死了一样……"

似乎不意外她会这样说，太史烨眯眼目送大军渐渐远去，然后沉沉地开口道："阿羽，我从未有一次觉得你竟然也会这样任性。"

公孙羽手紧紧地握住缰绳，手都快要流血："是我的错，我违背了作为一个将士的初衷，所以我不能回去，我也再无颜面回去。

太史，我知道你为我已经做了很多，可我是个罪人，不是你说什么他们就会信的。进了敌对大营的门，我便再也洗不清嫌疑了。"

温热的手覆在她的手上，微微用力一握，好像传递过去无尽的力量。太史烨柔声道："阿羽，不用怕，有我在，你什么都不用怕。"

陈、梁两国交战又是一月有余，虽未分出胜负，可双方都有伤亡。梨园坡一战更是险象环生，让梁国伤亡惨重。博济族与梁国的合作关系破裂，博济族几乎对外休战。

太史烨无法再从细作口中探听到博济族的消息，只知道处理完内战的事情以后，他们的王脾气就没好过，却也没有要发作的意思。太史烨认为，多半是那块假皇极令的事情起了效果。

在这期间，公孙羽几乎闭门不出。即便外界对她议论纷纷，即便自己昧着良心顺着太史烨的话解释了自己荒唐的行为，可流言蜚语岂能止住？

这段时间，没有人比公孙羽过得更煎熬了。

而又过了半个月后，慕容祁一道旨意下来——严威继续守城，太史烨与公孙羽有功于陈国，特召回京论功行赏。

论功行赏？慕容祁是吃错药了还是什么都不知道……

公孙羽心里这么想，嘴上却没说，只是在接到圣旨以后手紧紧地握着，全身上下的肌肉都绷紧了。

太史烨慢条斯理地接过公孙羽手上的圣旨，将公孙羽从地上扶起来，拍拍她的肩膀，安慰道："你颓唐了这些日子，也已经够了。阿祁这个时候召我们回去，想来也不是什么都不知道。'论功行赏'四个字太过沉重，让我一眼就看穿他的目的。"

公孙羽闭上眼睛，一脸生无可恋的表情："我并非怕死，而是怕面对皇兄。我怕他的眼睛，我做的错事，他一定全都知道，我想他对我很失望。"

公孙羽猝不及防被人拥进怀中，是她再熟悉不过的那个人的怀抱。

"阿羽，答应我，没有我的允许，再也不准任性。"

公孙羽有些犹豫："不……我……"

抱着她的手慢慢收紧，对方好像要将怀中人整个融进身体里："阿羽，我已然做到了答应你的事情，你是不是也该做到答应我的事情呢？"

第二十三回

总有一日会是晴天

这一日是公孙羽和太史烨回到王都的日子，由于他们大退敌兵，又重创博济族，慕容祁亲自到城外迎接他们。

大军浩浩荡荡地回来，慕容祁例行公事地说了些场面话。公孙羽虽然一路心事重重，却也没见到慕容祁脸上有什么其他情绪的表露，仍一如既往似笑非笑。对于自家义兄的这种反应，公孙羽反而越来越不安。

迎接完大军，慕容祁便带着公孙羽和太史烨进宫了。

太史烨看了一眼公孙羽，轻声宽慰她："你不要这么紧张，都过去了。"

公孙羽身为一城守将，到底是有尊严的。纵使太史烨已经跟所有人解释说这只是一个计谋，但仍然难堵悠悠之口。一个人相信，不代表所有人都相信，总有人会怀疑。

这世上最止不住的就是流言蜚语。

刚进宫的时候，慕容月在宫门口候着，好不容易陪着晏宁等到了大部队回来，迎面却收到了来自慕容祁一个严厉的眼神，立马被吓退了，犹豫着不敢上前。晏宁好歹也是个淡然的性子，看到这样的眼神不自觉地挑了挑眉，只是朝公孙羽和太史烨微微点了点头，又笑了笑。

公孙羽没在意，只当现在的场面正式，不方便叙旧，也就没有多想。直到她进到大殿里，慕容祁二话没说就厉声叫人将她抓了起来。

或许是早有心理准备，公孙羽并未惊讶地跳起来，就这么任人抓住了。

太史烨在一旁冷眼看着慕容祁道："阿祁，原来你就是这样当兄长的？嗬，难怪你刚刚不让晏宁和阿月靠近呢，你是怕她俩坏你的事吧？"

慕容祁亦冷冷地道："朗月郡主公孙羽通敌叛国，难道朕还要坐视不理，任由她这么猖狂下去吗？"

这个时候是大臣们多多少少都在的时候，温国公带头从旁煽风点火，引来许多大臣的附和，大家纷纷下跪要求对公孙羽严惩不贷。

公孙羽坦然接受了这个说法，确实，她是通敌叛国了，她是私自投入了敌方的阵营。即便太史烨想尽一切办法解释这只是个计谋，可她自己心里知道这到底是怎么一回事。这些日子，她又何曾有一日原谅过自己做出的这个决定？她本就打算以死谢罪，现在带着歉意回来，慕容祁这时才拿下她，已是恩典。

公孙羽的内心其实是释然的，她朝太史烨投去一个让他不要再说话的眼神，眼里满是哀求。

"阿羽，这次，我不会再让你这么任性了……"

"公孙羽通敌叛国是我授意的。"

"所有的一切都是我设计的，如果要罚，那便是我太史烨通敌叛国，而公孙羽是去谈判的。"

"所以这一切都是我的错，你抓我便是了。"

太史烨说的话字字戳心，公孙羽想要辩解，可张了张嘴，终究什么也没有说出来。

她皇兄今日的火气前所未有的大，她清楚地听他这么说道："太史烨！你这是逼人太甚！你要认罪，好，朕就给你个罪名。来人哪，将通敌叛国的瑾国公太史烨押入大牢！"

太史烨仰起头还想说些什么，只见慕容祁愤怒地掷出一块令牌，咬牙切齿道："朕告诉你，就算是免死金牌也救不了你了！"

公孙羽明明白白听见太史烨是这么回答的："救不了便救不了，太史这条命本就是靠施舍捡回来的，丢了也不要紧。"

慕容祁给她恩典，让她亲自送她的未婚夫进大牢，虽然她并没有觉得这有什么值得高兴的。

同一间牢房，关押了同一对夫妻，只是在不同的时期而已。

公孙羽看着太史烨进到牢里，锁门的那一刹那，她有那么一瞬间的冲动想要劈了铁链子。

太史烨颀长的背影融入牢房的昏暗之中，公孙羽觉得自己又要流泪了。

自从和太史烨交了心，她就觉得自己和寻常女孩一样，也喜欢流眼泪了。

"阿羽，你是又要哭了吗？你怎么也变得爱哭了？被晏宁看到，不是要被她取笑？"牢里的人好像一点紧迫感也没有，语气还是一如既往的轻松。

是谁的手紧紧抓着大牢的木门，好像要把木门都给捏碎？

"太……太史……"

"阿羽，吞吞吐吐不是你的个性。"

算了，干脆不说了。

可公孙羽不说，却不代表太史烨不说，太史烨依旧接着说道："在那种情况下，你觉得阿祁能保得住你吗？"

"可我进来，总比你进来要好。"

太史烨笑着摇了摇头："你已有过一次，怎可有第二次？"

公孙羽的指甲都快要抠进木头里，她心如刀绞，眼泪不争气地流下来："都是我的错……"

太史烨见她还是哭了，便走过去，从木栏中间伸出手抚上她的头，再拥住她，像哄孩子一样哄她："不是还有阿宁在吗？你不用担心我会有事的。"

公孙羽终究还是在他怀里泣不成声："太史烨……我真的……真的不想再尝试失去你的感觉了……你知道吗？我真的很怕，第一次在陵墓……第二次你中毒……这是第三次……太史烨，我真的怕了，我很怕……"

莫名被她这样一段断断续续的话戳了心窝子，太史烨觉得现在的自己心里五味杂陈。看到她这么在意他，他确实很开心，可这一次他能不能再一次逃过死劫，他确实不知道。

"阿羽，你若是想救我，就先离开，不要待在这里。"

只听外头传来一阵喧哗声，公孙羽擦了擦眼泪，慌忙站好，就见魏淑敏就这么跌跌撞撞地跑了进来。

"太史公子，公子，你如何会被打入天牢的啊？"

公孙羽被她推开，摇摇晃晃地让到一旁，和太史烨面面相觑了一番，大概明白了魏淑敏好像确实是精神不太正常的样子。

牢头进来将魏淑敏连拖带拽地架了出去，魏淑敏嘴里还在念叨：

"我一定要救你……我要救你……"公孙羽看得云里雾里，太史烨顺带催促她："你去看看吧，我在这里没事的。"

公孙羽也觉得事有蹊跷，虽然很担心太史烨，但还是听了他的话，先跟出去看看。可还未来得及跟上，便遇到前来传话的李公公。李公公道："郡主，皇上让您去一趟。"

是福不是祸，是祸躲不过，公孙羽知道是时候去面对了，于是整理整理着装打算进殿见人，却在踏进殿门的前一秒退缩了。

李公公催促道："郡主不进去吗？"

公孙羽愣在原地，不知该做什么好。

"公孙羽，朕的好皇妹，还不进来见朕吗？"话语亲昵，语气却是难言的严厉。

公孙羽推门进去，一路低着头，到了暖阁书房，行大礼，做足了礼数，却也没听见慕容祁让她起来，便这么跪着。

而就是这样，越安静，越可怕，公孙羽的手心里全是汗，不知该不该开口。

慕容祁坐在桌案前批阅奏折，有一搭没一搭地说着话："你做过什么，朕都知道。你为了太史这么拼，朕也知道。可你为何这么任性？"

"你以为只有你有办法救太史？太史自有办法自救，你只是没他那么大的本事罢了。

"好妹子，你想过后果吗？

"哦，你没有想过，若是想过也就不会这么做了，是吧？"

这番话说得公孙羽几乎无地自容，她额角流下一滴汗，无声地滑过脸颊。

"妹子，我从未想过会是你……"

"皇兄，我知道，我的错已铸成，我早该以死谢罪的。"

慕容祁总算是放下了笔，起身朝公孙羽走去，低头看着她："不，不是你死不死的问题，死不能解决问题，你不会以为你死了一切就会好了吧？你没有跟博济族同流合污，这一点你做得很好，只是……"

公孙羽接话道："是我任性了……"

慕容祁道："太史为你做了很多，也承受了很多，他这么做无可厚非。但正因为如此，朕才更加不能保你。"

公孙羽仰起头，目光坚定地道："臣妹……愿意卸职、隐退，再不过问战事、政事。"

从刚刚起，她便有了决定。她会做这样的决定并不是突发奇想，而是权衡一番后，对于目前的局面来说，能想出的最好的解决方式。

良久，慕容祁没有说话，只是背过身去，语气沉沉："是朕……太自信……终究还是……躲不过自负……"

公孙羽将皇极令交予慕容祁的时候，慕容祁的眼中闪过一丝惊讶。他随即将皇极令安置妥当，笑出声道："这世上，早没有真正的皇极令了。"

"什么？那……"公孙羽简直不敢相信自己的耳朵。她跟太史烨豁出命去抢来的令牌，居然……居然是假的？

慕容祁看了一眼那块令牌，道："当年秦王夫妇手中的皇极令确实为真的。秦王此人虽重情，却也不会轻易放弃权力，自然不会将真正的皇极令与王后同葬。他做出的这个机关，不过就是个可笑的障眼法而已，我们都被骗了。"

263

公孙羽张了张嘴，说不出话来。可笑……可笑至极！所有人都将这块号称能号令天下的令牌当个宝，结果这个宝却玩坏了天下人。

从大殿出来，公孙羽的脑子里还在回响慕容祁的那句话，他说，只要温国公倒台，太史烨便能全身而退。温国公跟博济族勾结的事情，慕容祁也是知道得一清二楚的。她现在该做的，就是等，等温国公沉不住气，等博济族对他发难。

而等待，偏生就只有那么一点点的日子。这些日子，王都里因为太史烨的事情又一次掀起了惊涛骇浪。几乎所有人都在猜测，这一次，他们奇葩的瑾国公大人到底是会被无罪释放，还是依旧跟往常一样刚被论功行赏便被降职流放。

不过短短一段路，公孙羽已经见到好几个赌摊了。大家都在喊着"买定离手买定离手"，赌太史烨会被如何处置。

公孙羽对此不予理会，闷闷不乐地走回去时，发现晏宁已经在门口等着她了。晏宁一脸看穿一切的表情，上去便给公孙羽迎头泼了一盆冷水。

晏宁直入主题道："阿羽，你还是中了阿祁的圈套啊。他这盘棋下得太难看，伤人又伤己。"

公孙羽面上是无法掩盖的颓唐之色："不怪任何人，只怪我自己。"

和晏宁待了三天，公孙羽觉得自己好像好了很多，她逐渐振作起来，开始展开调查。朝中大臣议论纷纷，都是温国公带头说要治太史烨谋反大罪的声音。风向几乎往一边倒，并没有人帮着太史烨说话，能说话的也都不敢吭声。对此，公孙羽置若罔闻。

直到那一日，公孙羽府上来了一位不速之客。

温淑敏精神有些问题是公孙羽从晏宁嘴里探得的可靠消息，至于她为什么会有问题，晏宁说似乎是因为她平时吟诗作对、多愁善感多了，加上因为太史烨这件事受了刺激，才便成了这样。

然而，就是这个有问题的魏淑敏突然慌里慌张地闯了进来。晏宁还没反应过来，魏淑敏已经神色慌张地扑进了公孙羽的怀里，手上拿着一个布包裹，一个劲儿地往公孙羽怀里塞。公孙羽顺手接过，问道："这是什么？你怎么会过来的？"

女子发丝凌乱，神色慌张得连瞳孔都有些放大，还不住地张望身后。晏宁见她这样也有些慌了，拉过她道："魏小姐，你到底怎么了？"

"这是我从我父亲那里偷的信件，可以用来救太史公子，快点拿好去救公子……救他啊……"

尽管魏淑敏说话语无伦次，断断续续，晏宁和公孙羽仍听出了个大概。公孙羽将信将疑地打开布包，发现里面是几封信。信上确实是温国公的笔迹，内容也证实了他和博济族勾结。公孙羽愣了神，对晏宁道："没错……但是……"

晏宁心领神会，与公孙羽眼神交汇之后，两人打算立刻带着魏淑敏一起进宫见慕容祁。可她们还未走出大厅，外面已经有人闯了进来。

公孙羽立刻进入戒备状态，见来者不善，拔出佩剑将晏宁和魏淑敏挡在身后，怒斥道："你们是什么人，胆敢擅闯郡主府？"

几十个人舞刀弄枪地闯进来，杀气腾腾，领头的那个说道："我们是奉命来捉拿反贼公孙羽的。来人哪，拿下！"

公孙羽冷笑道："笑话！我是反贼，那你们又是什么？敢来放肆就要有那个能力！"

公孙羽一声令下，府中暗兵出现。眼看双方就要打起来，第三方兵力到来，将整个郡主府团团围住，是御林军无误。

慕容祁亲自带兵前来，将闯进来的人全部拿下。

"反贼？"慕容祁冷冷地道，"你们真的觉得能做到吗？"

两股势力里应外合，将那帮莽撞地闯进来的人全部拿下。慕容祁未及询问，便见微音赶了回来，说道："探子来报，说温国公已经出城了。"

公孙羽深表惊讶，慕容祁却是一脸的不以为意。只听他道："果然如此，温国公走了一步险棋，不过……确实已经险了……"

晏宁问道："所以你不打算追了？"

慕容祁从容地道："追，他便不险了。"他随即对公孙羽道："好妹子，先同为兄进宫吧。"

今日的事情，是很早以前太史烨还未去边关的时候就跟慕容祁一起布的局。

事情的发展方向有很多种，太史烨把能想到的可能性都做了一个计划。如果温国公这样做，他便这样处理；如果温国公那样做，他便那样处理。

如今这一步，是他们做过的最坏的打算。

慕容祁慢慢分析道："你们在边关的日子，朕已经将朝中大臣换了血。温国公早有察觉朕在背后动作，却又不好轻易动手。想来你会被设计到博济族阵营，也是他的手笔。所以这次太史与你平安归来，他才会召集人马逼迫朕定罪，已是黔驴技穷了。当然，也是朕的演技太好了，之前显得太生气，让他以为可以成功扳倒太史与你。"

公孙羽听明白了慕容祁话里的意思，接口分析道："他清楚太史的脾气，知道太史必然会替我顶罪，而我也会因为做错事而感到内疚，再不会有什么动作，他十分确定这一次定能斩断你的羽翼。"

慕容祁仰头叹气道："不过可惜啊……一切都在他的意料之内，可他却被自家女儿出卖了，这也是他万万没有想到的事情。"

"魏淑敏那边，是你干的好事吧？"

慕容祁挑了挑眉，一脸"看来自家妹子也不是一根筋到底"的表情看着公孙羽，坦诚地道："嗯，没错。药物这种东西嘛，陈国有的是名医，加上温国公身边有朕的人，所以这并不难。"

公孙羽撇撇嘴，道："这方面我不懂，尽管我不赞同你的做法，可利用不利用这个问题，在政事上面没有对错，只有结果。"

晏宁宽慰她道："阿祁虽然这么做了，可毕竟人家姑娘是无辜的，他也没有利用完就不管不顾，总是有办法补偿的。只是……并没有什么用……不过是求个安慰而已。"

书房里一阵静默，晏宁和公孙羽相顾无言，内心只觉得悲哀。

"听说你们跟博济族那位将军还有什么约定？"

听到这个问题，公孙羽的神经就紧绷起来。她转过头去，为难地道："不过是战场上的约定。那一场战役他们没有准备好，草率、轻敌，还耍诈。谁都不喜欢失败，他想要的，便是堂堂正正的一场对决。"

晏宁与慕容祁相视一笑，晏宁问道："那你还有争斗之心吗？"

公孙羽坦白道："想，却是不能了。"

慕容祁背过身去，口中喃喃："是真的……不能吗？"

脸贵如你

对于经常征战在外的公孙羽来说，时间总是过得那么快，转眼又是春季，将近清明的日子。这一个月以来，公孙羽很少去看太史烨，慕容祁并没有打算将他怎么样，只是就这么关着他。朝中大臣们不懂他的意思，却也不好说什么，毕竟太史家在朝中的地位举足轻重。

又过了一阵子，探子来报，说温国公死在了博济族军营里，是被弩箭射杀的。遗体是拓跋弈律亲自送去峦城，由严威接收的。严威仁爱，将温国公安葬了。

公孙羽面容平静地将这件事告诉了太史烨，太史烨盘腿坐在石床上闭目养神，道："意料之中的事。"

公孙羽淡淡地道："嗯……虽然他落得这样的结局让我有点惊讶，但……如你所说，真是意料之内的事。"

太史烨被关在这里这么久，公孙羽惊讶地发现，他居然连头发都没有乱，还是和来时一样光洁。他这样一个注重形象的人……

也罢……

"阿羽，你不用担心我，我没事的，你只要照顾好自己就行了。"

公孙羽轻轻应了一声，道了别就要离开。脚迈出去两三步，又被太史烨叫住。她停下脚步，听他想要说什么。

他如是说道："我很欣慰，这一回，你没有再起要解除婚约的念头。"

无言的回应，让太史烨稍稍一愣，公孙羽留给他的，只是一个落寞的背影。

这段时间，公孙羽总把自己关在房间里，行动范围只有她自己府上而已。离清明近了，微音好意提醒公孙羽该去给公孙家的祖上上香扫墓，然而一开始让公孙羽去扫墓的时候，她是拒绝的。自那件事以后，公孙羽便觉得自己无颜面对公孙家的列祖列宗，甚至觉得自己都不配姓公孙。可到了最后，她依旧踏进了墓园。

公孙羽靠在她父亲的墓碑前坐下，有一句没一句地说着心里话。

"父亲，女儿是不是很没用？我总是辜负您的期望，说好的要接替您，却冲动地做出了无法挽回的事情。哦，对了，我现在觉得，皇兄真的也是个厉害的人。虽然我曾经很不待见太史，但是现在……我承认皇兄的眼光了，即便太史有些习惯让我很不爽，不过从内心来看，其实他还是个挺可靠的人。我想……父亲您会对这个女婿满意的吧？还有啊，我……"

"我父亲也对你这个儿媳妇挺满意的。"

在墓碑前惊坐起身，公孙羽差一点就要摔倒。她惊讶地看着眼前的人，有点说不出话来。半晌，她结结巴巴地道："你……你……你怎么……"

眼前的人早已收拾好了自己，没有被关押在牢房里的狼狈感，再怎么看都是原来那个干净得让人觉得可怕的太史烨。

"我们的皇帝陛下良心发现，将本公子无罪释放了。"太史烨言语轻佻，带着点逗弄的意思，却让公孙羽一下子有了想哭的欲望。

太史烨在未来岳父的墓碑前拜了拜，然后恭恭敬敬地上了香，做足了礼数，是公孙羽从未见过的庄重。

"岳父大人，小婿太史烨今日才来看您，是小婿怠慢了。"太史烨眼神坚定，有力的手掌牵起还有些晃神的公孙羽，拉着她站在自己身边，又拉着她深深地鞠了一躬，"从今往后，阿羽，太史烨会好好珍惜的。"

"哈哈。"

身边的人突然笑出声来，太史烨有些尴尬地问："你笑什么？"

公孙羽忍不住笑道："太史烨，你平日不是牙尖嘴利什么都不怕说的吗？怎么今日说的话这么烂俗，这么让人别扭呢？"

太史烨想了想自己刚刚说的话，做出一副委屈的样子道："我有烂俗、有别扭吗？我明明说得那么认真！"

毫无防备地被公孙羽扑了个满怀，太史烨下意识地抱住她，竟也是一瞬间说不出话来。

闻着身前人身上独特的香气，她鼓起勇气道："太史，我们一起退隐吧，找个地方种菜怎样？"

还未等到回答，一声尖锐的"圣旨到"就硬生生打断了两个人刚刚才开始的温存。

公孙羽和太史烨对视一眼，茫然地下跪接旨。

李公公清了清嗓子，打开圣旨宣布道："奉天承运，皇帝诏曰，瑾国公太史烨、朗月郡主公孙羽未经朕同意私自布局，以致国人误会你们通敌叛国，令朕困扰。但念尔等大破敌军且揪出真正叛国者温国公，现今温国公也已伏诛，朕心宽慰。特此将你二人贬至陈梁边关，再破敌军。不灭博济族与梁国，不得回朝！钦此！"

接完圣旨，公孙羽傻了眼，这……这和先前说好的不太一样啊！

太史烨轻咳了两声，看了一眼帝玺，无奈至极，对着惊魂未定的公孙羽说道："瑾国公夫人，看来我们要去峦城那个风沙漫天的地方种菜了。"

李公公笑道："那地儿，想必只能种仙人掌吧……"

太史烨一眼瞪过去，结果却换来李公公更无情的嘲笑。

"我们那个伟大的皇帝陛下还有说什么吗？"

李公公止住笑意，从怀里取出一封信，道："这是皇上让我交给国公的，说是等国公出了城才能看。哦，对了，皇上还说了，那边严老将军已经收到消息，说让您和郡主过去后，先成亲，再打仗。圣旨上虽然只写了不破敌不能回朝，却没说不能成亲。成亲这事儿不能耽搁，不过皇上和晏皇后是不能去喝喜酒了。"

公孙羽更惊讶地道："晏皇后？"

李公公道："对啊，就是晏宁小姐，已经被立为皇后，择日便要与皇上大婚了。"

公孙羽扯了扯太史烨的袖子，有点激动地道："她也算是想通了啊。"

李公公提到晏宁，好像又想到什么似的，道："哦，对了，郡主，皇后娘娘也有懿旨，说，要是你们回朝的时候没有带两个小娃娃，也不准你们进京。"

公孙羽一时汗颜，唯有太史烨还算镇定地嘲讽回去："这镇守边关还拖家带口的，阿祁真是轻率啊。"

李公公笑着催促道："皇上说了，事不宜迟，你们即刻便出发吧。"

清明时节雨纷纷，城外四匹马上的人议论纷纷。太史烨回了回头，望了一眼城墙上的人，会心一笑，转过身来，抬手挥了挥手，嘴里说道："帝后一同给我们送行，真是荣幸之至啊。"

公孙羽也回头看了一眼，再没有多言。

太史烨的姿态一派轻松，再次握住公孙羽的手，道："阿羽，你再没有任何顾虑了，无论你之前做过什么，都已经过去了。人总要面对未来，总要向前看，你从来就没有做错过什么，也不用再害怕什么。"

两人勒停马，四目相对，夕阳洒下一道光辉，打在太史烨的脸上，是公孙羽熟悉的那一抹认真。

他握着她的手，紧紧的，紧紧的。

他看着她的眼睛，这么说——

"有我在，你可以什么都不用怕。"

这几日，军营里的人不难发现，原本难伺候的人易了主。

众人似乎都松了一口气，心里想着，谁难伺候能难伺候得过太史烨啊？

微音顶着一张苦大仇深的脸说道："便是我家郡主啊。"

李炎哈哈大笑，道："郡主能难伺候得过国公？我不信。"

话音刚落，一个枕头就从房间里飞了出来。李炎一个翻身，巧妙地躲过了这巨大的"暗器"，刚松一口气，又是一把飞刀出来，稳、准、狠地射中了枕芯，丝帛破裂的声音清脆得有些可怕。李炎暗想不好，正想去看看"案发现场"的情况的时候，太史烨也跟着飞了出来。啊，不，他是逃了出来，且头发有些凌乱。

见此情况，李炎刚刚迈出去的脚又默默地收了回去。他咽了一口口水，同情地看了一眼毫无形象的国公大人，然后好心地将地上枕头的"尸体"给捡起来，道："郡主这是……练上了？功力不减当年啊。"

太史烨笼着袖子咳嗽了两声，低声说道："家丑不可外扬，家丑不可外扬，切记，切记！"然后手一指李炎手上的枕头，道，"否则，下场就会是这样的。"

李炎的手一抖，枕头就掉了下去，幸好微音眼明手快，反手一接，便接住了。

元昊赶了过来，拉着太史烨就要去重新梳头，嘴里劝道："公子你就多担待着点，孕中的女人嘛，都是这个脾气的。"

太史烨瞥了一眼房里，确定刚刚试图"谋杀亲夫"的肇事者并没有听到什么。然后他整整衣袖，让自己看上去不显得那么狼狈，叹气道："我见过难伺候的，却没见过这么难伺候的。"

李炎在身后笑道："可不是吗，前一个难伺候的不就是国公您吗？"

太史烨一个白眼扫过去，李炎就讪讪的不说话了。

元昊安慰太史烨道："公子，这没什么的，我们忍几个月不就好了嘛。"

太史烨"嗯"了一声，觉得元昊说得很有道理。

微音在后面小声地提醒道："可我听说生完孩子的女人有可能更恐怖。"

太史烨脚步一顿，觉得微音说得更有道理了。

时间正值天下暂定，皇后诞下小皇子，普天同庆。

原本太史烨是要带着公孙羽回去喝小皇子的满月酒的，然而出发前，公孙羽扶着墙吐了一地，太史烨上前去把了个脉，而后沉思道："阿羽，你这是喜脉啊。"

公孙羽手持飞刀追了太史烨三条街。

"都怪你！害我喝不到晏宁姐她儿子的满月酒！"

太史烨身姿优雅地躲开公孙羽的攻击，微一偏头，飞刀划过，不偏不倚地削了他一绺发丝。

公孙羽有身孕的消息传到王都的时候，她已经怀孕四个月了。

晏宁皇后正在逗弄着太子殿下，面上一派不以为意，反而慕容祁倒像是在听什么奇闻怪事一样惊讶得不得了。

"哈，为什么朕听到这个消息，竟然高兴得不知该说什么好呢？"

晏宁哄着白白胖胖的小皇子，像是自言自语又像是故意跟慕容祁呛声似的："这种时候只要微笑就好了，不知道该说什么那就不要说了。"

慕容祁虎着一张脸看晏宁，晏宁就笑了笑，继续逗儿子："是不是啊，儿子？你看，你的太子妃来报到了。"

可惜，来报信的人报喜不报忧，他们并没有把公孙羽性情大变的事情也一起禀报给帝后二位听。

慕容祁一脸愉悦地道："这是个能让太史收敛一下的好机会。"

晏宁微笑了一下："嗯，像你一样。"

慕容祁尴尬地咳嗽了两声，不敢再说下去。

然而他们并不知道国公大人正在遭受什么样的待遇。

随着"砰"的一声响，元昊无奈地默默记下一笔，道："这是今天的第五个盘子了。"

太史烨看了一眼地上的残渣，沉默了一下，道："边关生活拮据，你再摔下去，将士们就只能用手捧饭吃了。"

公孙羽不以为意地道："那就当体验异族风情了，手抓饭不是也挺香的吗！"

太史烨笑嘻嘻地道："那你吃一个看看啊！"

"砰！"

"哐！"

"咚！"

元昊拉着微音跑出好远，然后低头，苦不堪言地记下一笔："又是一套餐具。"

微音悠悠地道："嗯，确实是个惨剧。"

就在全世界都在围绕着身怀六甲的朗月郡主团团转的时候，所有人都不难发现，好像国公大人有点奇怪，成日里神出鬼没的，神龙见首不见尾，动不动就找不到人了。

有人说："国公本来就是这样的性格。"

有人说："国公有固定居所才怪。"

还有人说："国公莫不是在外面有花头了吧？"

更有人说："国公大概是被郡主吓到了，所以在试探性地准备跑路了。"

不管是哪种说法，统统都是对太史烨不利的说法。

在微音看来，她们家郡主的郡马爷国公大人在外人眼里，简直就是一个知难而退，从不敢挑战高难度的人。

"不就是照顾一个有身孕的妻子吗，有什么忍不了的？"李炎好不容易逮着太史烨在房间里休息的时候，如是说道。

太史烨轻摇折扇闭目养神，漫不经心地道："是啊，她也就脾气差了点，行为暴力了点，喜怒无常了点，开心了踹你一脚，不开心了踹你两脚，有什么忍不了的啊？"

李炎幸灾乐祸地点头称是："对对对，就是如此！"

太史烨手中的动作一顿，眼睛却未睁开，只悠悠地道："既然李参将这么说，本公子便将郡主交予你照顾如何？"

一听这话，李炎立马推托道："哎？不不不，郡主老大是国公的媳妇，不是末将的媳妇，末将怎么能抢国公的媳妇来照顾呢？国公乃人中俊杰，堪当大任，照顾郡主老大这种事啊，还是有劳您自己亲自上吧。"

李炎语毕，太史烨这会儿倒是愿意睁开眼睛看看了。他瞅了李炎老半天，直到看得李炎整个人都不好意思起来，然后"啪"的一声合上折扇，悠悠地道："本公子倒是看李参将似乎一副很欣羡的样子，不如李参将也娶一个这样的媳妇回去？嗯……看来本公子该给你参谋参谋了。"

李炎把脑袋摇得跟拨浪鼓一样，嘴里喊着"还要保家卫国，我还年轻，暂时不会考虑这种问题"云云急忙逃跑了。出房门的时候，他正好遇上表情尴尬的微音。

太史烨在房内神情微妙地笑了笑。

过了没多久，大家都不难发现，国公大人又不见了。

安心养胎的郡主大人好像也察觉到了什么，逮着元昊就问太史烨最近到底在忙些什么。

见元昊支支吾吾说不出话来，公孙羽挺着个肚子威胁他："你说不说？不说的话，我可是要气得动了胎气啊！"

"哎哟我的郡主……这……这可使不得啊！"元昊听她这么说就有些犯难了，这……这肚子里可是他们家公子的血脉啊，还是皇后娘娘钦点的太子妃，这……这可如何是好？家里公子可是关照过他不能说出去的啊！

脸贵如你

元昊觉得自己陷入了两难的境地。

说，还是不说，这是一个问题。

好在过来把脉看诊的大夫解了元昊的大危机，元昊趁机溜走，公孙羽也拿他没办法。

太史烨又是两天不知所终的日子，公孙羽实在是忍不住了，正准备大张旗鼓地发脾气，却听微音悄悄来报。

她说太史烨鬼鬼祟祟的正要出去。

公孙羽实在是忍不住了，拉着微音就跟上去看。

果不其然，太史烨主仆二人左顾右盼，手里拿着包裹，小心翼翼轻手轻脚地往外面走去。

公孙羽心里莫名一阵难过，还闪过一丝痛楚，本想当场就冲上去质问太史烨到底想要干吗的，却不知怎么的就忍住了。微音有些担心面色不太好的公孙羽，刚要说什么的时候，只听公孙羽轻声道："别出声，跟我来。"

看着太史烨的马车踏着月色驶离，公孙羽的内心突然绝望起来。

难道他……

又是一阵车轮滚滚的声音，然后便是李炎的声音："老大！上车！"

公孙羽晕晕乎乎就上了车，一直到下车，她都不知道自己为什么要上车。

事情和她想象的好像有点不太一样。

难道这不是一场追击战吗？这应该是怀孕妻子怒追负心丈夫的桥段啊，这……这怎么成……

怎么成一个……惊喜了？

波光粼粼的小河边，长长的台阶上铺着华丽的红毯，上面洒满了花瓣。两旁的树上是一串串风铃，叮叮当当的，随风奏出美妙的音乐。

循着阶梯望下去，是那个熟悉的顾长的身影。

公孙羽觉得，从未有过一刻，自己竟然会像一个女儿家一样感动到哽咽。

她一步一步踏着红毯下去，脑海中闪过的，是和他在一起的点点滴滴。纵使过程是辛酸的、坎坷的，但无论怎样，最后他们还是坚定地相信彼此，交握着彼此的双手，坚强地走了过来。

这些日子以来，公孙羽清楚地知道太史烨的转变，也听说了那些流言蜚语，她惊讶于自己并没有反应过激，更惊讶于自己的内心居然始终选择相信他。

一直到他今日偷偷离开，她都没有发作，她想……

她想……大概这便是所谓的——我愿意相信你，愿意相信你的一切。

她很高兴今日他为自己准备了这样一幕。

她很高兴她的丈夫早已不是以前那个看似自私的人。

她庆幸自己是唯一看懂他的心的人。

脚下的步子越发沉重起来，她坐过去，与他面对面。

湿润的眼眶早就暴露了她的内心，带着微颤的语气，她开口问道："这些日子，你就是在准备这个吗？"

面前的男人嘴角扬了扬，道："我本想弄得再华丽一些，却想着，再怎么华丽都不比心意来得重要，我只是……想让你也感受一次……"

公孙羽"扑哧"笑出声来，环顾四周不俗不雅的装扮，说道："你就不怕我孕期脾气不好，还没等到时间就跟你翻脸吗？"

太史烨也笑了："你不会的，因为，我相信你不会……"

公孙羽抿了抿唇，踌躇了一阵，终于下定决心，轻轻踮脚，在他的唇边落下一吻，含笑道："谢谢你，太史公子，你是这样爱我……"

面前的人似乎有那么一瞬间一愣，随即将她轻轻拥入怀中。

"太史夫人，你也一样，是如此爱我……"

是啊，我们是如此相爱！

后记

大家好，这是一篇后记。

在这里，我想朝天呐喊一句：我再也不想写第三人称的小说啦！

实在痛苦……

我好像得了一种名为"一写第三人称文就悲伤憔悴半死不活不能自已"的病，并且病入膏肓。

太史烨这个人吧，其实就是以自我为中心的人，他表面看上去自私，又好像对什么都无所谓，比较要命的是他还有洁癖。当然，我没把他当成处女座来写，因为我怕有黑处女座的嫌疑。然而我个人是很喜欢处女座的，因为作为典型的天秤座，我觉得我整个人各种习性都在向处女座靠拢。我曾经听过一个说法——天秤座是最接近处女座，最有可能成为处女座的一个星座。

那么，女主其实就是天秤座的。

试想一下，这样的男主不管是放在古代还是现代，其实都是没人要的吧？他不是缺点多，而是压根儿没有优点。要是我，我就不会选这样的人做男朋友，因为我觉得我会被他逼疯的。

"哈尼，今晚我们去吃什么？"

"我先去洗个澡。"

"哈尼，我们出发了！"

"等等，我还在敷脸！"

脸贵如你

掀桌啊！还能不能好好玩耍了？！

换了是你们，你们谁要这样的男朋友？这样的男朋友一秒破坏氛围好吗！

但是，然而，可是……

这是一篇小说啊！

小说中的男主角冷若冰山，又或者热情似火，就算是猎奇的霸道总裁，到最后都会让读者发出"啊啊啊，好帅啊"、"啊啊啊，太有魅力了"、"我也想嫁给他"这样的感叹啊！虽然我没有写以上性格的男主，但是我知道，太史烨就算再奇葩，也还是会有人爱的——

这就是主角光环。

所以，其实从严格意义上来说，虽然这个人的性格不讨喜，但是他也会因为他是个主角而变得讨喜。

至于女主……好吧，我承认我其实只适合写傻白甜的女主，这样性格的女主，我确实驾驭不好，所以对她，我没有什么别的想说的了。我保证，下一个女主一定活泼可人、神经大条！

最后，谢谢大家耐着性子看完全文，顺便看完我啰啰唆唆的后记。

我不会偷懒的，我会好好码字的！

相公出招

雁芦雪 著

第一章

相　识

"雪似梅花,梅花似雪。似和不似都奇绝。乱云低薄暮,急雪舞回风。燕山雪花大如席,片片吹落轩辕台。白雪却嫌春色晚,故穿庭树作飞花。凄凄岁暮风,翳翳经日雪。千峰笋石千株玉,万树松萝万朵银……"

背诗的人,名叫秦筝。

袖子高高挽起,露出一双藕臂,皓肤如玉,然手背皲裂,双手就像是千年的老树根,手指泡得发白起皱,真是我见犹怜。

这双让人怜惜的"老树根",正在努力擦拭着那油腻腻的碗碟,秦筝腰酸背痛,只得努力背诗来麻痹自己的神经。

秦筝的位置离灶台有些远,她正对着后门,后门那两扇柴门实在不给力,那几片木板之间的缝隙比孩子开裆裤的缝还大,那嗖嗖的冷风,就直从"开裆裤"的缝里钻进来,直接扑在秦筝的脸上,从秦筝的衣领里钻进去,惹得秦筝身上阵阵鸡皮疙瘩。

秦筝叹息了一声,声音油腻而厚重。

秦筝不是小店伙计,是官家小姐。秦筝是参知政事秦大忠的女儿。秦大忠当初到地方去上任,官家小姐出身的夫人要留在京师享福,于是秦大忠就只能带着一名小妾去上任。秦筝就在秦大忠的官衙里出生。秦大忠宠爱女儿,于是穿着开裆裤的秦筝喜欢爬上公堂的大案上尿尿,能蹒跚学步的秦筝整天抱着父亲的大印啃着玩。秦筝四岁时,生母过世之后,秦筝就整日赖在秦大忠的身上,连秦大忠处理公务的时候也不放手。

此后秦筝渐渐长大,读书认字了。秦大忠的官职从县丞到县令,到知府,一级一级地往上蹿升,秦筝偷看的公文也从一县到一州,到一省地往外拓展。等过了十三岁,秦筝胆子肥了,于是偷偷模仿着父亲的笔迹去处理父亲的公务。秦大忠也发现了,狠狠地责骂了秦筝一顿。

但是所谓食髓知味,秦筝怎肯轻易缴械投降?于是她与父亲玩起了猫和老鼠的游戏,好在她见多识广,满脑子奇思妙想,不但没做错事,其中还给父亲出了不少好主意。秦大忠见女儿如此,慢慢地就将禁止变成纵容了。

你说,这么一位天不怕地不怕的小姐,怎么肯受半点委屈?

秦筝的无法无天终结于两个月前,那时秦大忠接受了朝廷的调令,回到了京师,先是做吏部侍郎,一个月后被皇帝直接任命为参知政事,也就是副宰相!

父亲升官是好事,但是福兮祸所伏。秦筝回到京师之后,见到了十五年未曾见到的嫡母大人,见到了十六岁的姐姐。亲人相见却分外眼红,嫡母大人看着这个野丫头是一万个不高兴,于是下定决心要改造秦筝。

作为庶女,秦筝先天条件太差,面对着嫡母大人以爱为名的虐待,满肚子阴谋诡计的秦筝竟然束手无策。

两个月的历史,满满当当的都是泪啊!秦筝很庆幸自己不是孟姜女,从小到大没学过怎么掉眼泪,否则发起大水来,岂不是要将秦家那小府邸变成洪泽湖?

可这还不是最悲惨的。

兵部尚书大人是秦大忠当年的至交。秦大忠回京师来任职,老朋友见面三杯酒,有些酒意了,秦大忠说:"我家有女儿,你家有儿子,咱们结亲家吧。"

好了,秦大忠回家来与秦筝的姐姐秦明珠说了这事儿。兵部尚书大人家的儿子,英俊潇洒是全京师出了名的,秦明珠当下笑成了花痴。

可是秦明珠才欢喜了一天,消息就传过来,兵部尚书家的公子从马背上摔下来,腿就摔折了!

这可不是小事,要知道这位公子爷从小就喜欢操兵打仗,那条腿,已经摔折过一次了!

一堆名医都摇头,说:"这条腿即便接得再好,走路也定然是跛的!"

这下，秦明珠不干了。

好在这婚事还没有正式文定。秦明珠郁郁寡欢，以泪洗面，秦大忠却觉得自己已经答应了老朋友，那就得一诺千金，于是父女俩关系就僵了。

于是，心疼父女俩又深明大义的嫡母大人说话了："为何不让庶女嫁过去？这个庶女生母早亡，实在可怜，我这嫡母也要给她安置一桩好亲事，这兵部尚书大人家里正合适。"

好死不死，这话给秦筝秦二小姐听见了。秦二小姐这下不乐意了。

秦明珠不想嫁给瘸子，凭啥要我嫁？

秦大忠从小教育秦筝：活人不能被尿憋死。

秦大忠还教育秦筝：走自己的路，让别人无路可走。

秦大忠还教育秦筝：拉自己的便，让别人为你擦屁股。

基于以上三条，秦筝利落地收拾好包裹，穿上男装，深夜翻墙，离家出走。

可是，信心满满的秦筝，发现了一桩极端悲惨的事情。

她的包裹和路引丢了。

本来秦筝是有路引的。当初她在老爹的公案上爬来爬去的时候，就没少拿已经盖好章的这类纸片擦屁股。后来老爹收拾包裹回京师做官，本着什么东西都要收拾一样做纪念的原则，秦筝找老爹的下属又弄了一张这样的路引，并且在上面填写上 "面白无须""玉树临风""气宇轩昂""美如冠玉""眉清目秀""仪态万方""风度翩翩""一表人才"的字样。

如果不是因为秦筝才疏学浅，而且那路引空余的位置实在太小，秦筝还打算在上面写上八十八个美词儿。

昨天离家出走，秦筝自然没忘记拿上这张纪念品，并且在上面填写上自己的假名：秦湛。

可是，秦筝是半夜离家出走的。

半夜的时候京师的城门都已经紧紧关闭上了。既然不能出城，秦筝就打算找个客栈里安安心心住两天，等秦家追查松懈了，自己再走也不迟。

可是，秦筝真的没有想到，第二天早上才发现，自己的包裹连带着路引都不见了。

偏生不敢声张，于是就造成了秦筝现在这般凄凉的处境。

说实话，客栈老板对秦筝真的没话说，不但包吃包住，还给秦筝算工钱。

晚饭的准备工作已经做好，却没有到下锅的时机，中间还有一个时辰的空闲，厨房里的雇工们都纷纷回家了，偌大的厨房只剩下了秦筝一人。

这时候，秦筝听见一道奇怪的声音：

"不知庭霰今朝落，疑是林花昨夜开。不知近水花先发，疑是经冬雪未销。古戍苍苍烽火寒，大荒阴沉飞雪白。十月江南天气好，可怜冬景似春华……"

那声音幽幽的，似乎是从自己身后传过来的，秦筝吓了一大跳。

厨房里的人，刚才都走光了……

秦筝的身上冒出了很多鸡皮疙瘩，很多神魔鬼怪的故事一瞬间在头脑中掠过……

秦筝伸手抓起一只木勺子，舀起满满的一勺子热水，猛然起身，头也不回，身子一侧，那勺子里的热水就在空中划出一道漂亮的弧度。

"哗啦——"

那吟诗的声音骤然停止，然后秦筝听见一名男子跳脚的声音："你这人……你这人……"

秦筝将一颗要跳出来的心摁回胸腔里，旋风似的转过身，就看见一名穿着白色衣服的青年男子站在自己的面前，面如冠玉、风度翩翩、形容狼狈。

男子身高七尺，挺瘦，虽然是大冬天，穿着也不臃肿。一袭白色的书生长袍，束在白玉腰带中，整个人显得干净利落。头上没有戴帽子，乌黑的头发在头顶梳成整齐的发髻，上面扎了一根古朴的桃木簪子。挺拔的鼻梁，斜飞的眉，一双弯弯的桃花眼，肤色白皙，怎么看怎么风流偶傥。

当然，现在是"水流偶傥"。

发髻在往下滴水，脸上全都是水渍，眼角还挂着一片青翠的菜叶，半边衣服湿透了，他正不自控地打着哆嗦，不知是气的还是冻的。

秦筝笑了，眼角弯成了弯弯的月牙儿："抱歉啊抱歉。兄台可是肚子饿了吗？我与你说，现在可不是好时候，锅灶都凉了，中午的剩饭都冻成冰块了。不过你遇到我可算是遇到好事儿了，我中午还留了一块蒸饼，就放在烧热水的大锅里蒸

着，不会吃坏你肚子，你先拿着将将就，垫垫肚子，好歹不会饿出病来。"

那男子张了张嘴，似乎想要说话，但是听着秦筝热心的言辞，嘴角竟然不由自主地浮起笑意，没有拒绝。

秦筝利落地说着，几步就跳到灶台前，打开大锅，取出蒸饼，放进一只饭碗里，端到那青年的跟前："将就着点，别噎着。我给你倒热水，再找找厨房里有什么吃的东西。可怜的，这大冬天不吃东西是要死人的。哦，我记起来了，昨天厨房给我发了两块饼，我没吃完，你先拿去用个热水泡泡，估计还能吃。等下其他人就要回来了，给他们看见非打死你不可，你还是先走人吧……"

秦筝说话就像是倒豆子一般，清脆爽利，不给那个青年一点回话的工夫。

秦筝将两块饼塞进那湿漉漉的怀中，手指还顺便压了压那青年的胸膛，嗯，里面不是棉衣，是皮袄子，皮袄子里面的肌肉很坚实。

然后，秦筝就拉着那青年往后门走，同时絮絮叨叨地说："你快些走，给他们看见了非打死你不可，我说不定也要受到连累，可没法帮你……"

正说着话，秦筝却看见自己的手上沾了一块煤灰，当然是拿饼的时候沾上的。于是他毫不迟疑地擦在那青年的袖子上了。

雪白的衣服拿来做抹布，感觉真好。

当然，动作很隐蔽。

然后，在那个青年还没有反应过来之前，她就将后门打开，要将那青年推出门外。

那青年这才反应过来，跺脚叫道："你泼了我一身脏水，你要赔我！"

秦筝眼睛眨啊眨，惊讶地叫起来："你来厨房偷食，被我抓住，泼你一点水，你居然还要赔？既然这样，我就叫了，大家快来……抓……"

秦筝的嘴巴被捂住了，那青年眼睛冒火："你竟敢诬赖我偷东西吃！"

秦筝嘴巴被捂着，只能眨着纯洁无辜的眼睛。

因为要捂着秦筝的嘴，那青年另一只手很自然地就搂住了秦筝的身子。秦筝的腰肢很柔软，青年禁不住一阵恍惚。秦筝吐出来的气呼在青年的掌心上，痒痒的。

青年随即警醒过来，松开秦筝的腰肢，恶狠狠地警告："不许诬赖我！"

秦筝抓开了那青年的手，眼睛纯洁无比："成，你不许到掌柜面前告我！"

那青年悻悻地看了秦筝一眼，咬牙说："成，就这样！这笔账，我记着！"

秦筝不知道，那个青年转身就忍不住喃喃自语："果然是面白无须、玉树临风、风度翩翩、一表人才……"

干净利落地将灾难扼杀在萌芽之中，秦筝继续干活。

然而，平静的生活总不能持久，不一会儿一名趾高气扬的小书童进了厨房："你就是那个秦湛是不是？老板吩咐了，叫你去将房子收拾出来，给我们家公子住！"

"你们家公子？"秦筝一时半会儿没反应过来。

"我们家公子！"那小书童的眼睛直接看着屋顶大梁，"一楼的屋子实在太冷了，我们公子住不惯！我与你家掌柜说了，掌柜说，二楼有个伙计叫秦湛，占了一间屋子，让他将屋子让出来就成！你去搬东西！我们换个屋子！"果然是威风凛凛。

秦筝忍住气，问道："既然是掌柜的意思，那么掌柜怎么不叫我们客栈的伙计来吩咐我？"

那下书童继续保持鼻孔朝天的姿势："那是因为店里伙计太忙了，掌柜一时没找到人，所以我就自己来了！赶紧去，别浪费时间，你一个伙计，占这么好的房子做什么？"

原来秦筝那日半夜投宿，住了二楼的屋子，后来发觉丢了包裹，无处可去，就被老板留下来打工。客栈反正空着，掌柜也没有要求秦筝换房子。

这几天客栈里人渐渐多起来，秦筝本来也有些不好意思了，但是面前这个书童鼻孔朝天的模样，却让秦筝心中不爽。她当下哼了一声，说道："掌柜多半是要你来与我商量商量吧？没逼我搬屋子吧？"

那书童一时竟然说不出话来。

秦筝心里就有数了，哼了一声，说道："成，我现在就去收拾东西！"她擦了擦手，到了住处，将自己的东西略略收拾了一下，到掌柜地方要了钥匙，然后拎着东西到楼下最差的屋子里安置了下来。安顿完毕，她拎着一把扫把，就雄赳赳气昂昂地往自己原先的屋子前进。

君子报仇十年不晚，女人报仇从不过晚。

那书童正在门口，看见秦筝拎着扫把过来，不觉警惕地说道："你……要做什么？"

"过来帮忙打扫啊！"秦筝拎着扫把，笑靥如花，"趁着你家公子还没有入住，我帮忙将床底下、柜子底下扫一扫。"

那书童还没来得及阻止，秦筝已经拎着扫把进了屋门。

屋子里已经收拾妥当，床铺上已经铺好干净的蓝花被褥，挂起了青色帐幔；书架上已经搁置了几本书，甚至还有一个大花瓶，上面插着七八枝梅花。

书桌前坐着一名青衣书生，五官轮廓分明而深邃，有一双如黑曜石般澄亮耀眼的黑瞳，美中不足的是，皮肤略黑了一些。看见秦筝进来，他略略一怔，就要问话。

秦筝也是略略一怔，心想：如果不考虑肤色，这厮竟然比今天下午的青年还要英俊三分。

她下意识地咽了一口唾沫，随即想起了自己此行的目的。于是她笑眯眯地点头："我过来帮忙打扫打扫……"她拿着扫把表示了两下，突然尖声叫道，"老鼠！"

于是她往桌子底下狠狠一捅，正捅到了那书生的腿上，没捅疼，但是扫把丝儿上全都是灰尘，这下全都粘在华思淼的裤腿上了。

然后，秦筝又是抓着扫把，往床底下捅："老鼠，老鼠！"

那书生站起来，问道："老鼠在哪儿？"却堪堪看见一把扫把从自己的鼻尖扫过去。

幸好那书生武功高强，一个铁板桥往后一倒，硬生生地躲了过去。书童急得跺脚大叫。

"乒乒乓乓……"灰尘乱飞，整个房间乱七八糟，秦筝上蹿下跳，当然，老鼠是一只也没见。

书童愤怒地大叫。书生皱着眉头说道："算了，如果真的有老鼠，我们自己来逮……"

那书童又委屈地叫道："她不是来找老鼠……"

"老鼠！"

秦筝舞动扫把扬起大片灰尘，那书生忙一个闪身跳出了窗户。

秦筝终于心满意足，于是放下扫把，说道："你们这个房间的老鼠，多半被我轰到其他房间去了，不过等下还得留神，我明天有空再来帮忙逮老鼠。"

秦筝这是为下次捣乱埋伏笔呢。

书架翻倒了，花瓶滚落了，空气里全都是呛人的灰尘。

就在这时，却有一道欢喜的声音响起来："我逮住老鼠了！"

却是那书生，他一翻身从窗外又跳了进来，手上拎着一只扭来扭去吱吱乱叫小玩意，不是老鼠是什么？那书生就拎着老鼠尾巴，那老鼠慌张地想要翻过身来，却怎么也不能够。

那书生手上一晃，那老鼠鼻尖上的几根胡须，几乎是从秦筝的脸颊上扫过去的！

秦筝禁不住大声尖叫，死死闭着眼睛，几乎晕倒过去。

但秦筝到底是彪悍的秦筝，她逼着自己睁开眼睛，说："你好厉害，窗外的老鼠也能逮到。"

"幸好你发现得早，也幸好你是不怕老鼠的。"那书生点点头，说道，"像清风的胆子，那是小得没边儿了，你看他都吓成什么样儿了。好了，这老鼠你拿出去处理了吧，可千万别让它跑了……"说着话，那书生就将老鼠尾巴往秦筝的手上递过来。

那肥硕的老鼠扭动着灰色的身子，尖尖的小脑袋努力往秦筝的身上凑过来……

秦筝牙齿禁不住咯咯作响。

那书生笑了一下，说道："我倒是忘记了，这人来人往的，就这么拎着老鼠的确不安全，如果让它跑了那就功亏一篑了。嗯，你拿着这个去。"

说着话，那书生顺手捞起了桌子上的笔筒，将里面的笔给倒出来，然后将老鼠倒头塞进去，顺手又拿过砚台盖子，压在笔筒上面："你拿着去处理吧，记得将砚台盖子和笔筒都拿回来。"

秦筝木然地接过笔筒，颤颤巍巍地往外走。老鼠在笔筒里砰砰乱动，秦筝的心也在怦怦乱跳。

什么叫作偷鸡不成蚀把米？她现在就是。

什么叫作搬起石头砸自己的脚？她现在就是。

这一段路，无比漫长。

秦筝咬牙切齿地想：这个梁子，咱结定了！

那书生名叫华思淼，那书童名叫清风。华思淼还是江南省的解元郎。不是秦筝善于打探，实在是那书生太俊秀，而厨房里的大厨与伙计，人人都喜欢八卦。

转眼就到了晚饭时分，送菜的小伙计实在忙不过来，作为厨房里相貌最俊秀的小伙计，秦筝临危受命，前往饭厅送菜。

她先扫视了一圈，几桌子人都坐得满满的，绝大部分都是青衣书生。角落里坐着两个女子，看样子是一主一仆。那边还坐着一桌富商，正觥筹交错。一眼扫过去，她很快做出判断：没有那日那个"水流倜傥"的书生。她顿时放下心来。

那个华思淼就坐在丙字号桌子上，正所谓冤家路窄，她手中的狮子头就是送给他的。

她端着狮子头，满脸堆笑："华公子，这是您要的狮子头，请您品尝。"说着，就拿起干净的筷子，夹起狮子头，放到华思淼的碗里，殷勤备至。

华思淼见秦筝如此殷勤，不由得略略有些诧异。秦筝又略有些不好意思地说道："今天下午，去您房间打扫的事儿，的确是我鲁莽了，实在对不起。请您试试这狮子头，是我做的，算是向您道歉了。"

华思淼见秦筝这般低声下气，当下笑着说道："这事儿，我们也有不对，道歉就不必了。我看过你现在住的房子，着实阴冷，要不，我们还是换回来吧。或者，你搬过来与我们一起住？"

搬过来与您一起住？秦筝满脸郁闷，这位华公子，您还真的自我感觉良好！

秦筝忙殷勤笑道："您赶紧吃，凉了就不好吃了。"

华思淼夹着狮子头，轻轻地咬了一口，不由得称赞道："果然做得不错。"

秦筝笑着说道："那您就多吃一点。那老鼠肉还有半碗，我回头去再做两个狮子头……"

华思淼的手僵在那里，他指着面前的菜碗，嘴巴有些哆嗦："你……你说，是用老鼠肉做的狮子头？"

秦筝点点头，微微笑道："今天逮了一只大老鼠，实在肥大啊，扔掉又太可惜，于是就想着把它剥了皮，剁成肉馅。虽然说老鼠身上虱子什么的很多，但里面的肉是干净的。我们这地方的老鼠，又不是黄州的老鼠，听说那儿去年发生了瘟疫，那老鼠都吃人肉长大的，一个个长得油光水滑。我们客栈离义庄远着呢，老鼠绝对不会去吃人肉……"

华思淼胃里一些东西迅速往上翻。

秦筝还要继续絮叨，华思淼却一把推开椅子，冲到垃圾篓子边上，稀里哗啦，吐得翻天覆地。

边上一群书生，听见这般对话，禁不住指责秦筝："你们客栈怎么可以用老鼠肉来做狮子头？"

面对着众人的指责，秦筝的声音淡淡然、悠悠然，丝毫不见慌张："我是说，我打算将老鼠剥了皮，剁成肉馅，想要做成狮子头请华公子品尝品尝，毕竟那老鼠是他逮住的。可是老鼠肉还没有做成狮子头呢。现在送给华公子的，都是猪肉做的。"

翻天覆地的声音顿时停住。秦筝很善良地递过自己的手绢，华思淼胡乱地抹了一把嘴，有气无力地问道："你说，这不是老鼠肉？"

秦筝很诚恳地点头，很善良地问道："要不要给你一口水漱漱口？"

华思淼有气无力地靠在椅子背上，说道："你赢了。算你狠！"他喝了两口水，这才平复过来。

秦筝眨巴着眼睛，那神色着实无辜。

看着华思淼，一桌子的书生都忍俊不禁。

秦筝大获全胜，正打算回厨房，却听见一名书生嚣张至极的声音传来："孔夫子周游列国，却毫无建树，说到底，也就是一个喜好夸夸其谈的人罢了，哪里能被抬到这么高的地位？依照我范建愚见，孔丘此人，其实也就与后宅的妇人相类似，嘴上说话一套一套的，实际上却没做出任何功业……"

这话让人听着刺耳，秦筝忍不住停下了脚步。

说话的正是甲字号桌子上的人，同桌吃饭的一群书生，有人侧身，有人皱眉，人人不喜，那范建却一点也不自知。

正在这时，一道清朗的声音响了起来："范建兄此言有理，不过还是没说到位。孔子不是堪比女人，他实际上就是一名女人。"

这话……是那个华思淼说的？秦筝停下脚步，转头看去。那位方才还呕得死去活来的臭书生，现在居然满脸微笑，挑着好看的眉毛，正顺着那书生的话大放厥词。只是那眼睛里透着一丝狡黠的光芒，让人怎么看怎么不放心。

这个坏蛋到底想要说什么？秦筝想不明白。

那范建万万想不到竟然听到了赞同的声音，当下就欢喜起来："华兄啊，您为什么这么说？愿闻其详。"

四面的书生全都安静下来，目光集中在华思淼的身上。

华思淼手指轻轻敲击着桌面，微笑说道："孔子是女人，他自己当初就曾说明白了。当初在《论语》里，孔子就曾说：'沽之哉，沽之哉！我待贾者也！'什么人要待嫁？闺阁女子啊！孔子他年纪很大了，却还没有嫁出去，所以要待嫁……"

华思淼一本正经地继续说话，四面的书生却已经忍俊不禁。其实，"贾"字在此处音同"古"，并不与"嫁"相同，但是谁让"贾"字的另一个音与"嫁"相似呢？华思淼就用这个来做文章。

华思淼终于将自己的长篇论证说完，于是扬扬得意地抿了一口酒。

秦筝忍不住撇了撇嘴巴："嗯，我就知道，这个坏蛋嘴巴里吐不出象牙！"

话说这个范建着实犯贱，秦筝看他是十二个不顺眼。再加上这么热闹的场面，秦筝决定不让华思淼专美于前，于是暂时忘记抢屋子的仇恨，就很顺溜地接下去说道："不单单孔夫子是女人，连老子李耳也是女人。何以见得？《道德经》上写着：'吾所以有大患者，为吾有身；及吾无身，吾有何患？''有身'就是怀孕啊，如果不是女人，又何必害怕怀孕呢？由此可见，世界上聪明的，大多数都是女人。"

秦筝面上带着浅浅的笑意，声音却是丝毫不乱，清晰明白，最后甚至还一咏三叹，感情真挚。

华思淼看了秦筝一眼，眼睛里有些诧异。目光短暂的交接之后，华思淼很爽利地接下去："是的是的，我们读过书的人就知道，其实释迦牟尼也是一名女子。"

秦筝很诧异问道："这要请教了，释迦牟尼怎么也是女子？"

华思淼很认真地说道："《金刚经》上明明写着'敷座而坐'，如果如来不是女人，何劳丈夫坐下后再让儿子坐下？所以，释迦牟尼肯定是女人，这是确定无误的。在场诸位，今后再也不能看不起姐妹女儿了，要知道三道圣人全都是女子，谁说女子不如男呢。"

秦筝击掌赞叹："兄台博学多识，我不如也，这话说得对极了，谁也不能轻视女人……"

两人一唱一和，却是一本正经，神色严肃至极。

边上的书生们，却是再也忍耐不住。这边一群笑得东倒西歪，那边一群笑着叫肚子痛。一人笑得手舞足蹈，一不小心，胳膊挥过去，就将桌子上的杯杯盘盘扫落地上了，于是有人尖叫，有人跳脚，又有人被踩着脚，尖声大叫。

短暂时间的安静之后，场面再度无比热闹。

而始作俑者，让众人笑成一团的两位罪魁祸首，却是气定神闲，若无其事。

那位范建终于反应过来了，明白面前这两位一唱一和，并不是赞同自己，而是戏谑嘲讽自己！

他手指着华思淼，就要骂娘，但是那华思淼的目光一凛，他就不由自主地瑟缩一下，然后将目光转向边上的秦筝，怒骂道："我们举人老爷谈论学问，要你一个下贱店小二来接嘴？看来你家店主也是好久没教训你了，那我就来教训教训你！"他嘴上叫着，随即伸出醋钵子大的拳头，就冲着秦筝砸过去。

如果被砸个正着，秦筝脸上定然要开一家五彩绸缎铺。

秦筝手脚也算敏捷，她准备往边上躲闪。但是不凑巧，边上就是一名摔倒在地上的书生，人家正手忙脚乱准备爬起来。秦筝竟然躲无可躲！

秦筝叫了一声"苦也"。

就在这时，那范建的拳头蓦然定住。

秦筝定下心神看去，但见那个华思淼，在这千钧一发之际，伸着一只白皙却强健的拳头直接迎了上去。

拳头对拳头，在秦筝的视野里形成特写，极具冲击力。

"乒乒乓乓"，一阵喧哗，却是那范建身子后退，倒在了一张桌子上。桌子上的碗儿、碟儿、酱油瓶子一起腾空飞起，劈头盖脸砸在范建的头上，立马开了染坊：红的胡萝卜，绿的嫩菠菜，黑的老酱油，黄的鸡蛋羹……

桌子翻了，碗碟砸了，酱油漏了，范建摔了。

唯一没有浪费的是老黄酒，这么一摔，满屋子酒香。

范建胡乱地在自己脸上抹了一把，又要开口责骂，衣领却被人揪住。却是那

华思淼，他抓住了范建的衣领，将范建从一堆破椅子、破桌子、破碗碟中间拎起来，满脸微笑："范兄啊，我们读书人，向来讲究的就是以德服人。动不动拿出拳头来唬人，那是兵油子才做的事，咱们怎么能做这样的事儿呢？"

范建脸涨得通红，正要扯着嗓子喊叫，嘴里却不知何时多了一个肉丸子，生生地将他的嘴巴堵上了。也不知那肉丸子是华思淼从哪里捡起来，让他吃得满嘴都是沙子。

华思淼又说道："您的拳头这么威猛，这么一砸下去，这个小伙计非被您打成重伤不可。到时候闹起来，应天府将您抓去关起来，您怎么参加今年春闱？所以方才我性急了一点，急急忙忙将您的拳头给挡住了，好在没有出事。"

那华思淼满脸微笑，诚恳无比，讲理无比，只是一只手揪着范建的衣领，另一只手却握着秀气的拳头，向范建的眼窝子递过来。

范建急忙挣扎着后退，他终于将蘸沙的肉丸子吞下去了，发出声音来："别打我……"

但是衣领被华思淼牢牢抓着，他哪里能后退？他吓得嘴唇哆嗦，两条腿抖得跟筛糠似的，下面某个器官突然不受控制，很多黄色的水液沿着大腿流下，在青砖地面上留下了一片老大的痕迹。

那秀气的拳头在范建的眼窝子上方轻轻滑过，轻轻地将范建眼角的一片菜叶捡起来，顺手塞到了范建的嘴巴里："唉，咱们都是文人，讲究的是动口不动手，我怎么会打你呢？不过呢，这位店小二被你吓了一跳，你给点压惊钱，也是应该的，是不是？还有你刚才不小心摔了一跤，弄坏了这么多碗碟、桌子、椅子，你也不能看着老板吃亏吧，咱们要以德服人，是不是？"

范建听那华思淼这样说话，当下连连点头："好好好，我赔，我赔。"只是衣领被那华思淼抓着，那点头的样子颇不好看。

那华思淼松了手，请范建到一边坐下，却又忍不住惊讶地叫起来："范建兄，您方才可是摔坏哪里了？可不要闹出病来。您的裤子怎么竟然全湿了？呀，您可不能摔成小便失禁啊！"

边上的书生看着这番场景，一个个是目眩神迷、心旌摇曳、五体投地。等听得"小便失禁"四个字，众人才恍然看见地上那一摊黄水，于是哄然大笑，场面再度欢乐无比。

那范建恨不得找个地洞钻进去，忙借口去拿银子，上楼去了。不多时下来，他已换了衣服，拿来了五十两银子，十两银子给秦筝赔情，二十两银子赔偿老板损失，还有二十两就拿来请客，请在场的书生们喝酒。

于是华思淼满脸含笑，表扬范建："范兄家中果然钱多。"

一群书生都是鬼灵精的，现在范建出钱，当然纷纷奉承两句，免得这位冤大头心中不爽。

大家一起奉承，范建的浑身骨头顿时轻了几两，于是扬扬得意地笑道："我家别的不多，就是钱多，这一次我家见我入京师来应考，说是京师有榜下捉婿的风俗，于是连新娘的聘金也给准备好了……"

看那扬扬得意的形貌，众人皆绝倒。

第二章

失 窃

原来每逢大比之年，每到发榜之日，京师有适龄未婚女子的富豪人家，就有榜下捉婿的习俗。看着榜单下面刚刚中进士的少年书生，瞅着形貌还中意的，他们就不管三七二十一先将其抓回家再说，问清楚到底有没有妻子，如果对方未曾娶妻，他们就摆明嫁妆条件，或者将姑娘叫出来相互对一眼，看上了，就交换庚帖，定下亲事。

不过这种情况绝对不可能发生在这位范建兄的身上。且不说这位范建兄的才华如何，就他这副三角眼、塌鼻梁、大龅牙、身高不足六尺的形貌，就是全京师的富豪们都瞎了眼，也绝对没人看得上他。

正值此时，角落里忽然响起一道清脆的声音："这位举人老爷，却不知您家里给您准备了多少聘金？您要知道京师的豪富人家，嫁妆惊人，聘金也惊人。"

众人都朝着说话的方向看去，但见那角落里坐着一名穿着红衣、戴着帷帽的女子。那女子方才一直低头吃饭，加上烛光昏暗，众人也没有太过留意。

现在范建太过得意忘形，那女子终于忍不住开口相询。

那声音莺啼呖呖，温柔婉转，听得人如沐春风。

那女子却似乎没有注意到别人正看着她，扬起脸来，饶有兴味地看着范建的方向，力度略略有些猛，于是帷帽上的轻纱扬了起来，露出大半张脸蛋。

俊目流盼，樱唇含笑，肤色晶莹，柔美如玉。虽然她未曾露出全部的真容，虽然只是那么短短一瞬间，众人还是禁不住有一瞬间的失神。

虽然众人都知道京师之中多美女，却没有想到，在这客栈的饭厅之中就见到了一位！而且居然与这么一群书生一起用饭！

众人一瞬间热血沸腾。

范建万万想不到竟然有美女主动搭话，当下骨头又轻了几两，她笑嘻嘻地说道："家里给我准备了五百两黄金，你说够不够？"

那红衣女子抿嘴一笑，说道："五百两黄金，也就一般般了，中等人家还成，上等人家估计嫌少。不过范建兄人才出众，只怕人家不要聘金也肯下嫁的。"那语气竟然诚恳之极，隔着纱幕，隐隐可见那女子崇拜的神色。

听那红衣女子称赞范建"人才出众"，众人再次绝倒。

范建受了女子这么一夸赞，欢喜得整颗心都冒泡了，于是笑嘻嘻地说道："五百两黄金自然是略略少了一些，所以家里还给我准备了一颗夜明珠，至少也价值一千两黄金。这个搭上去，就是宰相家的女儿，估计也不会嫌少了吧？"

众人哄然大笑，说道："是极是极。"

范建眼睛看着那绝美女子："虽然这么说，但是如果小娘子肯嫁给我，那宰相之家的女儿，我也不要了。"

万万想不到范建竟然将主意打到这位美女身上了，众人又是大乐。

那女子"扑哧"一笑，说道："我又不知你的夜明珠是真是假。这事儿慢慢说。"

范建急了："我的夜明珠当然是真的，我这就吩咐我的书童将夜明珠拿来，给大家开开眼！"

此时那书童已经将银子拿过来，交给范建，听了范建吩咐，又颠颠地去了。

一道淡淡的声音忽然响了起来："诸位，这夜明珠，好歹也是范建的家传至宝。现在大庭广众，还是不要看了吧，免得出了什么事儿，给自己找不自在呢。"说话的却是那华思淼。

一群书生虽然好事，但也不是不懂事的人，听华思淼这样说话，就有人赞同："是是是，别看了。晚饭也差不多了，大家各自回去看书吧。"

只有一两个人略略有些失望，说道："华兄就会扫人兴致！"

角落里那个女子叹了口气，说道："说的也是，算是我们没福分吧……"声音里含着淡淡的失望，但声音很柔和，像是羽毛一样，轻抚着众人的心灵，竟然

让人的心也禁不住颤了颤。

听见那声音，范建顿时激动起来，说道："只管看，都别走！没事儿，我就给大家看看我的传家宝！"

听见范建这般说话，有几个好事的书生当下就停在了原地。那红衣女子含笑向那范建道谢。秦筝不由得多看了那红衣女子一眼。

绝大部分人却还是依照着华思淼的话，各自散去了。华思淼从秦筝身边经过，秦筝对着华思淼拱了拱手，笑着道谢："看在你帮我挡拳头的分儿上，你抢我屋子的事儿，一笔勾销。"

华思淼嘴角勾起，眉毛弯弯的："不过呢，你害我呕吐的事儿，我不打算与你一笔勾销！你等着，我总要欺负回来才罢休！"说完笑着扬长而去。

秦筝这下怒了，说道："真正小气！我也就恶心恶心你罢了，谁知道你这么不经骗！得得得，不和解就不和解，你有什么招数，我接着！"

夜明珠展览已经结束，一群伙计忙着打扫战场。

秦筝步履轻捷地擦桌子，搬椅子，又端了一摞子碗碟去后厨，一边走路，一边帮柜台上的掌柜计算今天的账目。

却似乎碰到了什么东西，接着听见一声"哎哟"，秦筝抬起头，就看见白天那位"水流倜傥"俊俏公子。那公子依然一身白衣，这一回是白色的柳叶青线修边褂子，配上那俊秀的五官，依然是飘逸无比。也不知他什么时候出来的。

现在这位公子正跌坐在边上的一张椅子上，神情痛苦，说："你踩了我的脚！你弄脏了我的衣服！"

果然，那白色褂子的一角，出现了一团小小的污渍。

说真的，秦筝可以对天发誓，自己绝对没有踩到任何人的脚！

秦筝将手中的碗碟放在桌子上，打算与这位白衣公子好好地说道说道。

那白衣公子伸手抓住了秦筝的手，说："你要赔偿，你要帮我洗衣服，你要给我揉脚腕……"说着话，他却禁不住略略一怔，但见手掌以上，肌肤赛霜雪，皓腕凝如玉。那纤细的触感，就像是一块温软的绸缎，直接刺激着他的指尖；又像是一簇温软的海浪，温柔地将手掌抚摸。

那书生略略失神的时候，秦筝脑子急速转动，然后像换桌布一样更换自己的脸色，眼泪汪汪，声音微颤，她委屈地说道："这位公子爷，我只是一个伙计，我是男人，我不卖身！你放开我的手！"

"你不卖身？"那白衣公子显然没有想到秦筝竟然说出这么一番话来，倒是真的没反应过来，当下重复了一句。

"您放开我的手！我是男人……你放开我的手！"秦筝的声音放开了，一饭厅的人都听见了，于是全都齐刷刷地看了过来。

那白衣公子满脸尴尬。

就在这片刻之间，秦筝终于甩开了那家伙的手，噔噔噔地往楼上跑。

面前出现一道飘逸的青色人影，秦筝身子一闪，就躲到了那青色的人影后面，却听见一道清朗而带着笑意的声音传来："喂，小伙计，你这么慌慌张张地做什么？"

秦筝这才听明白，竟然是华思淼的声音！

华思淼玉树临风，站在楼梯口，手中把玩着两颗核桃。

秦筝拉着华思淼的衣袖，急促地说道："他要拉我的手，他要轻薄我，只要你帮我挡住他，我就随便你欺负！"

然后，秦筝就往后面躲去。

华思淼还要说话，秦筝却早就没踪影了。

华思淼皱了皱眉说道："这位兄台，我不管你与这位小伙计是什么关系，不过呢，既然他不让你纠缠着他，你就放手吧，一个大男人，要有点风度。"

白衣公子看着华思淼，华思淼看着白衣公子，白衣公子蓦然之间发起怒来"姓华的，你敢欺负她？她居然随便你欺负？"

白衣公子能不怒吗？"欺负"这两个字的含义真的是太丰富了！

于是站在楼梯口的白衣公子就出手了，掌底生风，直接拍向华思淼的面门。

但是他没有注意脚下，突然踩上了一个圆溜溜的东西。

他身子立足不稳，人往前倾，趴倒在楼梯上，骨碌骨碌往下滚了三级，形容狼狈无比。

他幸好只滚了三级，没有造成任何外伤，但内伤是难免的，因为……他竟然

被一个小伙计欺负两次，不憋出内伤来是不可能的！

华思淼慢条斯理地将手上的另一颗核桃塞进自己的口袋里，很诚恳地说："这位兄台，出门左拐就是桃花街，您如果要找姑娘的话去那边。如果您要找小倌，桃花街再往里面走，有一家翠和楼，那里面雄壮的、窈窕的、长相粗豪的、眉清目秀的，各色男人，应有尽有……"

白衣公子抬头看着华思淼，横眉怒目，说道："我不玩男人！"

华思淼呵呵一笑，说道："你玩不玩男人与我没关系，主要是别纠缠那位小伙计了，人家总算是读书人，就是偶然落魄了，你欺负他天理不容……"说完，华思淼就转身去了。

华思淼高兴得太早，他的脚下也踩到了一个圆溜溜的玩意，脚下一滑，他急忙扶着栏杆站定，却也有几分狼狈，眼睛往下面看去，但见那白衣公子正扬着脸看着自己微笑。

脚底下那个圆溜溜的玩意，正是华思淼方才用来算计别人的核桃。

接下来就是两颗核桃的战争，楼上楼下，客人、伙计全都看得眼花缭乱。

等两颗核桃终于粉身碎骨的时候，两个男人早已成了莫逆之交。

男人之间的逻辑，真的让秦筝不懂。

不过这也不妨碍秦筝高兴！

两个帅哥为了自己而大打一场，对于相貌只能算清秀的秦筝而言，是多大的成就啊！

秦筝终于打听明白，那个白衣公子姓朱，叫朱玉煌，今天下午才来投宿。秦筝估算了一下，这位朱玉煌，才来没一刻钟就被自己泼了一头洗碗水，果然是运气不好。

做伙计的人，绝对没有睡懒觉的命，秦筝不到四更就起了床，到厨房里帮忙生火做饭。

这是一家高档客栈，客人们有钱，饮食上也挑剔。秦筝看见，昨天见到的那个蒙面美女身边的丫鬟，就亲自来厨房要了最角落的一口小灶，给自己家的小姐做点心。

那小丫鬟年岁虽然不大，但是也已经出落得婀娜多姿，与她家主子有得一拼。

只是那丫鬟对于做饭似乎不大在行，折腾了许久也没有成功生火，刚点燃又熄灭了，呛得自己连连咳嗽。

边上一名厨娘看着实在不过意，于是就走了过去，打算搭把手。却不想那丫鬟吓了一跳，竟然尖声叫起来，闹得那厨娘好生没趣。也有自命风流倜傥的伙计，彬彬有礼地上前，作揖，请求帮忙，却不想换来提防的眼神和彬彬有礼的拒绝。

那丫鬟终于将几个包子蒸熟，端着出去了，一群伙计竟然异口同声，齐齐叹息。

又等到一蒸笼包子出炉，秦筝就自告奋勇，端去饭厅。

华思淼就坐在丙字号桌子上，与周围一群书生一边用饭一边说着闲话。这一笼包子，正是送到华思淼那一桌的。

于是秦筝就将包子送过去了，还要笑嘻嘻地问话："华公子啊，今天这包子，我是用了老鼠肉的，您要不要吃一个？味道保证鲜美。"

华思淼吓得一哆嗦，说道："果然是好东西，不过呢，你这么瘦弱，这包子还是你自己先用吧。"

边上响起了一阵咪咪的笑声，秦筝看过去，却正是昨天晚上见过的那位绝色美女，今天她依然戴着帷帽，面前放着一碟包子，足足有四五个，想不到这么一位窈窕女子，竟然是一个大胃王。

她边上站着丫鬟，正是刚才在厨房忙碌的那个。

秦筝正要说话，却听见楼上响起了惊天动地的惨叫声："天哪，我的夜明珠！"正是范建的叫声。

饭厅里一群人全都愣住。

范建披头散发地从楼上冲下来，大声叫道："老板，老板，关门关门，我要搜查，我的夜明珠被偷了，我一定要抓住小偷！"

秦筝悠悠叹了一口气，对华思淼说道："倒霉了，不幸被你言中了。"

华思淼也叹了一口气，说道："本来打算与你生气，但是现在看起来似乎没时间了。"

秦筝眨了眨眼睛，说道："那么我似乎应该感谢范建的这一桩失窃案？"

整个客栈的人全都动起来了。老板还在被窝里与老婆亲热呢，听闻消息，跋

着木屐就出来了。

出了这等大事，当然是先要关闭店门，派人去官府报案。好在下了三天雪，客栈里人人懒惰，除了厨房里的人之外，早上谁也没有外出。

官府很快就来了人，因为是大案，又牵涉到应试举子，于是就来了一位推官。推官吩咐众人留在原地不许动弹，问了范建几句，又去范建的屋子里查看了一番，却也毫无收获，只能吩咐众人："叫到名字的，各自回屋子，让应天府的衙役再来搜查一遍。"

因为夜明珠比较小，所以除了搜查屋子外，还要搜身。应天府叫来了两名婆子，给客栈里的女客人们搜身。那名绝美女子，端着那碟未曾吃完的包子，主仆俩就跟着应天府的女人去了，不多时她又端着包子回来，依然坐在原先的位置上，慢慢地吃着稀粥和小菜。

案件还是毫无进展。

秦筝倒是有些犯难了，不为什么，就为自己前胸还刚刚开始发育的小核桃。

范建跳起来："还有人没搜，客栈里厨房的伙计、厨子！"

看着两名衙役冲着自己走过来，秦筝叹了一口气，对那推官拱了拱手，说道："大人，不用搜我的身了，我知道夜明珠在哪里。"

那推官眼睛一亮，说道："你知道？"

秦筝摸了摸鼻子，说道："大人啊，您去那边将肉包子一个个掰开看看，就知道了。"

秦筝手指的方向，正是那安安静静坐在角落里的绝美女子主仆俩。

四个包子放在碟子里，依然未动。

距离包子出炉，已经两个时辰过去。

那推官眼睛一亮，手一挥，吩咐身边的衙役："过去，搜！"

可是，推官的吩咐有些迟了。

听见秦筝说话，那主仆俩已经立起，端着面前两碗冷稀粥就冲推官这边泼过来。紧接着，那丫鬟抓起包子，与那绝美女子一道，直接向着窗户的方向扑过去。

大冬天的，窗户是关着的。那丫鬟一伸手，窗户和窗棂木屑横飞，她眼看着就要扑出去了，但是不知怎么着，膝盖竟然忽地一软，她半跪在了地上。边上一名反应敏捷的衙役拎起一把椅子，冲着那丫鬟砸过去，那丫鬟被砸了个正着，头上登时见血，她一时竟然蒙了，被那衙役一把扑倒在地上。

这下兔起鹘落，快捷非常。

几乎与此同时，那头戴帷帽的绝美女子，膝盖也不知被什么玩意打了一下，也是一软。武功平平的秦筝正打算拍手叫好，却猛然觉得面前影子一晃，那绝美女子竟硬生生扭了个方向，冲着她奔来。

秦筝慌忙躲闪，却已经来不及，那名绝美女子手上不知从何处弄到了一把刀，就搁在秦筝的脖子上。

秦筝叫了一声冤，她眼角的余光已经看见，在自己身前左侧，还站着一名呆傻衙役，腰间挂着的刀鞘已经空了。

不怕神一样的对手，就怕猪一样的队友。

秦筝的战斗力不高，所以她说话之前就估算了一下，自己的位置不靠近门也不靠近窗，边上也没有可以作为武器的桌椅碗碟，所以自己应该不会被误伤。

但是她没有想到，边上是没有可以作为武器的桌椅碗碟，但面前这个呆瓜衙役腰上挂着腰刀。

好吧，这些都是闲话。秦筝还没有来得及发表自己的意见，就听见那绝美女子厉声喝道："别动，放了我妹妹，否则我就杀了他！"

众人都不敢轻举妄动。

四面的空气都是一片凝滞紧张。

老板紧张地说道："推官大人，那是我们的伙计，刚才还立了大功的，您……您看，是不是先放了那个女飞贼？"

秦筝一时之间感动得热泪盈眶：老板啊，我再也不骂你小气了，这关口你还帮我求情，你真是太好了！

那推官看了看被衙役压在身下的女飞贼，又看了看被挟持的秦筝，颇有些拿不定主意。忽然脑子里灵光一闪，他猛地指着那绝美女子，喝道："你……是凤红姑！在北十三省做下惊天大案的凤红姑！你竟然敢到京师里来！"

四面呆傻的衙役们齐齐一震，问道："她果然是凤红姑？"

原来这凤红姑、凤青姑姐妹，都是在全国通缉的要犯，手段高明且不说，更

要紧的是两人都是妙龄美女，因此在各地都是大名鼎鼎的。

凤红姑一笑，头往后微微一仰，头上的帷帽就落了下去，露出一张倾国倾城的面庞：“不错，我就是凤红姑。只是没有想到，我姐妹联手，在北十三省纵横披靡，做下无数大案，却被这么一个小伙计看破！喂，小白脸伙计，我问你，你怎么知道这案子是我姐妹做下的？”

秦筝微微苦笑，说道：“问我怎么看出来的？我说我是瞎蒙的，你信不信？”

凤红姑冷哼了一声，说道：“说实话！否则我就杀了你！”

秦筝苦笑着说道：“好吧，我说。事情要从昨天晚上说起。你一个女子，看起来还很像是大富人家出身的，你却自己一个人带着丫鬟来饭厅用饭，连个家仆都没有，这就让人觉得不合理了。我当时也只是觉得不对劲，却也没有多想。”

凤红姑冷哼了一声，说道：“富贵人家都是将女儿当笼中鸟养着的，我倒是忘了这一点了。”

秦筝又说道：“昨天晚上你不惜暴露自己的姿容，甚至随便范建调笑，也一定要看看范建的夜明珠。这是你露出的第二个破绽，让我确定你绝对不是良家女子。”

凤红姑哼了一声，说道：“你也不大像良家女子。”

秦筝心中咯噔了一下，不敢与凤红姑纠缠，又往下说去：“今天早上你妹妹来厨房给你做早饭。这是第三个破绽。”

凤红姑不服气，说道：“这事儿很常见，富贵人家的小姐，吃不惯客栈里的饮食，派个丫鬟下人，要一副炉灶自己做着吃，这事儿每个客栈每年都会遇上几十桩吧？”

秦筝说：“若单单是今天早上的事儿，我也不敢怀疑你，但是昨天你还在大庭广众之下狼吞虎咽，今天早上却突然娇气了，这就让人怀疑了。”

凤红姑哼了一声。

秦筝又说道：“这个丫鬟既然承担着给挑食小姐做饭的重任，照理说她应该精通厨艺。但是我看到她连个火也不会烧，躲在一个角落里磨磨蹭蹭这么久，事情太不合理。这是第四个破绽。”

凤红姑冷笑着说道：“我们姐妹真的没有想到，在厨房里竟然躲着一条嗅觉这么灵敏的毒蛇！"

秦筝说道："还有，有几个好心的伙计想要过去给她搭把手，她都紧张得尖声大叫。好吧，那时我其实也没有多想，只是觉得你家丫鬟真的不大像一个跟着小姐走南闯北的大丫鬟。说实话，我心里都在想，你这样一个花魁娘子，怎么可能带着这样一个丫鬟闯江湖？"

凤红姑怒道："再说我是妓女，小心我杀了你！"

秦筝叹气："其实，最大的破绽不在你妹妹身上，是在你身上。你那妹妹一早上就去厨房忙碌，帮你做早点，做了早点你却又不吃，不吃就扔了，但是你端在手里不肯放下，连去搜身的时候也带在身边。这才是最关键的破绽啊！我那时就想，你这么宝贝这几个包子，肯定是包子里有不得了的东西！于是顺口猜了一下，却没有想到，我的运气竟然特别好。"

凤红姑冷哼了一声，说道："你的运气是特别坏才对！"对着那推官厉声喝道，"放了我妹妹，放我们姐妹走，否则我杀了他！"

"凤姑娘，您弄错了吧？"一道悠悠然的声音响了起来，"他只是一个店铺里的小伙计，他的一条命值不了几个钱。你却是全国通缉的要犯，还曾经盗窃过晋王的金印，只要拿下你，升官发财不在话下。我说你是不是算错了？"

华思淼的声音清清淡淡，就像是早晨山间的一缕岚气，不带任何烟火气。

秦筝跺脚，叫道："华思淼，你这个落井下石的坏蛋！"

华思淼哈哈一笑，说道："秦湛啊，你弄错了，我不是坏蛋，我只是想要与这位脑子不大好使的飞天大盗分析其中利害。"

秦筝大怒，说道："说你是坏蛋，还真是没说错！"

华思淼哈哈一笑，说道："我是坏蛋啊！喂，秦湛，这样吧，咱们做一个约定，如果我能将你救出来，你就认我为主，给我做幕僚，如何？"所谓幕僚就是师爷，领着官老爷发的薪水，帮着官老爷做事。

秦筝吸了吸鼻子，说道："如果我不肯做你的师爷呢？"

"那就很讨厌了，你很可能与这位飞天大盗一起死于非命。不过我觉得你也比较划算，因为凤红姑是出名的美女，你的相貌只能算一般。"

"你万一连个进士都没考上呢？我还给你做师爷？"

"我不会考不上的。"他倒是信心满满。

"万一你考得太好了，留在翰林院享清福了呢？"

"如果是那样，这个约定就暂时不作数。"

"成！不过我想要知道，你怎么救我？"

两人在这里闲聊，凤红姑终于不耐烦了，打断道："赶紧放了我妹妹！"

华思淼转过脸，笑眯眯地看着凤红姑："我说凤红姑，你拿他做人质，是绝不可能救下你妹妹的，要不，你考虑一下，换一个值钱一点的人质？"

凤红姑眼斜睨着华思淼，估摸着这个书生的真实意图，口中问道："你怜香惜玉，打算替了他做人质？"

华思淼点点头，说道："我是本次科考的举子，还曾经是江南省的解元，我替下这个倒霉蛋做人质，你说是不是好一点？"说着话，他就高高举着双手，缓慢地向着凤红姑的方向靠近。

凤红姑还没有说话，边上却响起了清风那呼天抢地的声音："公子爷，不可以！"

那推官也大叫："不可以！"当然不可以，一个小伙计被杀，那只是小案子，但一省解元被杀，那是要上达天听的。

秦筝翻翻白眼，说道："凤红姑，你可千万别上当。这个华公子身份当真高贵，这么高贵的身份，他怎么可能纡尊降贵来做你的人质？他只是戏耍你来着，千万当真。"

凤红姑恶狠狠地说道："你一个人质，给我闭嘴！"

被凤红姑这么一吓唬，秦筝的声音轻了很多："您手上还是轻一点，我虽然不大高贵，却也是你的护身符啊，万一我不小心，往这边稍稍碰破一点，性命就没了，你就没护身符了，咱们两个就都玩完了。"

凤红姑怒也不是，威胁也不是。

秦筝絮絮叨叨还要继续说话，那凤红姑却敏感地觉察到了不对劲，厉声喝道："你闭嘴！不许说话！……"

可是，迟了！

原来秦筝胡说八道，就是为了转移凤红姑的注意力。华思淼已经慢慢地挪至一丈的范围之内，这下陡然发力，正对着凤红姑的小腹一头撞过去。而几乎同时，秦筝就顺势往前打了一个滚，躲到了一张桌子底下。

而几乎同时，秦筝原本的位置上方，一个人如一只大鸟一般飞扑而下，正是那个朱玉煌。原来就在秦筝沦为人质的那一瞬间，站在楼梯上的朱玉煌就冲着秦筝打了一个手势，悄悄地往秦筝头顶上方的位置挪移。

秦筝看懂了那个手势。

待在楼上的朱玉煌听见凤红姑厉声说话，立马破开楼板飞下，赶了个正着，将那凤红姑压在身子底下。

幸好华思淼眼尖，先将凤红姑的腰刀踢远，否则朱玉煌生死难料。

第三章

捉 婿

　　秦筝看着朱玉煌，悠悠然叹了一口气，说："华思淼，朱公子比你聪明，他既揩了凤红姑的油，还立了功，一举两得。"

　　朱玉煌仰头看看苍天，半晌无语。

　　华思淼笑眯眯地对秦筝说："我说秦湛啊，君子一言快马一鞭，咱们的约定，你千万别忘记。"

　　秦筝翻翻白眼，有气无力地说："华公子啊，请问您到底看中了我哪一点？我改还不成吗？"

　　华思淼嘿嘿一笑，说道："我最看中的是你总是穿衣服这一点……"

　　秦筝怒道："什么总是穿衣服这一点？这人总是要穿衣服的，满大街都是穿衣服的人……"说着却蓦然住了嘴。

　　华思淼很诚恳地说道："我觉得，关于这一点，你还是别改比较好。"

　　朱玉煌笑得几乎断气。

　　秦筝无奈地叹息："你是高高在上的读书公子，我是微不足道的厨房伙计，你绝对不可能看中我。"

　　华思淼笑眯眯地扳着手指头："我听见你帮厨房采办算账，一下子就将一个月的总账算得一清二楚，连个算盘也不用，你跟着我去做钱谷师爷绝对能行。"

　　秦筝说："算账啊，我们客栈的掌柜很在行，要不请他去帮你的忙？"

　　华思淼笑眯眯地继续说话："我又见你观察入微，三言两语就将盗窃夜明珠的贼人揭露出来，这方面比我强多了，跟着我去做个刑名师爷也不错。"

秦筝说："破案我真的不在行，这次只是瞎猫碰上死老鼠，运气而已。"

华思淼说："运气也是一种实力。"

好吧，秦筝只能另辟蹊径来说服华思淼："您要聘请师爷，那也该到江南绍兴，去邀请那些有经验的、有能力的，我嘴上无毛，办事不牢。再说，我没有经验，很可能会坏事。"

华思淼笑嘻嘻地说："你没有经验更好，我可以将薪水定得很低，可以节约好多钱。你嘴上无毛也没关系，免得在我面前端着个前辈的架子，憋死人。你说是不是？"

没辙了，秦筝翻着白眼："我说，我不答应，你说成不成？"

华思淼叹气："君子一言，季布一诺，当然不能反悔。"

秦筝说道："好，我不反悔，不过我的工钱要开高一些，嗯，就十两银子一个月吧。我还要四季衣裳，每个季节要四套。我要每顿饭都是白米饭，还得有肉和青菜，最起码四菜一汤，我还要买两个丫鬟来服侍我……"

华思淼平心静气地听着秦筝将一堆要求提完，等她好不容易歇口气，他才安安静静地说道："好。"

秦筝歇了一口气，正打算继续说下去，却不想就听见这么一句话。一时之间，就像是一只鸡蛋卡在了咽喉里，秦筝愣神了片刻。

朱玉煌直跺脚："我说玉树临风、风度翩翩、一表人才的秦湛啊，你怎么就答应做这个家伙的师爷了呢？我就在楼上待了这么一会儿工夫，你就与别人达成了不平等协议！我说这可不成，你可不能认账，像你这么有才能的人，做师爷可真的是屈才了，你应该跟着我去……"

秦筝眨巴眨巴眼睛："跟着你去做啥？"听到前面"玉树临风""风度翩翩""一表人才"三个形容词，她心中不由得咯噔了一下。

朱玉煌说："我也是你的救命恩人！所以你得听我的！跟我……去做管家！"

"管家啊……"秦筝歪着脑袋想了想，终于决定了，"同样是做狗腿子，我觉得做师爷比做管家好。"

朱玉煌气得仰倒在地。

秦筝不是笨蛋，她当然知道朱玉煌与华思淼都不是省油的灯。

朱玉煌来历不明，书生不像书生，从来没见他与人谈论经义；侠客不像侠客，没见侠客端着那副模样。对于来历不明的家伙，秦筝当然敬谢不敏。

而华思淼当然也不是好人，但是至少这个家伙江南省解元的身份是确实的，今科举人的身份也是确实的。更重要的是，如果华思淼能外放做官，自己作为华思淼的幕僚，就能跟着华思淼光明正大地离开京师了！

所以秦筝毫不迟疑地选择了做师爷。

何况华思淼脸皮也很厚，心也够黑，做起事情来也够干脆利落，绝对是一个做官的料。自己跟在他身边，肯定能大长见识，所以，秦筝就这么决定了！

听见秦筝这么决定，朱玉煌显然也很受伤。片刻之后他才说道："可是，万一这家伙留在京师里做京官呢，那时你岂不憋死？所以啊，那时你就来帮着我管家，可好？"

秦筝翻翻眼睛，说道："朱玉煌啊，如果真的有那么一天，那就等到时再说。"

朱玉煌很郁闷地叹了一口气，这声音悠长，长得足以拉成一条粗粗的黑线，绕着秦筝缠上三十三圈。

不管怎样，三人就这样成了朋友。朱玉煌也曾努力想要让秦筝改变主意，但是秦筝一言既出，驷马难追，他也就无可奈何了。待了几天，有人来找朱玉煌，神色上颇有些着急的样子。朱玉煌没奈何就跟着走了，倒是有些恋恋不舍的样子。等他走了，秦筝才想起来，这厮与自己两人厮混了几天，居然连个户籍地址也没说过。

不过人生向来如此，萍聚萍散，秦筝难过了一会儿也就过去了，并没十分放在心上。

会试放榜，大家都出去看榜了，整个客栈顿时空了。厨房里也没事做，秦筝就坐在房间里发呆，但见前面颠颠地跑过一个人来："师爷，师爷！救命，救命！"来人正是清风小书童。

她不由得又好气又好笑："救什么命？难道你家公子没中进士，要跳楼自杀了？"

清风的声音里已经带着哭腔："公子中进士了，但是被人家捉走了，捉走做女婿了！"

秦筝吸了吸鼻子："这是大好事！你家公子又没有娶妻！你哭个啥？"

清风急得直跺脚，说道："这对别人来说是大好事，对我们家公子却不是！我知道，我们家公子……是定了亲的，他看不上别的女子！"

华思淼定了亲？秦筝的心咯噔了一下，于是她对清风说道："既然定了亲，你家公子与人家说明白就是了，对方定然也知道强扭的瓜不甜，不多时就会放公子回来的。"

"公子说了，他们来抓人的时候公子就说了！"清风急切地说道，"可是那些家丁毫不讲理，他们后面跟着一个老爷子，更是不讲理！那老爷子笑说：'我是武定侯，这个女婿我要定了，少拿定亲的理由来糊弄我！成了亲的都能休妻再娶呢，何况只是定亲而已！'"说着话，眼泪又扑簌簌地落了下来。

武定侯张甫，那是京师一霸，是可以止小儿夜啼的人物。

秦筝喝道："不许哭！有我在呢，定然将你家公子解救出来！"

秦筝这么一呵斥，清风就像是找到了主心骨，当下就不哭了，眼巴巴地看着秦筝。

秦筝想了一下，说道："武定侯是国朝功臣，连皇上都要给他三分面子的。我们一个书童、一个师爷，上武定侯府邸要人，连门都叫不开。清风，你将公子的钱拿出来，咱们假装是送聘金的，然后去翠花楼找一个姑娘，让她来扮演公子的未婚妻子，一起要人去！"

清风当下就来了精神，立马要奔出去，却不想才跑到门槛边上，又被秦筝叫住："你先站住，容我再想想……翠花楼的姑娘风尘味道太重，很容易被人看出来！"

清风眼泪又冒出来了，巴巴地看着秦筝："怎么办？"

秦筝跺脚说道："没奈何，你家师爷为了帮你家公子，就扮一回女人吧！"

清风怯生生地说："可是，师爷，您扮女人……不会露出破绽吗？"

秦筝不耐烦了，说道："你还不赶紧去叫人？小心你家公子被强拉着进洞房了！"

（未完待续）

听说未婚丈夫残废了，秦筝的姐姐闹起来了。

听说自己要代替姐姐出嫁，秦筝当场傻眼了。

活人不能被尿憋死，秦筝果断决定女扮男装，离家出走。

但是——没身份文牒，怎么办？

秦筝灵光一闪，找那个傻大个进士老爷华思淼，咱们，做师爷！

但是，师爷之路真的那么简单吗？尤其上司是华思淼这种不靠谱、专爱欺压他人的人？

秦筝深刻意识到：没有身份证的人是弱势群体，没有身份证却好死不死选择女扮男装的人，更是弱势群体中的弱势群体，而选择做华思淼师爷的人，那就是弱势群体中的弱势群体中的弱势群体……

但未来总是无限可能的，秦筝决定，自己一定要做一个高级诰命夫人，好压华思淼一头！例如说皇妃啊，王妃啊，将军夫人啊，都是极好的选择……

哎哎，那个傻进士，你不要缠着我啊！

雁芦雪继《夫水难收》和《惊宫之袅》之后，又一力作。敬请期待 7 月即将上市的《相公出招》。